SAMANTHA BAILEY

NUR
EIN
SCHRITT

THRILLER

Aus dem Englischen
von Kerstin Winter

DIANA

Sollte diese Publikation Links auf Webseiten Dritter enthalten, so übernehmen wir für deren Inhalte keine Haftung, da wir uns diese nicht zu eigen machen, sondern lediglich auf deren Stand zum Zeitpunkt der Erstveröffentlichung verweisen.

Penguin Random House Verlagsgruppe FSC® N001967

Deutsche Erstausgabe 09/2021
Copyright © 2019 by Samantha Bailey
Die Originalausgabe erschien 2019
unter dem Titel *Woman on the Edge* bei Headline, London
Copyright der deutschsprachigen Ausgabe
© 2021 by Diana Verlag, München,
in der Penguin Random House Verlagsgruppe GmbH,
Neumarkter Straße 28, 81673 München
Redaktion: Janine Malz
Umschlaggestaltung: t.mutzenbach design, München
nach einer Originalvorlage von Headline Publishing Group UK
Umschlagmotive: © Laura Mcgregor/EyeEm/Getty Images;
Stephen Mulcahey/Arcangel Images;
Kamenetskiy Konstantin/Shutterstock.com
Herstellung: Helga Schörnig
Satz: Leingärtner, Nabburg
Druck und Bindung: GGP Media GmbH, Pößneck
Printed in Germany
Alle Rechte vorbehalten
ISBN 978-3-453-36065-5

www.diana-verlag.de
Dieses Buch ist auch als E-Book lieferbar.

Für meine Eltern, Celia und Michael,
die dafür gesorgt haben, dass meine Kindheit voller Bücher
und Liebe war. Sie haben mir beigebracht,
dass ich alles schaffen kann,
wenn ich nur hart genug dafür arbeite.
Mom und Dad, das ist für Euch –
weil nur durch Euch möglich.

Keine Sprache vermag die Kraft, die Schönheit, die Helden-
haftigkeit und die Erhabenheit der Mutterliebe auszudrücken. Sie weicht nicht zurück, wo der Mensch sich duckt,
erstarkt, wo der Mensch schwach wird, und überstrahlt
einem Stern gleich mit ihrer unauslöschlichen Treue die
Vergeudung weltlicher Geschicke.

Edwin H. Chapin

1. KAPITEL

MORGAN

MONTAG, 7. AUGUST

»Hier, nimm mein Baby!«

Die Stimme ist spröde und kratzig. Erschreckt fahre ich zusammen. Ich stehe wie jeden Tag nach der Arbeit auf dem U-Bahnsteig und warte auf den Zug. Früher habe ich den Leuten versuchsweise zugelächelt, aber inzwischen halte ich mich zurück. Seit dem Tod meines Mannes weiß keiner, wie er sich in meiner Gegenwart verhalten soll, und ich weiß nicht, wie ich mich unter Leuten verhalten soll. Meistens bleibe ich für mich und halte den Kopf gesenkt, weswegen die Stimme mich überrascht.

Ich schaue auf. Ich bin davon ausgegangen, dass die Frau mit einer Freundin gesprochen hat, aber das stimmt nicht. Sie wirkt verwahrlost und trägt eine ausgeblichene schwarze Yogahose und ein fleckiges weißes T-Shirt. Sie ist allein, und sie spricht mit mir.

Ihr schlafendes Baby mit einem Arm an die Brust gepresst, drängt sie sich an mich. Meine Handtasche prallt gegen meine Hüfte. Scharfe Nägel bohren sich in mein Handgelenk. »Bitte. Nimm mein Baby.«

Trotz der drückenden Hitze hier unten in der Haltestelle

Grand/State packt mich die Furcht mit eisigen Fingern. Die Frau wirkt kopflos, unberechenbar, und ich bin mir nur allzu bewusst, dass ich – wie immer, um als Erste einsteigen zu können – dicht an der Bahnsteigkante stehe. Ein kräftiger Stoß, und ich lande auf den Gleisen. Und so trostlos die vergangenen achtzehn Monate nach Ryans Selbstmord auch gewesen sein mögen und sosehr ich auch ausgegrenzt wurde, habe ich dennoch wieder Fuß gefasst und mir ein neues Leben aufgebaut. Hier soll es ganz bestimmt nicht enden.

Behutsam mache ich mich los. »Entschuldigen Sie, aber könnten Sie …«

Sie tritt noch einen Schritt näher; ich stehe nun auf dem blauen Streifen. Ihr Blick ist wild, ihre Lippen sind wund und verkrustet – wie aufgebissen. Sie braucht eindeutig Hilfe. Ich streiche mir mein langes dunkles Haar ins Gesicht und senke den Blick auf die grau gesprenkelten Kacheln. »Wir sollten lieber einen Schritt zurücktreten. Kommen Sie.« Ich strecke ihr auffordernd eine Hand entgegen, um sie von der Bahnsteigkante wegzuführen, doch sie rührt sich nicht.

Sie macht mich furchtbar nervös. Als Sozialarbeiterin erkenne ich die Anzeichen seelischer Not, auch wenn ich sie bei Ryan übersehen habe. Wäre ich nicht, ohne es selbst zu wollen, zu einer loyalen, gutgläubigen Gattin geworden, die bewusst die Augen vor den Dingen verschließt, hätte ich meinen Mann vielleicht dazu bewegen können, sich Hilfe zu holen, ehe es zum Schlimmsten kommen konnte. Vielleicht hätte er erkannt, dass eine Verurteilung wegen Veruntreuung nicht das Ende bedeuten muss. Ein Selbstmord dagegen schon. Hätte ich früh genug etwas bemerkt, müsste ich jetzt vielleicht nicht für Verbrechen bezahlen, von denen ich nicht einmal etwas wusste, bis er tot war.

Vielleicht wäre ich sogar selbst inzwischen Mutter wie diese Frau vor mir.

Sie sieht furchtbar aus. Verfilzte Büschel kurzer, dunkler Locken stehen von ihrem Schädel ab, als sei sie gerupft worden. Ich schaue hastig weg.

»Ich hab dich beobachtet«, sagt sie mit erstickter Stimme.

Sie drückt das schlafende Baby so fest an sich, dass ich um das Kind fürchte. Die Ringe unter ihren Augen sind dunkel, als hätte man sie geschlagen, und ihr Blick huscht hektisch hin und her.

»Suchen Sie jemanden? Wollten Sie sich hier mit jemandem treffen?« Sofort verfluche ich mich, dass ich auf sie eingehe, anstatt ihr einfach die Telefonnummer meiner Chefin Kate im Haven House zu geben, dem Frauenhaus, in dem ich arbeite. Schließlich bin ich nicht mehr die Leiterin der Einrichtung und auch nicht die führende Therapeutin. Ich wünschte, ich hätte Ryan nie kennengelernt. Wäre nie auf sein verschmitztes Lächeln und seinen selbstironischen Humor hereingefallen. Man hat mich zur Bürokraft degradiert, und ich kann nicht dagegen angehen; immerhin habe ich noch eine Stelle. Ich habe mir nichts zuschulden kommen lassen und doch so viel verloren. Zum Beispiel das Vertrauen anderer. Mein Vertrauen in mich selbst.

Sie ist nicht meine Klientin. Wer bin ich, dass ich mir anmaße, überhaupt jemanden zu beraten?

Ihr gepeinigter Blick kehrt zu mir zurück, und aus ihrem hageren Gesicht spricht nackte Angst. »Bitte pass auf sie auf!«

Das Baby schläft tief, Näschen und Mund gefährlich dicht an die Brust seiner Mutter gepresst. Es merkt nichts von ihrer Pein. Ohne dass ich es verhindern kann, empfinde ich ihren Schmerz mit, obwohl ich selbst genug habe, mit dem ich fertigwerden muss. Ich will ihr gerade die Telefonnummer geben, als sie wieder zum Sprechen ansetzt.

»Ich beobachte dich schon lange. Du bist ein guter Mensch. Warmherzig. Klug. Bitte, Morgan.«

Schockiert fahre ich zurück. Hat sie mich gerade beim Namen genannt? Das ist doch vollkommen unmöglich. Ich habe sie nie zuvor gesehen.

Die Frau küsst ihr Baby auf das flaumige Haar, dann blickt sie wieder zu mir auf. Ihre Augen sind blau und durchdringend. »Ich weiß, was du willst. Lass nicht zu, dass man ihr etwas antut. Lieb du sie an meiner Stelle.«

Ich weiß, was du willst?

»Woher wollen Sie das wissen? Sie kennen mich doch gar nicht«, sage ich, doch meine Stimme wird von der Durchsage übertönt, die vor dem einfahrenden Zug warnt. Die gesprungenen Lippen der Frau bewegen sich, aber ich kann sie durch das Rauschen des Windes im Tunnel nicht hören.

Ich habe jetzt wirklich Angst. Irgendetwas stimmt hier ganz und gar nicht, das spüre ich. Ich muss Abstand zu dieser Frau einnehmen, und zwar sofort.

Leute scharen sich um uns, bemerken aber offenbar nicht, dass hier etwas Merkwürdiges vor sich geht. Es sind

Pendler in ihrer eigenen Welt, wie ich einen Moment zuvor auch.

Die Frau sucht noch einmal den Bahnsteig ab. Dann streckt sie mir plötzlich das Kind entgegen, und instinktiv greife ich zu. Ich blicke hinab auf das kleine Wesen in meinen Armen und spüre Tränen aufsteigen. Die gelbe Decke, in das es eingewickelt ist, fühlt sich so weich an, das Gesichtchen ist heiter und zufrieden.

Als ich wieder zu ihrer Mutter aufblicke, fährt der Zug kreischend in die Haltestelle ein.

In diesem Moment springt sie.

2. KAPITEL

NICOLE

Nicole klopfte mit ihrem goldenen Montblanc-Füller der Limited Edition »Bohème Papillon« – ein Geschenk ihres Mannes Greg – auf die letzte Seite des Hochglanzkatalogs für die Winterkollektion. Irgendetwas störte. Das Model stand in der Kriegerpose und präsentierte die neuen gerade geschnittenen Yoga-Pants. Mit verengten Augen betrachtete Nicole das Foto genauer. Doch, da war eine Falte am Knie zu sehen. Das ging nicht. Diese Werbekampagne war ihr letztes großes Projekt, ehe sie heute Abend in Mutterschutz ging. Als Gründerin und CEO einer der umsatzstärksten Athleisure- und Wellnessunternehmen in Nordamerika war sie diejenige, die in letzter Instanz alles absegnete, was Breathe produzierte. Sie würde nicht eher ihre Sachen zusammenpacken, bis der Katalog hundertprozentig stimmte.

Nicole seufzte. Wie sollte sie bloß auf ihren Job verzichten? Sie hatte bisher nicht einmal ohne Smartphone und Laptop Urlaub gemacht; eigentlich hatte sie überhaupt noch nie wirklich Urlaub gemacht, wenn sie es genau bedachte. Eineinhalb Monate hatte sie hart mit ihrer Erzfeindin, der Vorstandsvorsitzenden Lucinda Nestles, und den anderen

Vorstandsmitgliedern von Breathe verhandelt. Sie wollte ihr Dasein als Mutter von Anfang an richtig angehen, aber gleichzeitig konnte sie sich ein Leben ohne ihre Arbeit nicht vorstellen. In vielerlei Hinsicht war Breathe ihr erstes Baby; nun war sie mit dem zweiten schwanger. Aber es würde schon klappen. Tessa, ihre beste Freundin und Produktchefin von Breathe, würde sie über alle Vorgänge auf dem Laufenden halten.

Sie drückte die Taste der Sprechanlage. »Holly, könntest du Tessa bitten, zu mir zu kommen, sobald sie im Haus ist?«

»Selbstverständlich«, antwortete ihre Büroleiterin.

Nicole strich sich die langen kastanienbraunen Locken aus dem Gesicht und legte sich eine Hand auf den runden Bauch. Sie spürte einen Fuß, oder vielleicht war es ein Ellenbogen. Die bevorstehende Mutterschaft war aufregend und beängstigend zugleich. Das Kind war nicht geplant gewesen. Sie war wegen einer vermeintlichen Magen-Darm-Grippe zum Arzt gegangen, nur um zu erfahren, dass sie in der dreizehnten Woche schwanger war. Nicole war beruflich immer derart eingespannt, dass sie selten auf ihre Periode achtete, die durch den Arbeitsstress ohnehin nicht besonders regelmäßig kam. Zuerst war die Nachricht wie ein Schock und löste Panik bei ihr aus. Doch sobald der Ultraschallsensor über ihren Bauch fuhr und sie hörte, was in ihren Ohren wie eine Herde galoppierender Pferde klang, keimte Hoffnung und freudige Erwartung in ihr auf. Das hier war ihre Chance auf Wiedergutmachung. Eine Gelegenheit, sich von der Vergangenheit zu lösen und ein neues Leben zu beginnen. Für ihr Baby. Und für sich selbst.

Sie musste lächeln, als sie an den Abend dachte, an dem sie Greg das Ultraschallbild gezeigt hatte. Sie hatte gewartet, bis sie nach der Launch-Party für die neue Zehn-Minuten-Wellness-App nach Hause zurückgekehrt waren. Nachdem sie sich wie immer zu einer kurzen Nachbesprechung auf der Couch niedergelassen hatten, drückte sie ihm das Schwarz-Weiß-Foto in die Hand.

Er runzelte die Stirn. »Was ist das denn?«

Sie war sich nicht sicher, wie er reagieren würde, doch alles würde gut werden, das wusste sie. »Unser Baby.«

Greg wich so rasch das Blut aus dem Gesicht, dass sie befürchtete, er würde in Ohnmacht fallen, und seine Augen weiteten sich. »Was?«, flüsterte er, als würde die Neuigkeit erst dann real, wenn er sie laut aussprach.

»Ich weiß, das war so nicht geplant. Aber nun ist es passiert.« Sie nahm seine Hand und verschränkte ihre Finger mit seinen. Ihr Mann liebte es, wenn sie ihn anfasste. Er betete sie an, das wusste sie, und stellte ihre Bedürfnisse stets über seine.

Und obwohl er immer noch wie betäubt wirkte, wurde sein Blick nun weicher. »Ich frage dich das jetzt nur einmal, und dann stehe ich an deiner Seite, wie deine Antwort auch lauten mag. Willst du das Baby?«

Sie sah ihm direkt in die Augen. »Ja. Ich will das Baby. Greg, wir werden tolle Eltern sein. Überleg nur, was wir einem Kind alles bieten können. Und wir kriegen das hin. Das tun wir doch immer.«

Er lächelte und blickte wieder auf das Ultraschallbild. »Dummerweise kann ich gar nichts erkennen.«

Sie lachte und deutete auf ein winziges Böhnchen auf dem Wärmepapier.

Nach einem Moment sah er wieder zu ihr auf. »Hast du nicht immer gesagt, du wolltest keine Kinder?«

Das stimmte. »Mir war nicht klar, wie sehr ich es doch wollte, bis es passiert ist.«

»Ich nehme an, dass wir ein Kindermädchen einstellen. Du willst bestimmt nicht zu Hause bleiben.«

Nicole erstarrte. Niemals würde sie ein Kindermädchen einstellen. Aber den Grund dafür sollte er nicht erfahren.

»Wir werden sehen, wie viel Zeit ich mir nehmen kann«, sagte sie ausweichend. »Und schließlich hat Breathe nicht umsonst eine Kindertagesstätte.«

Er nickte, doch sie sah ihm an, dass die Neuigkeit ihn nachhaltig erschüttert hatte. Schließlich war es ein immenser Einschnitt in ihrer beider Leben.

Bei ihrer ersten Verabredung in einem Restaurant nur wenige Stunden nach ihrem Auffahrunfall – Nicole war in ihrer Eile, zu einem Meeting zu gelangen, in seinen Audi gerauscht – hatte an einem Nebentisch die ganze Zeit über ein Baby geschrien, woraufhin sie ihm erklärt hatte, dass sie niemals Kinder wolle. Er hatte gelacht und geantwortet, die Entscheidung würde er ihr überlassen, und sein Zwinkern hatte ihr einen wunderbaren Schauder über den Rücken gejagt. Kurz nach ihrer Hochzeit hatten sie noch einmal darüber gesprochen, aber Nicole war bei ihrem Standpunkt geblieben: Sie seien beide karriereorientiert, ein Kind würde sie nur bremsen.

Warum sie wirklich bei diesem Thema so unnachgiebig

gewesen war, hatte sie ihm allerdings nie erzählt. Greg war ihr Fels in der Brandung, und sie wollte vor ihm keine Schwäche zeigen. Sie liebte ihn innig, und inzwischen war sie überzeugt, dass ein Baby sie nur enger zusammenschweißen würde.

Beim Ultraschall in der siebzehnten Woche hatte seine verschwitzte Hand die ihre umklammert, als der Arzt verkündete: »Es ist ein Mädchen!«

Greg hatte sie auf die Wange geküsst und geflüstert: »Glaub ja nicht, dass ich sie je mit irgendeinem Kerl ausgehen lasse.«

Und Nicole hatte die Augen geschlossen und die Gewissheit auf sich wirken lassen: Hier schloss sich der Kreis. Ein Mädchen verloren, eins gewonnen.

Nun, in der vierzigsten Woche, am Ende der Schwangerschaft, war das Böhnchen zu einem Baby herangewachsen, das jeden Tag trat und boxte, um seiner Mutter deutlich zu machen, dass es da war. Quicklebendig und putzmunter.

Nicole war so dankbar, dass sie Greg hatte. Dass er so ein wunderbarer Mann und Ehemann war und ihr nun wieder eine Familie gab. Sie blickte auf das Foto, das sie heute Morgen gemacht hatte. Darauf war die edle, cremefarbene Wiege zu sehen, die sie im Petit-Trésor-Katalog mit einem Eselsohr markiert hatte. Greg hatte sie gestern Nacht, während sie schlief, aufgebaut. Und er musste Stunden dafür gebraucht haben, denn er hatte am Morgen fix und fertig ausgesehen, als er sie an die Hand genommen und ins Kinderzimmer geführt hatte. »Überraschung!«

»Oh, Greg, wie wunderschön. Danke!« Sie hatte ihn fest

18

umarmt und gehofft, dass er den heutigen Arbeitstag halbwegs überstehen würde. Ja, Breathe hatte sie beide reich gemacht, aber Greg war auch als Börsenmakler erfolgreich; er hatte sich nie von ihr abhängig machen wollen.

Ihre Tagträumerei wurde von Holly unterbrochen, die eintrat und ihr die säuberlich gestapelte Post neben den violetten Computer legte. »Tessa ist unterwegs.«

Nicole riss sich gedanklich von ihrem Privatleben und den anstehenden Veränderungen los. »Wunderbar. Ich habe mir das Update der Website angesehen und festgestellt, dass wir noch ein paar Kleinigkeiten ändern müssen. Das *Chaos-to-Calm*-Programm wirkt noch zu unruhig.« Sie dachte einen Moment lang nach. »Vielleicht könnte das E-Team die sieben Yoga-Posen auf fünf reduzieren. Und erkundige dich beim Verkauf, wie sich die Bestellungen für die Herbsttrainingsjacken anlassen. Läuft alles nach Plan, kann Tessa das Marketing der App mit der neuen Broschüre abstimmen.«

Holly nickte und reichte ihr einen weißen Umschlag. »Ich habe die Geschäftspost geöffnet, aber den Brief hier nicht – er sah mir zu persönlich aus. Mach du ihn lieber selbst auf. Vielleicht Fanpost nach dem Artikel in der *Tribune*.«

Jäh begann ihr Puls zu rasen. Sie konnte ihr Herz hämmern hören, als sie die krakelige Schrift auf dem weißen Umschlag, den Holly ihr hinhielt, erkannte. Er trug ihren Mädchennamen – Nicole Layton – und war in Kenosha, Wisconsin abgestempelt. Der Ort, an dem ihr Leben vor neunzehn Jahren einen Bruch erfahren hatte.

Keine Fanpost. Alles andere als Fanpost.

Aus exakt diesem Grund hatte Nicole in dem Artikel der *Chicago Tribune* nichts über ihre Schwangerschaft lesen wollen. Niemand aus ihrer Vergangenheit durfte erfahren, dass sie eine Tochter bekommen würde. Lucinda dagegen hatte darauf gepocht, dass sie sich keine bessere PR wünschen konnten: Nicole, die erfolgreiche Geschäftsfrau, die eine Life-Work-Balance propagierte, würde mit ihrem Babybauch demonstrieren, dass Frauen wirklich alles haben konnten. Die Story handelte von den visionären Errungenschaften des Unternehmens: Breathes stärkende und heilsame Achtsamkeitsworkshops, die einzigartige Produktlinie für Körper und Geist – entwickelt »von Frauen für Frauen« – und das Firmenethos, das nach Ausgeglichenheit in jedem Lebensbereich strebte. Ein Teil der Umsatzerlöse ging an eine Stiftung, die verwaiste Jugendliche unterstützte und beriet; Nicole war als Teenager selbst in einer solchen Situation gewesen. Ihre Eltern waren bei einem Autounfall ums Leben gekommen, als sie das letzte Jahr auf die High School ging, daher wusste sie, wie einsam man sich fühlte, wenn man plötzlich nichts und niemanden mehr hatte. Was sie allerdings nicht hatte wissen können, war, dass die Zeitung sich über ihren Wunsch hinwegsetzen, über ihre Schwangerschaft schreiben und sogar verraten würde, dass sie eine Tochter erwartete.

Vergangene Woche war der Artikel erschienen. Seitdem hatte sie befürchtet, dass sie erneut einen Brief erhalten würde.

Jetzt war es geschehen.

Sie griff nach dem Umschlag und hielt ihn fest. »Danke,

Holly«, sagte sie und war zuversichtlich, dass man ihrer Stimme nichts anhören konnte. Blieb nur zu hoffen, dass es nicht auffiel, wie ihr plötzlich der Schweiß auf die Stirn trat. »Könntest du mir die aktuellen Zahlen für die Stream-Kollektion aus San Francisco besorgen? Die Tankinis verkaufen sich nicht so gut, wie sie sollten, und ich brauche die Zahlen für die Vorstandssitzung. Es ist ja auch meine letzte.«

»Ich kann mir kein Meeting ohne dich vorstellen. Wie sollen wir das bloß machen?«

»Ach, ihr schafft das ganz wunderbar. Tessa und Lucinda und die ganze Belegschaft werden den Laden schon schmeißen. Ihr werdet mich überhaupt nicht vermissen.«

»Hauptsache, du versprichst, dich nicht im Still-BH zu den Konferenzen zuzuschalten. Selbst wenn es einer von Breathe ist.«

Nicole lachte. »Das wird wohl eher nicht geschehen.«

Holly ging und zog die Tür zu Nicoles Büro hinter sich zu.

Das aufgesetzte Lächeln auf Nicoles Lippen verblasste sofort. Sie erwog, den Brief in kleine Fetzen zu reißen. Wenn sie den Inhalt nicht kannte, konnte sie sich auch nicht wegen möglicher Drohungen den Kopf zerbrechen. Aber natürlich musste sie es wissen. Ihr wurde die Kehle eng.

Den ersten Brief dieser Art hatte sie bekommen, als sie im ersten Jahr am Columbia College studiert hatte. Er hatte drei getippte Sätze enthalten, und Nicole hatte eiskalte Angst gepackt.

Ich weiß, was du getan hast. Du solltest sie beschützen. Eines Tages wirst du dafür bezahlen.

Danach war ausnahmslos jedes Jahr ein weiterer weißer Umschlag gekommen, bis vor fünf Jahren plötzlich Schluss damit gewesen war. Nicole hatte gehofft, dass Donna jenen furchtbaren Sommer endlich verwunden hatte und sie fortan nicht mehr belästigen würde, aber offenbar hatte sie sich geirrt.

Ihre Hände, die den Umschlag hielten, zitterten, als vor ihrem geistigen Auge Bilder aufstiegen. Donna, die sich wie eine schützende Decke über ihr Baby warf, die sich bei jedem Niesen des Kindes ängstigte, die immer wieder ins Kinderzimmer huschte, während die kleine Amanda schlief, um von der Tür aus mit der Fernbedienung das Schmetterlingsmobile neu zu starten, damit das Schlaflied in Endlosschleife spielte. Donna hatte ihr Baby so innig geliebt, wie Nicole ihr Ungeborenes schon jetzt liebte. Doch Donna hatte ihres verloren. Konnte man einen solchen Verlust je verarbeiten?

Und nun war ein neuer Brief gekommen. Den Umschlag noch in der Hand, stemmte Nicole sich aus ihrem Schreibtischstuhl hoch. Mit dem fast ausgewachsenen Baby im Bauch bewegte sie sich immer schwerfälliger. Doch abgesehen davon war sie dank ihrer täglichen Yoga-Einheiten, die sie im Büro absolvierte, noch immer fit und in Form. Bei Breathe wurden alle Mitarbeiterinnen angehalten, sich auch während der Arbeitszeit kleine Auszeiten zu nehmen.

Sie legte den Umschlag neben sich, ließ sich vor dem deckenhohen Fenster auf ihre Yoga-Matte in den halben Lotussitz herab und bewegte sich vorsichtig in die Katze. Sie konzentrierte sich auf ihren Atem und flüsterte: »Mein Herz ist geerdet und offen. Ich liebe mich selbst und lasse zu, dass mein Herz sich mit anderen verbindet. Ich vergebe mir und will dankbar und würdevoll leben.« Ihr Baby streckte sich in ihrem Bauch, und sie genoss die Verbundenheit, die schon jetzt zwischen ihr und ihrer ungeborenen Tochter bestand.

Sie war bereit. Sie setzte sich auf die Matte zurück, griff nach dem Briefumschlag, riss ihn auf und holte das weiße Papier heraus.

Du bist es nicht wert, Mutter zu sein. Du bist eine Mörderin. Du kannst kein Baby beschützen.

Die Buchstaben verschmierten, als ihre Tränen auf das Papier tropften. Also hatte Donna den Artikel in der *Tribune* gelesen und wusste, dass sie mit einem Mädchen schwanger war.

Nicole schob den Zettel zurück in den Umschlag und zog sich am Fensterrahmen hoch. Sie legte ihre erhitzte Wange an die kühle Scheibe und blickte hinaus auf die West Armitage Avenue. Frauen betraten und verließen Breathes Flagshipstore, der an das vierstöckige Firmengebäude in Chicagos Lincoln Park angrenzte.

Ihre Tochter regte sich in ihr.

Nicole wurde plötzlich die Brust eng, und sie musste flacher atmen. Schwarze Punkte huschten über ihr Sichtfeld. Der Verkehr unterhalb des Fensters verstärkte den Schwindel noch, und sie stemmte die Hand gegen die Scheibe, um sich zu stabilisieren. Sie würde bei der Arbeit nicht ohnmächtig werden.

»Nic?«

Hastig zerknüllte sie den Brief in ihrer Hand und blickte über die Schulter, um Tessas zarte Gestalt im Türrahmen zu sehen. Einen Moment später war ihre Freundin schon bei ihr und legte ihr sanft eine Hand auf den Rücken.

»Alles in Ordnung. Atme tief ein. Gut. Jetzt ausatmen. Und noch mal.« Tessa atmete mit ihr. »Und wieder. Gut.«

Tessa wusste, wie sie sich beruhigen ließ. Nicole vertraute ihr in jeder Hinsicht. Was die Arbeit betraf. Ihre Gesundheit. Ihre Geheimnisse.

»Danke«, sagte sie.

»Einfach nur atmen. Konzentriert atmen. Du bist es, die mir das beigebracht hat, Nicole.«

Nicole lächelte. »Vermutlich sind Freunde genau dazu da – um einander das Atmen zu ermöglichen.«

»So ist es«, antwortete Tessa, und das für sie typische warmherzige Lächeln erhellte ihr Gesicht. »Ich kann mich gar nicht erinnern, wann du zuletzt eine Panikattacke hattest.«

Nicole dagegen erinnerte sich lebhaft. Es war vor vier Jahren gewesen, als sie gemeinsam mit Tessa den Katalog für Breathes erste Babyhautpflegeserie durchgeblättert hatte. Dabei war sie auf die Abbildung einer Mutter im Schaukelstuhl gestoßen, die ihr Baby glückselig im Arm wiegte, und hatte um Atem ringen müssen, weil der jähe Schmerz in ihrer Brust ihr die Luft abschnürte. Die Mutter auf dem Foto hatte Ähnlichkeit mit Donna und beschwor die Erinnerung an jenen furchtbaren Sommer herauf, ehe sie es verhindern konnte. Sie hatte sich in Grund und Boden geschämt. Tessa war bei ihr als Produktdesignerin angestellt, und sie wollte nicht, dass die Grenzen verschwammen.

Doch Tessa hatte Verständnis gezeigt. Als Yogalehrerin und Fachfrau für ganzheitliche Wellness zeigte sie Nicole, wie sie ihre Angstattacken in den Griff bekam. Ihre sanfte, beruhigende Stimme und leichten Berührungen wirkten Wunder. So konnte Nicole schrittweise sogar die Medikamente gegen die Angstzustände absetzen. Die beiden Frauen freundeten sich an, und Tessa stieg zur Leiterin der Produktabteilung und Nicoles rechter Hand auf. Und irgendwann fühlte Nicole sich ihr so nah, dass sie ihr fast alles über jenen Sommer in Kenosha vor neunzehn Jahren anvertraute. Das Geheimnis mit jemandem teilen zu können befreite Nicole von einer schweren Last, die sich in zunehmend beängstigender Ausprägung auf sie ausgewirkt hatte. In gewisser Hinsicht hatte Tessa – einst nur Angestellte, inzwischen so viel mehr – ihr das Leben gerettet.

Außer ihrem großen Bruder Ben, den sie selten sah, war Tessa der einzige Mensch, der die Geschichte von damals kannte. Greg wusste weder davon noch von ihren Panikattacken. Die Frau, in die Greg sich damals verliebt hatte, war eine starke, unabhängige Führungspersönlichkeit, und Nicole dachte nicht daran, ihm eine andere Seite zu zeigen.

Ihre Atmung beruhigte sich langsam, und die Beklemmung in ihrer Brust ließ nach.

»Magst du mir sagen, was das ausgelöst hat?«, fragte Tessa.

Nicole drehte sich um und lehnte sich mit dem Rücken ans Fenster, um Tessa anzusehen. Sie war zart gebaut, hübsch und trug ihr weißblondes Haar wie immer zu einem dicken Zopf geflochten. Mit neunundzwanzig war sie sieben Jahre jünger als Nicole, aber manchmal so viel erwachsener und klüger, als ihr Alter vermuten ließ. Sie war der entspannte Gegenpol zu Nicoles Ehrgeiz. Tessa hatte keinen Lebensgefährten, keine Kinder. Ihr Leben war so, wie sie es haben wollte. Frei und unbelastet. Oft beneidete Nicole sie. Sie schien niemand anderen zu brauchen, jedenfalls nicht so, wie Nicole es tat. Und einsam fühlte sie sich offenbar nie.

Nicole drückte sich vom Fenster ab. Dies hier sollte eigentlich die glücklichste Zeit ihres Lebens sein. Ein – weiterer – Neuanfang. Sie würde nicht zulassen, dass Donna wieder alles kaputtmachte.

Daher beschloss Nicole, nicht die Wahrheit zu sagen. »Ich denke, die bevorstehende Geburt macht mich einfach ein bisschen nervös. Und Breathe Lucinda zu überlassen macht mich auch nicht ganz glücklich. Es ist mein Unternehmen, und es bedeutet mir alles. Ich kann mir kaum vorstellen, dass ich sechs Wochen lang nicht hier sein soll.«

»Aber ich bin hier. Und Lucinda glaubt an Breathe. Sie ist ganz aus dem Häuschen, dass sie in deiner Abwesenheit den Laden führen darf.«

Das entlockte Nicole ein Grinsen. Als sie mit Breathe an die Börse gegangen war, hatte sie zur Bedingung gemacht, dass der Posten der Geschäftsführerin dauerhaft in ihren Händen blieb, sofern nicht unvorhergesehene Umstände eintrafen, die das unmöglich machten. Lucinda hatte sich dagegen ausgesprochen und verloren. Nun bekam sie zumindest einige Wochen lang genau das, wonach sie sich sehnte. Sobald Nicole aus dem Mutterschaftsurlaub zurückkehrte, würde sie Tessa für ihre Loyalität belohnen und vielleicht zur stellvertretenden Vorstandsvorsitzenden befördern.

26

»Wenn du sie in den Aufsichtsratssitzungen erleben könntest …«, begann Nicole. »Wie auch immer, du hast recht. Natürlich wird es gut laufen.«

Tessa lachte, wurde dann jedoch wieder ernst. »Geht es dir gut genug für das Meeting?«, fragte sie.

»Ja, sicher.« Nicole straffte sich. Sie war die Geschäftsführerin, Herrgott noch mal. Sie war mit ihrem Unternehmen an die Börse gegangen, als sie gerade achtundzwanzig gewesen war. So leicht warf sie nichts aus der Bahn. Die Vergangenheit war vorbei. Es war ja nur ein Brief, und Worte konnten ihr nichts mehr antun. »Wirklich, Tessa. Ich bin absolut in der Lage, die Sitzung hinter mich zu bringen.«

»Okay, dann komm doch danach bei meinem Büro vorbei, und wir gehen etwas essen, um deinen letzten Tag zu feiern.«

»Das wäre toll, aber Greg und ich sind für heute verabredet. Mit den Wehen kann es jederzeit losgehen, daher wollen wir aus den letzten Tagen, die wir für uns allein haben, möglichst viel herausholen.«

Tessa lächelte und verließ ihr Büro. Nicole trat an ihren Schreibtisch und schob den zerknüllten Brief in die Schublade. Doch während sie sich sammelte, um zu ihrer letzten Vorstandssitzung vor dem Mutterschutz zu gehen, hallte Donnas Warnung durch ihre Gedanken.

Du kannst sie nicht beschützen.

Und plötzlich kam ihr ein schrecklicher Gedanke.

Was, wenn sie recht hatte?

3. KAPITEL

MORGAN

Das Kreischen der Bremsen auf den stählernen Schienen ist ohrenbetäubend. Ich schreie aus vollem Hals. Als ich die Augen wieder aufreiße, ist der Zug bereits in den Bahnsteig gedonnert. Und es ist zu spät.

»Hilfe! Die Frau ist gesprungen! Oh, Gott. Ich habe ihr Baby!« Ich zittere so sehr, dass ich Angst habe, das Kleine fallen zu lassen. Als ich einen kurzen Blick auf die Gleise wage, sehe ich die Glieder der Frau in unnatürlichem Winkel hervorragen und weiß, dass sie tot ist. Hastig wende ich den Blick ab. Die blinkenden roten Lichter des Zugs, die von den Wänden reflektiert werden, tun mir in den Augen weh. Alarmsirenen heulen, aber der Lärm klingt wie aus der Ferne, als stünde ich unter Wasser.

Menschen brüllen, schubsen, drängen. Die Türen des Zugs öffnen sich und spucken Pendler aus, bis kein Platz mehr auf dem Bahnsteig ist. Die Leute geraten in Panik, schreien, deuten auf die Frau auf den Gleisen. Wo ist die Polizei? Wo sind die Rettungssanitäter? Auch wenn ich weiß, dass es keine Hoffnung gibt, müssen sie es doch versuchen.

Bemüht, den Brechreiz zu unterdrücken, wende ich mich

mit dem Baby ab, damit wir beide die Mutter nicht mehr sehen müssen.

Immer mehr Leute drängen sich um mich, bis mir so heiß ist, dass ich kaum noch atmen kann. Ihre Münder bewegen sich, aber ich verstehe nichts. Sie reden zu schnell, zu viel, zu eindringlich.

»Wer war die Frau?«

»Warum ist sie gesprungen?«

»Kannten Sie sie?«

»Geht's dem Baby gut?«

Fragen prasseln auf mich ein, aber ich weiß keine Antwort. Schweiß rinnt mir über das Gesicht, und ich brauche Luft, aber die Menge droht mich zu verschlucken, und ich will raus hier, nur raus.

Etwas stößt mich in den Rücken, und ich stolpere. »Hilfe! Rufen Sie Hilfe!«, schreie ich wieder, als ich nach vorne falle.

Jemand packt mich am Arm und zieht mich von der Bahnsteigkante fort.

»Bitte. Bitte helfen Sie mir«, flehe ich den Mann neben mir an, der eine Uniform der CTA, Chicagos Nahverkehrsunternehmen, trägt. Ich befürchte, dass ich ohnmächtig werden und das kostbare Baby fallen lassen könnte. Er stützt mich mit einem Arm um meine Schultern und einer Hand auf dem Rücken des Babys.

Panisch ringe ich um Atem und lehne mich gegen ihn. »Ich … Sie …«

Jäh schwappt eine Welle der Übelkeit über mich, als mir bewusst wird, dass das Baby verletzt sein könnte. Hastig streife ich die gelbe Decke ab, in die es eingewickelt ist. Ich wappne mich gegen Blut und Prellungen, sehe stattdessen aber nur makellose Babyhaut an speckigen Ärmchen und Beinchen. Ein vollkommenes kleines Wesen in einem elfenbeinfarbenen Body, dessen Lippen wie Rosenblätter an der Schulter meines weißen Kleids liegen.

Meine Knie geben nach. Dann nimmt man mir das Baby ab, und plötzliche Kälte durchströmt mich.

»Das ist die Frau, Officer.«

»Ma'am, alles in Ordnung mit Ihnen?«, fragt ein Polizist, während er mir eine Decke um die Schultern legt. »Haben Sie den Vorfall gesehen?«

»Sie hat mit der Frau gesprochen, bevor sie vor den Zug gesprungen ist.«

»Sie hat das Baby genommen.«

Eine Kakofonie von Stimmen attackiert meine Ohren. Das Baby wird von dem Polizisten an eine Polizistin weitergereicht. Dann verschwinden beide in der Menge, und das kleine Wesen, das gerade noch sicher in meinem Arm gelegen hat, ist weg. Der Officer neben mir führt mich von den Gleisen fort. Nach ein paar Schritten bleibt er stehen, damit ich mich an die Wand lehnen kann.

Meine Zähne klappern. Ich weiß nicht, was ich tun soll. Ich weiß nicht, was gerade geschehen ist. Wo bringen sie das arme Kind nur hin? Wie kann eine Mutter so was tun?

Bitte nimm mein Baby.

Morgan.

Hat die Frau wirklich meinen Namen gesagt, oder habe ich mir das nur eingebildet? Ich presse meine Hände an den

Kopf, fühle kalten Schweiß und sehe zu, wie die anderen Zeugen einander trösten und die ersten Notfallsanitäter sich auf die Gleise herablassen. Es fühlt sich fast an, als sei ich gar nicht hier. Ich habe keine Ahnung, wer die Frau war. Ich kann einfach nicht aufhören zu weinen.

Der Officer betrachtet mich aufmerksam. »Wie wäre es, wenn wir aufs Revier gehen, wo es ruhiger ist und wir reden können?«

Aufs Revier? Nein. Da gehe ich nie wieder hin.

Dahin hatte man mich gebracht, nachdem ich Ryan in seinem Arbeitszimmer auf dem Boden gefunden hatte, die Pistole noch in der Hand und ein blutendes Loch im Bauch. Mein Mann hatte sich selbst das Leben genommen. Damals wusste ich nicht, wie mir geschah. Genauso wenig wie jetzt.

Warum passiert mir das?

Dennoch bleibt mir keine andere Wahl, als dem Officer durch die Menschenmenge zu folgen. Und im Vorbeigehen auf die Schienen hinabzublicken, wo der entstellte Körper der Mutter gerade auf eine Bahre gehoben wird. Ihre Arme baumeln grausig schief herab, ihre Beine sind zerquetscht, und ihr Gesicht ist so voller Blut, dass ihre Züge nicht mehr zu erkennen sind. Bittere Galle steigt in meiner Kehle auf, und ich muss würgen. Meine Beine sind so schwach, dass ich kaum gehen kann.

Lieb du sie an meiner Stelle, Morgan.

»Das ist unmöglich«, sage ich laut.

Der Polizist kann mich bei all dem Chaos und Gebrüll um uns herum nicht hören.

Meine Angst schmeckt kalt und metallisch. Meine Schritte

sind schwer, als ich dem Officer an den Gleisen und den schockierten Gaffern vorbei durch die U-Bahnstation Grand/State folge und den Kopf gesenkt halte, weil mir ist, als würden mich alle anstarren. Andererseits bin ich an das Gefühl gewöhnt, seit mein Mann mich auf seine Art verlassen hat. Ich bin Ryan Galloways Witwe. Die Frau eines Diebs, Feiglings, Selbstmörders. Und nun bin ich der letzte Mensch, mit dem eine weitere Selbstmörderin gesprochen hat. Der Mensch, den sie um Hilfe gebeten hat.

Unwillkürlich drücke ich meine abgewetzte schwarze Handtasche fester an die Brust. Und bemerke, dass etwas Violettes daran klebt.

Ein Post-it-Zettel. Von mir ist er nicht. Ich lege meine Hand darüber und nehme ihn vorsichtig ab. Der Polizist geht vor mir eine Treppe hinauf. Ich bleibe stehen, während er die Leute veranlasst, mir Platz zu machen, und nutze den Moment, um mir den kleinen Zettel unbemerkt anzusehen. In einer geschwungenen Handschrift, die ich nicht erkenne, steht ein einziges Wort geschrieben. Ein Name.

Amanda.

4. KAPITEL

NICOLE

Eine heftige Wehe durchfuhr Nicole, die auf Händen und Knien auf dem weichen Krankenhausbett hockte und standhaft die PDA verweigerte, zur der die Hebamme und Greg sie drängten. In den vergangenen vier Jahren hatte sie – dank Tessa – jede Panikattacke ohne medikamentöse Unterstützung überstanden. Nun würde sie auch ihr Baby ohne irgendwelche Chemie zur Welt bringen.

»Sie will keine Medikamente, und ich verspreche euch, dass es auch ohne geht.« Tessa kniete sich zu ihrer Linken aufs Bett. Greg stand zu ihrer Rechten. »Drück deine Hand hier auf den unteren Rücken.«

Nicole spürte Gregs großen Handballen genau dort, wo die Kontraktion am schlimmsten war, und stöhnte tief.

»Sehr gut, du hast es gleich überstanden.« Tessa tupfte Nicole den Schweiß von der Stirn.

Greg hielt inne. »Nic, du hast solche Schmerzen. Bist du sicher, dass du das ohne Hilfe durchstehen willst? Es ist doch nicht schlimm, seine Meinung zu ändern, wenn nichts mehr geht.«

Nicole wandte sich mit schmerzverzerrtem Gesicht ihrem

Mann zu. »Es muss wehtun.« Sie wollte es so. Sie wollte jeden Moment ihrer Wehen intensiv spüren.

Das hier war ihre Familie. Greg und Tessa waren bei ihr und unterstützten sie. Sie konnte es schaffen.

Als die nächste Kontraktion einsetzte, atmete sie fünfmal ein und aus, wie Tessa ihr eingetrichtert hatte, und konzentrierte sich auf den Schmerz, bis die Welle abebbte. »Danke. Ich weiß nicht, was ich ohne euch beide machen würde«, brachte sie hervor, als sie ihrer Stimme wieder traute. Tessa nahm ihre Hand und drückte.

»Brich mir aber nicht die Knochen«, scherzte sie.

»Hier.« Greg schob seine Finger zwischen ihre. »Drück so fest du willst.«

Der Augenblick der Ruhe wurde jäh durch ein lautes Piepen gestört. Schwestern stürmten herein, drückten auf die Knöpfe des Überwachungsmonitors und schoben Tessa und Greg aus dem Weg.

»Was ist los?«, fragte Nicole. Jähe Angst drückte auf ihre Lungen, und sie rang um Luft. »Ist etwas mit meinem Baby?«

»Die Herzfrequenz fällt ab. Alles wird gut, aber Sie brauchen einen Notkaiserschnitt.«

Nicole verstand nicht.

»Was soll das? Was passiert mit meiner Frau?« Gregs Stimme klang panisch, was Nicole noch mehr Angst machte. Sie war diejenige, die in Panik geriet, nicht er. Er war der Ruhige, Gelassene. Er war ihr Fels in der Brandung.

»Alles wird gut, aber sie muss in den OP. Und zwar sofort. Bitte.«

Tessa trat wieder an Nicoles Seite. »Sie will aber keinen Kaiserschnitt. So war das nicht geplant.«

»Bitte, Tessa. Hör auf sie«, sagte Greg. »Es ist besser so.«

Nicole warf ihrem Mann einen Blick zu. Und was sie sah, raubte ihr noch den restlichen Atem. Er wirkte beinahe – hoffnungsvoll. Als wäre es gar nicht schlecht, heute doch nicht Vater zu werden. Oder überhaupt nie Vater zu werden. Aber … Nein! Das konnte nicht sein, das war doch albern. Sie hatte starke Schmerzen, war nicht zurechnungsfähig, konnte nicht klar denken. Und als er nun an ihre Seite trat und sie sanft auf die Stirn küsste, wusste sie, dass sie es sich nur eingebildet hatte. »Ich liebe dich, Nic. Alles wird gut. Ich bleibe bei dir.«

Doch sie konnte nichts mehr erwidern, denn schon setzte man ihr eine Atemmaske über Mund und Nase. Nicole war bewusstlos, ehe sie fragen konnte, ob ihre Tochter es schaffen würde.

Der scharfe Geruch von Desinfektionsmitteln stach Nicole in die Nase. Sie versuchte, sich aufzusetzen, doch ihre untere Körperhälfte war taub, und sie konnte sich nicht bewegen. Automatisch tastete sie nach einer Möglichkeit, sich hochzuziehen oder -zustemmen, doch plötzlich schob ihr jemand etwas Hartes, Kaltes unters Kinn, und sie übergab sich prompt.

»Die Übelkeit ist anästhesiebedingt«, sagte eine sanfte Stimme. »Ich gebe etwas in Ihren Tropf, damit Sie nicht noch einmal brechen müssen.«

Sie drehte den Kopf und sah eine Frau im rosa Kittel, die

sie freundlich anlächelte. Und nun fiel ihr wieder ein, warum sie hier war.

»Mein Baby. Geht es ihm gut? Ist es …?«

Die Schwester grinste breit. »Es geht ihm gut. Sehr gut sogar.« Sie schob ein durchsichtiges Kunststoffbettchen an ihre Seite, und Nicole blickte staunend auf das winzige, dunkelhaarige Wesen, das auf dem Rücken lag und schlief. Die papierdünnen Lider flatterten. Nicole konnte kaum fassen, dass dieses zarte, wunderschöne Baby ihrs war.

»Herzlichen Glückwunsch. Möchten Sie Ihre Tochter gerne kennenlernen?« Die Schwester hob das Baby aus dem Bett, legte es Nicole auf die Brust und hielt es mit einer Hand behutsam fest.

Ohne Vorwarnung begann Nicole zu schluchzen. Die Schwester erschrak, lächelte dann aber nachsichtig. »Überwältigend, ich weiß«, sagte sie. »Aber die Kleine ist putzmunter. Zweitausendneunhundertfünfundsiebzig Gramm schwer, sechsundfünfzig Zentimeter groß und von Kopf bis Fuß perfekt. Ihre Betäubung wirkt noch nach, und Sie werden noch ein Weilchen benommen sein. Deshalb nehme ich sie jetzt erst einmal mit und bringe sie Ihnen nachher zum Stillen, damit sie die Erstmilch bekommt.«

Die Schwester nahm ihr das Baby wieder ab, ehe Nicole noch reagieren konnte. Ihr Hirn arbeitete langsam und zäh, und alles um sie herum geschah viel zu schnell.

»Wo sind mein Mann und meine Freundin?« Sie betrachtete das Baby auf dem Arm der Schwester. Sein Näschen war winzig, der Mund so perfekt, dass es an ein Wunder grenzte. Nicole versuchte, die Tränen zurückzuhalten, aber es gelang ihr nicht. Sie war Mutter! Ein Schwall überbordender Liebe durchströmte sie und drang in jede Zelle, bis es vor Intensität fast schmerzte. Doch dann folgte eine Woge Trauer, als sie sich daran erinnerte, wie sie vor vielen Jahren Amanda im Arm gehalten hatte.

»Sie warten draußen. Sie müssen sich noch ein kleines bisschen ausruhen, ehe Sie Besuch empfangen können.«

Ihre Tochter wirkte so still auf dem Arm der Schwester. Wieder schnürte die Angst ihr die Kehle zu. »Sie atmet doch, oder? Atmet sie?«

Die Schwester nickte. »Oh ja, und wie«, versicherte sie ihr.

Nicole spürte, wie die Spannung ihren Körper verließ, und ohne dass sie es verhindern konnte, sank sie in Schlaf. Als sie das nächste Mal die Augen aufschlug, saß Greg auf der Bettkante.

Sie fuhr hoch, obwohl ihr Bauch protestierend aufschrie. »Wo ist das Baby?«, stieß sie hervor.

»He, Vorsicht, Nic. Lass es langsam angehen.« Er deutete auf das Kinderbett unter dem Fenster. »Da ist sie. Sie ist wunderschön.«

Der Anblick des kleinen Wesens in der rosafarbenen Windel beruhigte ihr Herz wieder. Sie hatte eine gesunde Tochter geboren, und trotz Notoperation war sie jetzt Mutter. Sie griff nach der Hand ihres Mannes. »Ist es wirklich wahr? Haben wir wirklich ein Kind?«

Nicoles Herz schmolz, als sie die Ehrfurcht in seinem Blick sah. »Ja. Und sie sieht genauso aus wie du.«

Sie hatte gewusst, dass es um ihn geschehen wäre, wenn er seine Tochter erst einmal sah.

Er ließ ihre Hand los, trat an das Babybett, hob das Kind heraus und brachte es zu ihr. Es sah so winzig aus in seinen großen Armen, und er hielt es, als habe er Angst, etwas kaputtzumachen. Nicole musste lachen.

»Ich weiß gar nicht mehr, wann ich zum letzten Mal ein Baby im Arm hatte. Gott, ist sie winzig.«

»Babys sind zäh«, sagte sie, wünschte aber beinahe sofort, sie hätte die Worte nicht ausgesprochen. Schließlich wusste sie besser als jeder andere, wie zerbrechlich Babys tatsächlich waren.

Zart küsste er das Kind auf die Stirn, und Nicole schwoll erneut das Herz. Dann reichte er ihr ihre Tochter vorsichtig.

Nicole drückte sie sanft an sich und streichelte ihren runden Kopf mit den flaumigen schwarzen Strähnchen. »Unser Baby, Greg«, flüsterte sie, und zu ihrer Tochter: »Wir werden gut auf dich aufpassen, versprochen.« Schließlich hob sie den Kopf. »Wo ist Tessa?« Sie konnte es kaum erwarten, dass sie das Baby kennenlernte und es hielt. Sie hatte ihre Freundin noch nie mit einem Kind erlebt. Tante Tessa würde es garantiert total verwöhnen.

»Sie wollte zu dem veganen Laden, in den du so gerne gehst, und dir etwas zu essen besorgen. Sie meinte, du solltest auf gar keinen Fall diesen Krankenhausfraß essen müssen.«

Nicole lachte. »Das ist ein Wort. Ich kann's kaum erwarten, dass sie unsere kleine Quinn kennenlernt.«

Sie hatten sich für Quinn entschieden, weil es der Mädchenname von Nicoles Mutter gewesen war. Ihn ausgesprochen zu hören machte sie sowohl glücklich als auch traurig, und Tränen stiegen ihr in die Augen. Wie sehr sie wünschte,

38

ihre Mutter hätte hier sein können, um ihr zu sagen, wie stolz sie auf sie war.

Greg blickte verdutzt auf. »Warum steht denn auf der Karte am Bettchen ›Amanda‹?«

Nicole starrte ihn einen Moment lang sprachlos an. Sie musste sich verhört haben. »Wieso? Was meinst du?«

»Hier an der Seite steckt eine Namenskarte. Amanda. Gefällt mir auch. Wenn du sie lieber so nennen möchtest, bin ich einverstanden.«

Nicole entdeckte das Namenskärtchen und versuchte blinzelnd, die kleinen Buchstaben zu entziffern.

Amanda Markham.

Nein! Nein, nein, nein. *Wieso?* Wieso stand dieser Name auf dem Bett ihres Babys?

Sie spürte, wie sich eine Panikattacke anbahnte. Sie musste sie eindämmen, ehe Greg etwas mitbekam. Dies hier war die Krönung ihrer Beziehung. *Dankbarkeit, Glaube, Vertrauen,* wiederholte sie im Geist und atmete im selben Rhythmus ein und aus, um ihr Kronenchakra zu reinigen.

»Liebling, alles in Ordnung?«

Nur unter größter Anstrengung gelang es ihr, normal zu klingen. »Bitte nimm du sie wieder. Ich glaube, mein Blutdruck ist zu niedrig. Ich fühle mich etwas schwach.«

Greg legte das Baby zurück ins Bett und kam sofort zu ihr zurück. »Nic, was ist denn los? Geht es dir nicht gut?«

Bei der Anmeldung musste ein Fehler unterlaufen sein, es war nur ein dummer, grausamer, lächerlicher Zufall. Nach weiteren fünf tiefen Atemzügen konnte sie sich wieder auf Gregs Gesicht konzentrieren.

Sie wollte das Baby wiederhaben. Wollte es fühlen. Es atmen spüren. Nicole schlug die Decke auf, ignorierte den aufflammenden Schmerz in ihrer Bauchdecke und versuchte, aufzustehen. Etwas zog an ihrem Arm. Der Tropf! Sie hing noch am Tropf. »Mein Baby. Bitte. Ich will mein Baby.«

»Ganz ruhig, Liebling. Ich hol sie dir ja. Die Geburt hat dir offenbar ganz schön zugesetzt. Du bist noch sehr – emotional.« Er legte ihr ihre Tochter in die Arme, dann kehrte er zum Bettchen zurück und zog die Karte aus dem Halter.

»Klingt irgendwie schön, nicht wahr?«, sagte Greg und hielt ihr das Kärtchen hin.

Amanda Markham.

Der Druck auf ihrer Brust war schier unerträglich. Nicole wandte sich ab und legte sich mit dem Baby zurück aufs Kissen. Als sie dem Kind einen Finger an den Hals legte, spürte sie das Pochen, und jeder Pulsschlag sagte ihr, dass ihr Kind atmete, lebte, ihres war. Ihre eigene Atmung normalisierte sich, und sie küsste ihre Tochter auf die Wange. So weich war sie, so neu, so perfekt. »Ich passe auf dich auf, und ich werde dich ewig lieben. Nichts wird dir zustoßen«, flüsterte sie. Dann blickte sie zu Greg auf. »Entschuldige. Die OP hat mich wirklich etwas aus der Bahn geworfen. Sie heißt Quinn, so wie wir es besprochen hatten. Meine Mutter wäre die beste Großmutter der Welt gewesen. Es ist mir sehr wichtig, dass sie ihren Namen trägt.«

Greg kam zum Bett zurück und setzte sich behutsam neben Frau und Tochter. »Wie du willst. Also Quinn.«

Ehe sie noch etwas zu dem Namenskärtchen sagen konnte, hörte sie das Klacken von Absätzen draußen auf dem Gang.

Weil sie mit Tessa rechnete, schaute sie auf und sah draußen eine Frau vorbeigehen. Es dauerte einen Moment, bis ihr klar wurde, dass das flammend rote Haar, das im Türrahmen aufgeblitzt war, genau die gleiche Farbe hatte wie Donnas fast zwanzig Jahre zuvor.

Greg strich ihr mit einem Finger über die Schläfe. »Was ist? Du siehst aus, als hättest du ein Gespenst gesehen.«

»Wer war das?«, flüsterte sie.

»Wer?«

»Die Frau an der Tür.«

Er betrachtete sie einen Moment lang besorgt. »Tessa wohl nicht. So schnell kann sie nicht zurück sein.« Er warf einen Blick über die Schulter. »Da ist keiner, Liebling. Du bist noch von der Betäubung benommen, das ist alles. Kann ich dir irgendwas bringen?«

»Nein, alles in Ordnung.« Was glatt gelogen war. Nichts war in Ordnung. »Ich kann nur kaum erwarten, dass Quinn ihre Tante kennenlernt.«

Wenn es nur so einfach gewesen wäre.

Du bist es nicht wert, Mutter zu sein. Du bist eine Mörderin. Du kannst kein Baby beschützen.

Nicole blickte erneut zur Tür, aber da war niemand mehr.

5. KAPITEL

MORGAN

Ich stecke den violetten Post-it-Zettel in meine Tasche, ehe ich mich am klebrigen Geländer festhalte und hinter dem Officer die Treppe hinaufsteige, die aus der U-Bahn-Station hinausführt. Amanda. Ist das der Name des Babys oder der Mutter? Ein kühler Wind schlägt mir ins Gesicht, als wir auf die West Grand Avenue hinaustreten. Es dämmert bereits, und die Sonne steht als orangefarbener Feuerball hinter der Haltestelle. Zahlreiche Übertragungswagen und Polizei- autos stehen achtlos auf den Fahrradspuren geparkt.

Der Officer bleibt an einem Polizeiwagen stehen, und ich kann ihn mir endlich richtig ansehen. Er ist klein und drah- tig und kaum größer als ich. Dennoch schüchtert er mich ein.

»Ich bin Officer Campbell. Sagen Sie mir bitte Ihren Namen?«

»Morgan Kincaid«, flüstere ich, weil meine Kehle so rau ist, als hätte ich Sandpapier verschluckt.

Er hilft mir auf die Rückbank des Autos, indem er mir die Hand an den Hinterkopf legt, als sei ich verhaftet. Ich will nicht, dass er mich anfasst, sage aber nichts.

Auf der Fahrt starre ich aus dem Fenster. Trauer über den Tod der Frau überkommt mich, doch die Bestürzung gewinnt Oberhand, als Officer Campbell auf die North Larrabee einbiegt. Wo sich eben noch üppige Baumkronen über uns spannten, ziehen nun dürre, karge Äste an uns vorbei, die sich herabducken, als würden sie sich mit mir solidarisieren wollen. Industriebauten aus braunem Backstein säumen die Straße, und Parkplätze und heruntergekommene Geschäfte weisen den direkten Weg zu der grauen Zumutung aus Beton, die das Gebäude der Chicagoer Polizei im achtzehnten Distrikt darstellt.

Mein Kleid klebt an der aufgeplatzten schwarzen Lederbank, und ich löse es vom Sitz, ehe ich mein Handy aus der Tasche hole und eine kurze Nachricht an meine Anwältin, Jessica Clark, schreibe. Sie war diejenige, die sich vor mich stellte, als Ryan sich umgebracht hatte, meine Welt zusammenbrach und Freunde und Familie sich in ihrem Zorn gegen mich wandten. Vielleicht brauche ich sie diesmal nicht. Ich habe schließlich nichts getan. Aber ich traue der Polizei nicht.

Ich tippe auf Senden.

Nur wenige Sekunden später erhalte ich Antwort.

Bin schon unterwegs.

Mir wird flau, und ich habe Angst, hier im Wagen ohnmächtig zu werden. Ich hätte mich auf dem Bahnsteig sofort durch die Menge drängen und weglaufen sollen, anstatt die Frau an mich heranzulassen, aber was wäre dann aus dem

Baby geworden? Wieder und wieder wickele ich eine Strähne um meinen Finger und ziehe so fest, dass die Haare mir in die Haut schneiden.

Lieb du sie an meiner Stelle, Morgan.

Niemals hätte ich mich abwenden können.

Officer Campbell fährt in die Tiefgarage und parkt, und ich löse meinen Gurt und folge ihm durch die Sicherheitsschleuse, wo er an der Sprechanlage meinen Namen nennt. Mit dem Fahrstuhl fahren wir zu den Verhörräumen hinauf, und ich wende den Blick von den dicken Eisenstäben hinter uns ab, die die Polizei vor potenziell gefährlichen Gefangenen schützen sollen. Ich will hier nicht sein.

»Ms. Kincaid, würden Sie bitte mit mir kommen?« Campbells Uniformärmel strafft sich, als er von dem Sergeant am Empfang einen Zettel entgegennimmt.

Peinlich berührt werde ich mir bewusst, dass mein Kleid von einer dünnen Schmutzschicht überzogen ist, aber als ich mir mit der Hand über das Gesicht fahre, rieche ich noch den frischen, pudrigen Geruch des Babys und hoffe inständig, dass es ihm gut geht.

Weiter geht es durch das Polizeirevier, und das konstante Brummen der Neonbeleuchtung verursacht mir Kopfschmerzen. Vor achtzehn Monaten war ich zum ersten Mal hier. Kleidung und Hände waren voll mit Ryans Blut, und ich stand unter Schock.

Lass nicht zu, dass man ihr etwas antut.

Ich werde Officer Campbell alles erzählen. Sobald wir dort angekommen sind, wohin auch immer er mit mir geht, wiederhole einfach jedes Wort, das die Frau gesagt hat. Und erzähle ihm auch von dem Zettel, den sie mir vor ihrem Sprung auf die Gleise an meine Tasche geklebt haben muss, auch wenn ich nicht weiß, wann und wie genau.

Wir gehen an einigen Büros vorbei. Ein Officer, der telefoniert, steht auf und schließt rasch die Tür, als wir den Raum passieren. Telefoniert er vielleicht gerade mit der Familie der Frau, mit ihrem Partner? Ich weiß, wie es sich anfühlt, eine solche Hiobsbotschaft zu bekommen. Wie damals, als der Anruf aus dem Krankenhaus kam, als mein Vater starb. Ich weiß, wie man zu Boden geht, wie man sich vor Entsetzen krümmt, zitternd, verzweifelt. Ich kenne die Unersättlichkeit der Schuldgefühle, die Leere der Reue. Niemand vergisst den Augenblick, in dem das eigene Leben pulverisiert wird. Mein Herz schwillt vor Mitgefühl für die Familie, die zurückgeblieben ist, vor allem für das kleine Baby. Doch plötzlich dämmert es mir: Hätte die Frau eine Familie gehabt, hätte sie wohl kaum versucht, das Baby mir zu geben.

Wenn mir etwas zustoßen würde, hätte die Polizei niemanden, den sie anrufen könnte. Meine Mutter lebt in Florida; wir reden kaum miteinander. Tatsächlich kann ich mich nicht entsinnen, wann wir zuletzt gesprochen haben. Gesehen haben wir uns das letzte Mal vor einem halben Jahr nach der Beerdigung meines Vaters. Steif saßen wir im Wohnzimmer des Hauses, in dem ich aufgewachsen bin, und hielten Tassen mit lauwarmem Tee in der Hand.

»Ich ziehe nach Miami zu Tante Irene. Nun, da dein Vater tot ist, werde ich das Haus verkaufen müssen.«

Die unausgesprochene Botschaft war klar: Sie konnte sich die Hypothek nicht mehr leisten, weil mein Mann ihr ganzes Geld gestohlen und es ohne ihr Wissen in seinen hoch riskanten Hedgefonds eingezahlt hatte. Der Herzinfarkt meines Vaters war laut meiner Mutter allein meine Schuld.

»Ich hatte keine Ahnung, was er tat«, sagte ich ihr wie schon hundert Male zuvor, wie ich es schon unzähligen anderen Menschen – Freunden, Kollegen, Verwandten – gesagt hatte, die Ryan ihre Ersparnisse anvertraut hatten, und wie ich es routinemäßig jedem sage, in dessen Miene ich einen Schatten des Zweifels zu erkennen glaube. Der Einzige, der fest daran glaubte, dass ich mit alldem nichts zu tun hatte, war mein Vater, doch nun ist er tot.

Officer Campbell hat inzwischen vor einem unauffälligen Verhörraum gehalten, in dem ich glücklicherweise noch nie gewesen bin. Ehe er mich allein lässt, sagt er: »Ein Detective wird in Kürze Ihre Aussage aufnehmen. Möchten Sie einen Kaffee? Ein Wasser?«

Ich setze mich auf einen harten Drehstuhl und schüttele den Kopf. Er geht, doch wenig später höre ich wieder Schritte und blicke hoch. Als die Frau eintritt, erkenne ich sie sofort wieder. Und ihrem Gesichtsausdruck nach erkennt sie auch mich. Es ist Detective Karina Martinez, die damals zum Tatort zu uns nach Hause kam, als ich zitternd neben Ryans lebloser Gestalt hockte. Sie war diejenige, die mich fortbrachte und befragte, warum mein Mann sich umgebracht hatte und wie er so viele Leute um Millionen Dollar hatte bringen können.

Sie deponiert die *Chicago Tribune* und eine offene Flasche Wasser neben der Schachtel mit Taschentüchern auf dem zerschrammten Kunststofftisch. Dann setzt sie sich mir gegenüber und schiebt sich den Pony aus der hohen Stirn. Ihr Gesicht ist rund und glatt, keine einzige Falte. Ob sie noch immer der jüngste Detective im achtzehnten Distrikt ist? Die Kamera an der Zimmerdecke hat rot zu blinken angefangen, und mir wird bewusst, dass nun jede meiner Gesten aufgezeichnet wird. Ich schlage die Beine übereinander, stelle sie wieder nebeneinander. Ich weiß nicht, welches Verhalten von mir erwartet wird. Ich fühle mich schuldig, obwohl ich doch nichts getan habe.

Ich presse die Lippen zusammen.

Martinez schiebt mir die Flasche Wasser hin. Dann beugt sie sich vor. »Da sind Sie ja wieder.« Sie sieht mir in die Augen, als würde allein mein Anblick sie schon ermüden.

Ihr Benehmen ist alarmierend. Meine Hände beginnen zu schwitzen.

»Morgan. Wie ist es Ihnen ergangen?«

Was soll ich ihr sagen? Jessica würde mir bestimmt raten, gar nichts zu sagen, bis sie eintrifft, aber bei einer harmlosen Frage zu schweigen kommt mir unsinnig vor. »Ganz gut. Es wird langsam.«

Martinez nickt. »Können Sie mir bitte für das Protokoll Name und Anschrift nennen?«

Meine Hände zittern. »Ich möchte lieber auf meine Anwältin warten.«

»Ihre Anwältin ist unterwegs hierher? Interessant. Sie sind sich bewusst, dass es hier bloß um eine Zeugenaussage geht?«

Das dachte ich ja eigentlich auch. Nur warum benimmt

sie sich so, als hätte ich etwas getan? Unter dem Druck gebe ich nach. Nenne Namen und Adresse.

»Können Sie mir sagen, was genau heute auf dem Bahnsteig der Grand/State geschehen ist?«

Ich schlucke, um Zeit zu schinden, weil ich hoffe, dass Jessica jeden Moment hereinmarschiert und mir zur Hilfe eilt. Martinez zieht ihren Pferdeschwanz fest, ohne mich aus den Augen zu lassen.

Ich rufe mir ins Bewusstsein, dass die Tatsachen auf meiner Seite sind. Was habe ich zu befürchten? Sie will doch bloß wissen, was geschehen ist. Es gibt so viele Zeugen. So viele Leute müssen gesehen haben, dass die Frau mir das Baby in die Hand gedrückt hat und dann vor den Zug gesprungen ist.

Also hole ich tief Luft. »Ich wollte wie jeden Abend zur gleichen Zeit die Bahn nach Hause nehmen. Ich habe nicht auf meine Umgebung geachtet und war daher überrascht, als eine Frau mich plötzlich am Arm packte und mich bat, ihr Baby zu nehmen.«

Martinez zieht ihre perfekt gezupften Brauen hoch. »Kannten Sie sie?«

Ich schüttele den Kopf. »Nein. Ich hatte sie nie zuvor gesehen. Sie wirkte – verwirrt. Ich entzog ihr meinen Arm, weil sie mir Angst machte. Wir standen so nah an der Kante, dass ich um sie und das Baby fürchtete, aber ich wusste nicht, was ich tun sollte.«

»Sind Sie weggegangen? Oder haben jemanden um Hilfe gebeten?«

Ich schaudere. Ich wünschte, ich hätte es getan. »Alles

ging so schnell. Sie stand direkt vor mir, und ihr Blick huschte hin und her, als würde sie jemanden suchen. Als hätte sie Angst. Dann sagte sie, ich solle aufpassen, dass niemand dem Kind etwas antäte.« Ich ziehe meine Tasche fest an mich. Ich werde ihr nicht erzählen, dass die Frau meinen Namen kannte. Und auch nicht von dem Zettel mit dem Namen Amanda.

»Wie kam das Baby auf Ihren Arm, ehe die Frau auf den Gleisen landete?«

Mein Herz hämmert laut in meiner Brust. »Sie hat es mir gegeben. Ich war so schockiert, dass ich es, ohne nachzudenken, genommen habe. Ich hatte Angst, dass ich es fallen lassen könnte, also habe ich es fest an mich gedrückt. Und während ich auf die Kleine herabschaute, ist die Mutter gesprungen.« Meine Stimme stockt, und Tränen laufen mir über die Wangen. »Ich … Ich konnte nichts tun. Alles ging so schnell!«

Martinez reicht mir ein Taschentuch, aber die Geste hat nichts Mitfühlendes.

»Ich glaube nicht, dass Sie mir alles sagen.«

Ich fahre zurück. »Das war die Wahrheit.«

»Ich behaupte ja auch nicht, dass Sie mich anlügen. Aber Sie verschweigen mir etwas, Morgan. Die Officer haben Zeugenaussagen von anderen Pendlern aufgenommen. Viele Leute haben gesehen, was geschehen ist. Und gehört, was die Frau gesagt hat. Sie kannte Ihren Namen, Morgan.«

Furcht macht mir das Atmen schwer. Ich reibe mir über das Schlüsselbein. Warum habe ich das bloß für mich behalten? »Das stimmt, aber ich dachte, ich müsste mich verhört haben. Die ganze Sache geschah so plötzlich und machte mir Angst. Ich sage Ihnen die Wahrheit. Ich sage Ihnen alles, was ich weiß. Ich habe die Frau nie zuvor gesehen, nie zuvor mit ihr gesprochen. Ich weiß nicht, wer sie war, woher sie meinen Namen kannte oder warum sie ausgerechnet mich angesprochen hat.«

Da. Jetzt habe ich ihr wirklich alles gesagt. Nur nichts von dem violetten Klebezettel. Aber was, wenn sie auch davon schon weiß? Soll ich auf Jessica warten, oder soll ich den Zettel aus der Tasche holen und gestehen?

Martinez atmet ein und verschränkt die Arme. »Haben Sie heute ein Namensschild getragen – vielleicht bei der Arbeit? Oder personalisierten Schmuck? Irgendetwas dabeigehabt, auf dem Ihr Name gestanden haben könnte?«

Ich denke darüber nach, aber mir fällt nichts ein. »Nein.«

Martinez starrt mich einen Moment lang wortlos an. Dann nimmt sie die Zeitung, die am Rand des Tischs liegt, schlägt sie auf und schiebt sie mir entgegen. Sie deutet auf einen Artikel. »Sie kennen das Opfer, Morgan. Nicole Markham, die Geschäftsführerin der Bekleidungssparte von Breathe. In welchem Verhältnis stehen Sie zu ihr?«

Ich schnappe hörbar nach Luft. Auf dem Foto ist eine wunderschöne Frau mit kastanienbraunen Locken und langen, schlanken Beinen zu sehen. Sie trägt silberne High Heels, einen auf Figur geschnittenen korallenroten Rock und ein enges weißes T-Shirt mit V-Ausschnitt. Sie sieht aus wie der Inbegriff der Karrierefrau, die Beruf und Familienleben mit links meistert. Ist das wirklich die panische, verwahrloste Frau, die mich angefleht hat, mich um ihr Baby zu kümmern, ehe sie in den Tod sprang? Ich erkenne sie wieder, ja, aber die Verwandlung ist grotesk, wie ein pervertiertes Vorher-nachher-Umstyling.

Und natürlich kenne ich das Unternehmen Breathe – wer nicht? Ich besitze sogar eine ihrer unverkennbaren Yoga-Leggings. Aber Nicole Markham bin ich noch nie begegnet, ich kenne sie nicht persönlich. Warum sollte diese Frau, die alles kann und alles hat, eine Fremde – mich! – bitten, ihr Baby zu beschützen? Wovor überhaupt?

Dann kommt mir ein Gedanke. »Vielleicht kannte sie mich ja aus den Nachrichten. Nach Ryans Tod war auch mein Name oft genug in den Medien.« Ich spare mir den Zusatz, »und wird jetzt wahrscheinlich bis in alle Ewigkeit fälschlicherweise mit Veruntreuung in Verbindung gebracht«, denn Martinez wird sich denken können, wie ich dazu stehe. »Oder könnte Breathe nicht auch eine Verbindung zu Haven House haben, wo ich arbeite?« Nur wenige Menschen überhaupt wissen, dass das Frauenhaus existiert, denn das braune, unauffällige Gebäude liegt sehr versteckt an der West Illinois Street, um den Frauen und Kindern, die dorthin flüchten, größtmöglichen Schutz zu gewähren.

Martinez klopft mit dem Absatz ihres schwarzen Pumps' auf den Boden. »Wir werden uns die Akten von Haven House ansehen.« Sie wirft mir einen Blick zu, der Mitgefühl signalisieren soll, sich aber nicht echt anfühlt. »Es ist sicher nicht leicht für Sie. Nun, da Ihr Mann nicht mehr ist.«

Womit sie recht hat. In Chicago habe ich niemanden mehr. Erst nach Ryans Tod wurde mir bewusst, dass die einzigen Freunde, die ich während unserer Ehe hatte, Ryans

Freunde waren. Er betrog sie alle und verstand es, die Dinge so zu drehen, dass ich am Ende als seine Komplizin dastand. Selbst die Menschen, mit denen ich mich auf dem College und bei der Arbeit angefreundet hatte, distanzierten sich infolge von Ryans Selbstmord von mir, und ich blieb in meiner Trauer und Fassungslosigkeit allein. Doch davon werde ich Martinez garantiert nichts erzählen, denn sie stochert auf der Suche nach etwas herum. Keine Ahnung, wonach.

Als ich nicht antworte, verziehen sich Martinez' Lippen geringschätzig.

»Morgan, es ist mir immer ein wenig schwergefallen zu glauben, dass Sie nichts von den Machenschaften Ihres Mannes wussten. Es lässt sich ja nicht wegdiskutieren, dass Sie die *Light-the-Way*-Stiftung, deren Investoren er betrogen hat, ins Leben gerufen haben. Sie waren tagtäglich mit ihm zusammen, und Sie sind doch eine kluge Frau. Es stimmt, wir konnten nie beweisen, dass Sie wussten, was er vorhatte, aber Sie wirkten während unseren Ermittlungen, nun – wenig auskunftsfreudig. Und nun stehe ich vor demselben Problem.« Sie lehnt sich zurück und blickt auf Nicole Markhams Foto in der Zeitung. »Die Geschäftsführerin von Breathe ist tot, und Sie standen mit ihrem Baby auf dem Arm an der Bahnsteigkante. Außerdem hat sie Ihren Namen genannt. Verstehen Sie, warum ich der Ansicht bin, dass Sie beide sich gekannt haben müssen?«

Dass Martinez meine traumatische Erfahrung dazu benutzt, mir ein Bein zu stellen, macht mich plötzlich wütend. Ich springe auf und stoße dabei die Wasserflasche um.

»Wieso glaubt eigentlich jeder, mich so genau zu kennen?«, presse ich hervor und deute auf sie. »Sie haben doch
keine Ahnung.«

Stumm betrachtet Martinez meinen ausgestreckten Finger. Das Klacken von Absätzen draußen auf dem Gang lässt
mich aufmerken. Am ganzen Körper bebend setze ich mich
wieder, und als Jessica eintritt, falle ich vor Erleichterung
regelrecht in mich zusammen.

Jessica ist so groß, dass selbst ich mir neben ihr klein vor-
komme, obwohl ich schon größer als der Durchschnitt bin.
Ihre dunkle Haut ist glatt und makellos, und das petrolfar-
bene Kostüm steht ihr – wie alles – ausgezeichnet. Als wir
uns zum ersten Mal begegneten, fragte ich sie, ob sie früher
Model gewesen war.

Beide begrüßen einander höflich, dann setzt sich Jessica
neben mich und legt mir eine Hand auf die Schulter.

Martinez erklärt ihr, wer die Frau war, die gesprungen
ist, und warum ich als »wichtige Augenzeugin« hier sitze.
Sanft berührt Jessica mich am Rücken. »Alles in Ordnung,
Morgan?«

Mit einem Mal strömen all die Emotionen heraus, die ich
nur mit Mühe unterdrücken konnte, seit ich das Polizeirevier betreten habe. Die gesprungenen Lippen, der panische
Blick, die spürbare Verzweiflung der Frau blitzen wie Film-
szenen vor meinem geistigen Auge auf. Ein Schluchzer bricht
sich Bahn, und ich beginne, um das Baby, um ihre Mutter
und um mich selbst zu weinen.

Jessica tätschelt mir die Schulter, bis mein Schluchzen
abebbt.

Dann wendet sie sich an Martinez. »Ich muss mit meiner Mandantin allein sprechen.« Sie schaut zur Decke hinauf. »Ohne Kamera.«

»Na schön.« Martinez steht auf, verlässt den Raum und schließt die Tür hinter sich.

Plötzlich ist mir so schwindelig, dass ich den Stuhl zurückschiebe, mich vorbeuge und den Kopf in meine Hände stütze.

Jessica wartet, bis ich mich wieder aufrichte. »Fassen wir zusammen.« Sie wirft einen Blick auf die Zeitung auf dem Tisch. »In den Nachrichten hieß es, dass die CEO von Breathe in der U-Bahn-Station Grand/State Selbstmord begangen hat. Vorher hat sie ihr Baby einer Fremden gegeben. Die Fremde sind Sie?«

»Ja und nein.«

Jessica zieht die Brauen hoch. »Dann schießen Sie mal los.«

»Ich habe auf meine Bahn gewartet, als diese Frau meinen Arm packte und mir sagte, ich solle ihr Kind nehmen. Sie wirkte verängstigt, Jessica, als sei jemand hinter ihr her. Und sie hat meinen Namen gesagt. ›Lieb du sie an meiner Stelle, Morgan‹, hat sie gesagt. Das mit dem Namen war das Einzige, was ich Martinez nicht erzählt habe, aber sie wusste es schon von anderen Zeugen. Ich befürchte, dass sie mir etwas anhängen will, aber ich habe bloß dort gestanden und auf die Bahn gewartet, ich schwöre es.« Wieder lasse ich den Kopf in die Hände sinken. »Keine Ahnung, warum ich es ihr nicht sofort gesagt habe.« Ich schaue auf. »Es tut mir leid.«

Sie stöhnt. »Schon gut. Sie stehen unter Stress. Das alles mitzuerleben muss schlimme Erinnerungen heraufbeschworen haben.«

Ryan, das Blut, das aus seiner Wunde trat, die Waffe in seiner Hand. *Nein, oh, Gott, nein, das kann nicht sein. Das alles passiert doch nicht wirklich.*

»Ja, das hat es«, gebe ich zu. »Und sie hat *mich* ausgesucht, um ihr Baby zu beschützen. Ich wollte nie …«

»Schsch, schon gut, ich hab's verstanden. Sie haben sich nichts zuschulden kommen lassen. Es ist meine Aufgabe, Sie zu verteidigen, Morgan, und wir haben so etwas schon einmal durchgestanden. Im Augenblick halten wir einfach nur fest, dass Sie genug gesagt haben. Sie reden nicht mehr mit Martinez, nicht mit den Medien, mit niemandem, okay? Nur, wenn ich dabei bin.«

Sie rückt ihren Stuhl näher an mich heran. »Wir haben nicht mehr viel Zeit hier. Falls es noch etwas gibt, das wichtig sein könnte oder das Sie bisher nicht erwähnt haben, sollten Sie es mir unbedingt jetzt erzählen.«

Ich schiebe mir mein schweißfeuchtes Haar aus der Stirn, nehme meine Tasche und wühle darin herum, bis ich den Post-it-Zettel gefunden habe. Ich gebe ihn Jessica. »Das hier klebte danach an meiner Tasche. Ist das der Name des Babys?«

Neugierig betrachtet Jessica den Klebezettel von allen Seiten. »Nein. In den Nachrichten war von ›Quinn‹ die Rede.«

Nicht Amanda. Quinn. Was für ein hübscher Name für das kleine Mädchen, das ich im Arm gehalten habe.

»Aber wer ist dann Amanda?«, frage ich. »Und was, wenn Quinn in Gefahr ist? Ihre Mutter schien das zumindest zu glauben. Sie flehte mich an, dafür zu sorgen, dass dem Baby nichts geschieht, und sie wirkte so nervös, als ob sie verfolgt würde. Wir müssen den Zettel Martinez zeigen.« Jessica schüttelt heftig den Kopf und gibt mir den Zettel zurück. »Ganz sicher nicht. Ich setze Barry, meinen Ermittler, darauf an. Er soll ein bisschen nachforschen. Aber bis wir nicht wissen, warum Nicole Sie auf dem Bahnsteig mit Namen oder überhaupt angesprochen hat, wird jedes weitere Detail bei Martinez nur den Verdacht erhärten, dass Sie doch etwas damit zu tun haben. Aus dem, was Sie mir erzählt haben, hörte sich Nicole Markham nicht besonders gut an.«

Mit einem Mal ist mir Jessica zu nah. Sie engt mich ein, und ich kann nicht ausweichen.

»Ist es möglich, dass Nicole Ryan kannte? Dass sie vielleicht sogar in den Betrug verwickelt war?«

Meine Eingeweide beginnen zu brennen. Obwohl ich ständig an Ryan denke, will ich nicht über ihn reden. »Ich weiß noch immer nicht, wessen Geld er alles veruntreut hat. Vielleicht hat er sie betrogen, vielleicht jemanden, den sie kannte. Sie kann sich Geld von den falschen Leuten geliehen haben, um ihre Verluste auszugleichen. Oder vielleicht hat sie sogar mit ihm gemeinsame Sache gemacht und ist nie erwischt worden. Ich habe keine Ahnung.« Meine Stimme bricht. »Er hat mir nichts als Fragen hinterlassen. Fragen und Wut und eine tiefe Wunde. Ich kannte ihn ja gar nicht wirklich.« Plötzlich kommt mir ein Gedanken. »Jessica – was, wenn ich in Gefahr bin?«

»Beruhigen Sie sich. Nichts deutet darauf hin. Auch dieser Zettel ist kein Beweis, dass jemand dem Baby oder Ihnen oder Nicole etwas antun wollte. Vielleicht war sie nicht in der Lage, sich richtig um das Baby zu kümmern.« Jessica steht auf und beginnt, auf und ab zu gehen. »Ich weiß, dass es schwer ist. Aber Sie müssen einen kühlen Kopf bewahren.«

»Wie soll ich das, wenn Nicole mich mit Namen anspricht, mir ihr Baby in die Hand drückt und dann vor meinen Augen stirbt?«

Sie tippt sich mit einem rosa lackierten Finger an die Lippen. »Wir werden herausfinden, warum sie auf Sie zugegangen ist und ob Sie in irgendeiner Hinsicht in Gefahr sind, okay? Und das Baby ist bestimmt in guten Händen.«

Ohne dass ich etwas sagen muss, weiß sie, dass ich mir um das Kind Sorgen mache. Manchmal kommt es mir vor, als könne Jessica meine Gedanken lesen. Sie kennt mich wirklich gut.

Nun seufzt sie. »Ich werde mein Bestes geben, um mehr über Quinn herauszufinden. Aber im Augenblick will ich Sie vor allem so bald wie möglich hier rausschaffen.«

Ich lasse mich auf meinen Stuhl zurücksinken. »Okay. Wie Sie meinen.«

Jessica geht zur Tür, öffnet sie und signalisiert Martinez, dass sie zurückkommen kann. Martinez tritt wieder ein. Jessica setzt sich neben mich, wirft mir einen Blick zu und legt mir die Hand aufs Knie. Mein Zittern kommt von innen.

»Sind wir fertig?«, frage ich. Ich will nur nach Hause.

»Noch nicht. Ich habe noch ein paar Fragen, die Sie beantworten sollten, wenn Sie gehen wollen.«

In Jessicas Gesicht zeichnet sich eine dumpfe Vorahnung ab. »Können wir uns einen Moment draußen unterhalten, Sie und ich?«

Die beiden verlassen den Raum und schließen die Tür. Einen Moment lang bin ich für mich, aber ehe ich mich daran gewöhnen kann, kehren sie zurück.

Martinez setzt sich wieder an den Tisch, Jessica lehnt sich an die Wand. Ihr Blick beschwört mich, so wenig wie möglich zu sagen.

Martinez scheint keine Eile zu haben und rückt auf dem Stuhl hin und her, bis Jessica sie unterbricht.

»Wir haben nicht den ganzen Tag Zeit, Martinez.«

Schließlich richten sich die dunkelbraunen Augen der Polizistin auf mich. »Das Opfer ist auf dem Rücken gelandet. Kaum jemand begeht Selbstmord, indem er sich nach hinten fallen lässt.«

Ich verstehe nicht. Ich presse die Lippen aufeinander und packe die Lehnen des Stuhls, um das Zittern meiner Hände einzudämmen. Habe ich sie springen sehen oder nicht? Mein Verstand kann kein Bild heraufbeschwören.

Plötzlich werde ich in der Zeit zurückkatapultiert zu dem Moment, in dem ich bei uns zu Hause Ryans Büro betrat und ihn auf dem Boden liegen sah. Mein Herz, mein Leben – zersprungen in Millionen Splitter. Das nasse, klebrige Gefühl von seinem Blut auf meiner Wollhose, das glänzende Scharlachrot meiner Hände, die ihm die Pistole aus den Fingern wanden, meine entsetzliche Angst, dass sich ein weiterer Schuss dabei lösen würde. Ich versuchte, den Blutstrom aus der Schusswunde in seinem Bauch zu stoppen, versuchte ihn zum Atmen zu bringen, aber es war zu spät. Sicher, unsere Ehe war nicht perfekt. Wir hatten unsere Streitpunkte – ich wollte ein Kind, er nicht. Es gab Spannungen. Aber ich wollte doch nicht, dass er stirbt!

Und nun ist diese arme Frau auch tot. Wieso habe ich nicht gesehen, was sich vor mir abgespielt hat? Warum ist alles immer so undurchsichtig?

»Morgan. Haben Sie das Baby an sich genommen, bevor Sie die Frau vor den Zug gestoßen haben?«

Martinez' Worte sind wie ein Schlag ins Gesicht. Mein Kopf schnellt hoch, mein ganzer Körper erstarrt zu Eis, und ich muss darum kämpfen, mich nicht zu übergeben. »Was?« Hat sie mich wirklich gerade gefragt, ob ich Nicole Markham *ermordet* habe?

Augenblicklich greift Jessica ein.

»Nicole Markham hat das Baby meiner Mandantin *gegeben*, sie hat es sich nicht *genommen*. Wenn meine Mandantin das Kind nicht festgehalten hätte, wäre es möglicherweise gefallen – im schlimmsten Fall auf die Gleise, und dann wäre es jetzt auch tot. Also – was soll diese Frage? Sie hat das Baby gerettet. Wie zahlreiche Menschen, die auf dem Bahnsteig waren, bezeugen können. Sie ist eine Heldin.« Jessica zieht eine Augenbraue hoch, während sie Martinez unverwandt ansieht.

Martinez lächelt, und das Grübchen, das sich in ihrer linken Wange bildet, hätte bei jedem anderen hübsch ausgesehen. Bei ihr wirkt es wie eine Drohung. »›Heldin‹ scheint mir nicht ganz die richtige Bezeichnung für Morgan.«

Womit sie recht hat. Eine Heldin hätte das Ausmaß von

59

Nicoles Verzweiflung erkannt und gewusst, was zu tun war. Eine Heldin hätte sie daran gehindert, ihr Leben zu beenden. Ich hingegen habe nur dagestanden und sie mit offenem Mund angeglotzt, als sie mir das Baby in die Arme drückte. Eine Heldin hätte kapiert, dass ihr eigener Ehemann sie und zahllose andere nur zur persönlichen Bereicherung benutzte, und es unterbunden. Es könnte der einzige Punkt sein, in dem Martinez und ich uns uneingeschränkt einig sind: Ich bin keine Heldin.

Martinez steht auf und schiebt ihren Stuhl zurück. Was sie nun sagt, lässt mich erneut innerlich zu Eis erstarren. »Sie behaupten also, Nicole Markham nicht gekannt zu haben, obwohl sie Sie mit Namen angesprochen hat. Ich habe nur noch eine Frage an Sie, Morgan: Wie sehr wünschen Sie sich ein Baby?«

»Antworten Sie nicht darauf, Morgan«, fährt Jessica barsch dazwischen. Ihr Blick ist auf Martinez gerichtet. »Das reicht jetzt. Falls Sie meine Mandantin nicht verhaften, gehen wir jetzt.«

Martinez deutet mit großer Geste zur Tür. »Tun Sie das. Wir unterhalten uns bald wieder, dessen bin ich mir sicher. Es ist erstaunlich, wobei man ertappt werden kann, wenn man meint, dass niemand hinsieht.«

Jessica bedeutet mir mit einem raschen Kopfschütteln zu schweigen und winkt mich hinaus. Ihre Lippen bilden eine dünne Linie.

Lass nicht zu, dass man ihr etwas antut.

Liebe du sie an meiner Stelle, Morgan.

Diese Frau – Nicole Markham – wusste, dass ich auf dem

Bahnsteig der Station Grand/State sein würde. Sie hat mich gezielt ausgesucht. Ich habe keine Ahnung, warum, aber ich werde es herausfinden. Ich werde nicht zweimal denselben Fehler machen. Ich werde nicht einfach nur tatenlos dasitzen und zusehen, wie der Rest der Welt zu dem Schluss kommt, dass ich ein schlechter Mensch bin.

Jessica nimmt meinen Arm. »Gehen wir.«

Ich trete über die Schwelle hinaus in den Flur. Ich will nie wieder in einem solchen Raum sein müssen. Ich habe genug von der Polizei und Detectives und den Geschichten, die die Medien verbreiten, wenn sie nichts wissen. Doch diesmal werde ich es nicht hinnehmen. Diesmal werde ich meinen Namen von jedem Verdacht reinwaschen.

6. KAPITEL

NICOLE

Schweiß sammelte sich zwischen Nicoles Brüsten und rann ihr den Bauch herab. Die frühe Morgensonne schien strahlend durch die cremefarbenen Seidenvorhänge, und die Helligkeit stach ihr in ihre müden, zugeschwollenen Augen. Sie hatte nicht gewusst, was schlaflose Nächte bedeuteten, bis sie ein Baby bekommen hatte. Nicht nur, dass Quinn stündlich Hunger zu haben schien, Nicole war auch beinahe besessen davon, sich zu vergewissern, dass ihre Tochter noch atmete. Jedes Mal, wenn Quinn ihre bezaubernden Augen schloss, die so blau waren wie der tiefe Ozean, hielt Nicole Wache. Manchmal schüttelte sie das Kind sogar leicht, um ganz sicher zu sein, dass es noch lebte.

Furchtbare Dinge geschahen, wenn man nicht aufpasste.

Als junges Mädchen hatte sie nicht verstanden, warum Donna ständig so angespannt gewesen war. Die Regale im Wohnzimmer standen voll mit zerlesenen Elternratgebern. Donna führte Tabellen über Schlafenszeiten und Schlafdauer und notierte sich den Windelverbrauch. Damals fand Nicole, dass Donna es maßlos übertrieb; schließlich war Amanda das liebste und bravste Baby gewesen, das man sich hätte vorstellen können. Doch nun, da sie Quinn hatte, konnte sie Donnas Ängste nachvollziehen. Sie hatte zahlreiche Katastrophenszenarien im Kopf. Quinn konnte sich an der Ersatzmilch verschlucken und ersticken. Nicole konnte sie fallen lassen. Und was, wenn sie sie zu fest hielt und dadurch verletzte?

Ihre Verwandlung von einer selbstbewussten, hypereffizienten Geschäftsfrau zu einer unsicheren, ängstlichen Mutter war bedrückend. Nicole war sich nicht mehr sicher, wer sie überhaupt war.

Sie kniff die Augen zu, lehnte sich an das weiße Flechtwerk des Kopfteils zurück und versuchte, den Schwindel auszuhalten, der sie in Schüben überfiel. Quinn weinte in ihrer Wiege; sie wollte auf den Arm. Nicole schlug die Augen auf und blickte zu ihrer Tochter, sah aber nur Amanda.

Mit einem Mal war sie wieder das siebzehnjährige Kindermädchen, das langsam durch den Flur auf Amandas Zimmer zuging. Sie hatte nur einen Augenblick auf der Couch die Augen zumachen wollen und war stattdessen eingeschlafen, doch nun war sie wieder wach. Amanda dagegen offenbar nicht, was seltsam war, da sie noch nie drei Stunden an einem Stück geschlafen hatte. Nicole drückte die Tür zum Kinderzimmer auf. Über dem Bettchen drehte sich träge das Schmetterlingsmobile, das wie immer *Rock a Bye Baby* spielte und Amanda stets zuverlässig in den Schlaf wiegte.

Nicole näherte sich lautlos der Wiege. Amanda sah so friedlich aus. »Weck niemals ein schlafendes Baby«, hatte Donna ihr eingeschärft. Und Nicole, unerfahren, wie sie war, hatte immer auf sie gehört. Das war schließlich ihr Job.

Aber etwas stimmte nicht – stimmte ganz und gar nicht. Das Baby war zu still. Als sie sich vorbeugte, um Amanda hochzunehmen, fielen ihre langen Locken auf die Wange des Babys, aber es schlug nicht wie sonst die Augen auf und lachte. Keine kleinen Ärmchen, die sich Nicole entgegenstreckten. Amanda regte sich nicht.

Nicole hob sie hoch und legte ihr die Hand auf die Stirn. Das Baby fühlte sich kalt an. Eisige Furcht packte sie. Mit wild hämmerndem Herzen sank Nicole auf die Knie, legte den winzigen, schlaffen Körper vorsichtig auf den Boden, presste ihren Mund auf Amandas und übte mit den Fingern Druck auf die zarte Brust aus. »Bitte, bitte, bitte«, flehte sie laut.

Und dann zog sich ihre Brust so schmerzhaft zusammen, dass sie einen Herzinfarkt befürchtete. Sie kroch zum Telefon, um die 911 zu wählen, und kam erst wieder zu sich, als man ihr eine Sauerstoffmaske über Mund und Nase drückte.

»Was hast du getan?«, schrie Donna, und ihr langes, rotes Haar fiel über Nicole, als sie sich über die Trage beugte, auf der Nicole lag. »Du Mörderin!«

Erst da begriff Nicole, dass Amanda tot war.

Und sie war schuld daran.

Greg hatte sie nichts davon erzählt – sie konnte es nicht. Ja, zum Teil waren die Sorgen und Ängste, die sie seit Quinns Geburt durchmachte, normal. Doch er würde niemals verstehen, warum sie sich wirklich derart fürchtete. Keinen einzigen Moment vergaß sie, dass Quinn jederzeit etwas Schlimmes zustoßen konnte. Und daher ließ sie sie niemals aus den Augen. Sie würde eine perfekte Mutter sein, das war ihr Ziel. Mit Greg darüber zu reden hatte wenig

Sinn, denn seine Standardantwort lautete: »Folge deinem Mutterinstinkt.« Aber wie sollte sie das tun, wenn sie ihr Baby nicht einmal stillen konnte? Sosehr sie es auch versuchte, sie hatte einfach nicht genug Milch, und ihre Unfähigkeit enttäuschte sie. Greg reagierte auf ihre Sorgen zunehmend kurz angebunden und frustriert, manchmal regelrecht abweisend.

»Aber du verstehst das nicht«, versuchte sie es ihm unter Tränen zu erklären. »Die Muttermilch enthält wichtige Abwehrstoffe gegen Infektionen. Stillen senkt das Asthmarisiko. Stillen ist wichtig für ihre Gesundheit, und ich bin nicht dazu in der Lage!«

»Ich bin nicht gestillt worden, und aus mir ist trotzdem etwas geworden.« Er nahm sie in den Arm, aber sein Trost reichte nicht. Die Tränen liefen unaufhaltsam weiter. »Nic, bitte, beruhig dich. Du bist eine wunderbare Mutter, und Quinn ist gesund und munter. Und wenn sie etwas öfter erkältet ist, ist das doch auch nicht schlimm.«

Oh, doch, das war es. Auch Amanda war gesund und munter gewesen.

Nun konnte Nicole ihn unten herumhantieren hören; er machte sich bereit, zur Arbeit zu gehen. Einen Moment lang erwog sie, ihn zu bitten, heraufzukommen und ihr das Baby abzunehmen, damit sie duschen konnte, besann sich dann aber. Das würde sie auch allein schaffen.

Sie legte sich eine Hand auf die noch immer empfindliche Bauchdecke und versuchte, tief ein- und auszuatmen, doch die Narbe schmerzte. Ohnehin reichte die Atemtherapie längst nicht mehr, um den Dauerzustand Angst zu bekämpfen. Und sie hatte nicht nur wegen Quinn Panikattacken; nicht einmal ihr Geschrei brachte Nicole wirklich aus dem Konzept, denn ein gesundes Baby tat so etwas eben. Nein, was ihr immer noch Kopfzerbrechen bereitete, war das Namensschild am Krankenhausbettchen. *Amanda.* Sie konnte das Gefühl nicht abschütteln, dass sie beobachtet wurde. Oder sah sie Dinge, die nicht wirklich da waren? War Donna vor ihrem Zimmer im Krankenhaus gewesen? War sie in Chicago? Falls ja, was wollte sie? Wiedergutmachung? Rache? Und wenn dem so war – wie weit war sie bereit zu gehen?

Seit zwei Wochen kam Tessa täglich vorbei, brachte ihr kostbare Ölproben von Breathe und versuchte mit jeder Achtsamkeitsmethode, die ihr einfiel, Nicole zu helfen, doch nichts funktionierte. Vor ein paar Tagen, als Greg bei der Arbeit gewesen war, hatten sie im Wohnzimmer auf der Couch gesessen, Quinn bei Tessa auf dem Arm, weil Nicole keine Luft mehr bekam. Schweiß tropfte ihr vom Gesicht, und sie presste sich den Handballen auf die Brust, um den ungeheuren Druck zu lindern.

»Nic, ich denke, du solltest einen Arzt aufsuchen. Ich weiß, dass du keine Medikamente mehr nehmen willst, aber du hast ja wirklich zu kämpfen.«

»Ich hasse Medikamente, Tess. Ich muss bei klarem Verstand bleiben«, presste sie hervor.

»Aber du bist nicht bei klarem Verstand. Und in den vergangenen Jahren sind die Mittel stark verbessert worden. Bitte. Tu es für Quinn. Rede doch wenigstens mit deinem Arzt.«

Nic war verzweifelt genug, um zu tun, was Tessa vorschlug. Ihr Arzt verschrieb ihr sofort Xanax, das, wie er ihr versicherte, die sicherste Option sei. Seit vier Tagen nahm Nicole das Medikament nun laut Anweisungen und war sich inzwischen sicher, dass sie den Tag nicht mehr ohne überstehen würde. Doch als sie nun nach der orangefarbenen Flasche mit den weißen Tabletten greifen wollte, stand sie nicht wie sonst auf dem Nachttisch, einem wunderschönen handpolierten Mahagoni-Stück, das ihr Innenausstatter in einem entzückenden Geschäft an der North Clybourn Avenue gefunden hatte.

Sie stand auf und stützte sich an der Kante des Tischchens ab, um nicht umzukippen. War die Flasche zu Boden gefallen? Nein, nichts. Sie war so müde, dass sie kaum geradeaus denken konnte. Hatte sie die Tabletten irgendwohin mitgenommen und es vergessen?

Sie zog die Schublade auf und blickte hinein. Kein Medikament. Stattdessen entdeckte sie ein zerknülltes Blatt Papier. Sie nahm es heraus und glättete es. Es war Donnas letzter Brief. Den sie, dessen war sie sich sicher, in die Schreibtischschublade ihres Büros bei Breathe gesteckt hatte.

Du bist es nicht wert, Mutter zu sein. Du bist eine Mörderin. Du kannst kein Baby beschützen.

Wie war der Zettel ins Haus gekommen? Hatte sie ihn selbst mitgebracht und vergessen? Oder hatte jemand ihn in ihre Nachttischschublade gesteckt?

Quinn schrie wieder. Nicole warf die Papierkugel zurück

67

in die Schublade und stieß sie zu. Ihr Atem kam plötzlich stoßweise.

»Mommy ist ja hier«, brachte sie mühsam hervor. Sie griff in die Wiege, um das Baby aufzunehmen, und spürte wieder ein heftiges Ziehen in der Bauchdecke. Niemals hätte sie gedacht, dass ein Kaiserschnitt so lange zum Ausheilen brauchte. Niemals, dass die Liebe, die sie für Quinn empfand, sie vollkommen vereinnahmen würde.

Mit Quinn auf dem Arm, schaffte es Nicole ins angrenzende Bad. Ohne das Baby abzulegen, öffnete sie den Spiegelschrank, und da stand ihr Medikament. Erleichterung durchströmte sie. Fühlte sich das Mutterdasein für andere Frauen auch so an? Nach Angst und Panik und Unzulänglichkeit? Verwandelte sich jede Mutter über Nacht von einer selbstbestimmten Erwachsenen in ein vergessliches, hyperängstliches Nervenbündel? In ihrem Freundeskreis gab es niemanden mit Kindern, und obwohl einige Angestellte welche hatten, stand Nicole ihnen nicht so nah, dass sie solche Fragen hätte stellen mögen. Und mit ihrer Mutter konnte sie nicht mehr sprechen. Der Gedanke erfüllte sie mit tiefer Trauer.

Quinn weinte immer noch. Sie trug sie zurück ins Kinderbett und schluckte die Tabletten trocken. Es würde nicht lange dauern, bis ihr Kopf wieder klarer war. Gregs Handy tönte von unten herauf. Der *Mission-Impossible*-Klingelton hatte bei ihr stets Augenrollen und Kichern ausgelöst. Nach Kichern war ihr in letzter Zeit nicht mehr zumute.

Sie hörte, wie Greg unten den Anruf annahm. An der Art,

wie er lachte, erkannte sie, dass er mit einer Frau sprach. In ihrer Gegenwart lachte er im Augenblick nicht mehr so. Nicole war als Mutter eindeutig eine Spaßbremse.

Sie nahm ihre Tochter erneut hoch, wölbte eine Hand um das zarte Köpfchen, ging hinaus zur Treppe und ließ sich auf dem Hinterteil Stufe für Stufe die Treppe hinab. Es war beschämend, sich so bewegen zu müssen, und bei jeder Stufe schoss der Schmerz durch ihre Bauchdecke, doch es war besser, als die Treppe hinabzustürzen und zu riskieren, dass Quinn sich den Schädel brach.

»Bleib ruhig«, mahnte sie sich laut, um den schlimmen Gedanken zu unterdrücken.

Ihr fielen wieder die Tabletten ein, die nicht an ihrem Platz gewesen waren. Als sie nach dem Arztbesuch das weiße Rezepttütchen auf die Küchentheke gestellt hatte, hatte Greg sie nur fragend angesehen. »Du hast eine PDA verweigert, willst aber jetzt Xanax nehmen?«

»Ich hatte immer schon leichte Probleme mit Angstzuständen, aber ich bin lange Zeit gut damit zurechtgekommen«, erklärte sie – es war das erste Mal, dass sie ihm gegenüber überhaupt etwas davon erwähnte, und mehr sollte er auch nicht erfahren. »Es fing nach dem Tod meiner Eltern an. Auf dem College nahm ich Zoloft, hörte damit aber bald wieder auf, weil ich mich ständig benommen fühlte und mich kaum konzentrieren konnte. Mein Arzt meint, Xanax ist besser und vollkommen unbedenklich.«

»Du hast mir nie gesagt, dass du Beruhigungsmittel nimmst.« Er rieb sich die Stirn, dann legte er ihr sanft die Hand in den Nacken. »Nic, ich weiß, dass du ein Arbeitstier bist, aber so hochgradig angespannt habe ich dich noch nie erlebt. Ich mache mir Sorgen.«

»Musst du nicht. Alles ist gut.« Und damit hatte sie den Deckel der Flasche abgezogen und zwei Tabletten genommen.

Sie war inzwischen unten auf der letzten Stufe angekommen und legte sich Quinn in die Armbeuge, um sich mit der anderen Hand hochzuziehen. Die Treppen zu bewältigen war erschöpfend, aber es tat ihr gut, sich zu bewegen. Sie liebte dieses Haus. Die herrschaftliche dreistöckige Villa am East Bellevue Place aus dem für Chicago typischen grauen Kalkstein war ein echtes Schmuckstück mitten im historischen Gold-Coast-Viertel der Stadt. Es war bar bezahlt worden und weit entfernt von dem zweistöckigen Backsteinhäuschen in North Kenwood, um dessen Instandhaltung sie und ihr Bruder Ben gekämpft hatten, nachdem ihre Eltern gestorben waren. Doch ihr Erbe hatte letztlich nicht für das leckende Dach, den kaputten Heizkessel und den vollgelaufenen Keller gereicht. Daher hatten sie das Haus verkauft, nachdem Nicole aus Kenosha zurückgekehrt war. Sie war ins Wohnheim vom Columbia College gezogen, und Ben hatte sich eine kleine Wohnung in der Nähe seiner medizinischen Hochschule gesucht.

Nicole durchquerte ihr ganz in Weiß gehaltenes Wohnzimmer, das mit Chrom und Glas ausgestattet war – klare Linien, keinerlei Firlefanz –, und stellte fest, dass die purpurfarbenen Tulpen in den Lalique-Vasen, die eigentlich stets frisch sein sollten, verwelkt waren und die Blätter abwarfen. Sie hatte den Putztrupp, der ihr Zuhause normalerweise in

70

tadellosem Zustand hielt, auf unbestimmte Zeit abbestellt. Der Gedanke an Fremde in ihrem Haus behagte ihr momentan nicht.

Greg saß mit dem Telefon am Ohr in der Küche und trank seinen Kaffee. Er wurde rot und beendete das Gespräch, sobald er sie entdeckte. Wie kam es bloß, dass er in letzter Zeit immer hastig auflegte, wenn sie sich näherte?

»Wer war das?«

»Meine Assistentin. Es ging um ein Kundenportfolio.« Er rieb sich die Hände über die Oberschenkel – eine typische Greg-Geste, die sie liebenswert an ihm fand. Sie stellte einen Riss in seiner sonst so selbstbewussten Fassade dar, was Nicole das Gefühl gab, nicht die Einzige mit Schwächen zu sein. »Sie hat noch viel zu lernen und braucht öfter Hilfe.«

Und sie war eine frischgebackene Mutter und brauchte auch Hilfe, dachte sie, verkniff sich die Bemerkung aber. Greg betrachtete sie von Kopf bis Fuß, und sie konnte sich nur allzu gut vorstellen, was er sah: die dunklen Ringe unter ihren Augen, das schlaffe, fettige Haar und dieselbe Kombination aus Yoga-Hose und weißem T-Shirt, die sie schon seit Tagen trug. Wie war es möglich, dass sie ein millionenschweres Unternehmen aufgezogen hatte, aber nun nicht einmal die Energie besaß, sich zu duschen und frische Sachen anzuziehen?

»Kommt Tessa heute noch irgendwann vorbei?«

Nicole zuckte die Achseln. »Ich weiß nicht. Wieso?«

»Weil ich denke, dass es dir guttäte, weibliche Gesellschaft zu haben. Eigentlich habe ich darüber nachgedacht, ob wir nicht doch jemanden einstellen sollen, der dir hilft, sodass du etwas mehr Zeit für dich hast. Du könntest dir einen Wellness-Tag gönnen. Oder wir gehen zusammen ins Spa – wie früher.«

Wieder verkrampfte sich etwas in ihrer Brust. Greg begriff es einfach nicht. Sie wollte Quinn keine Sekunde aus den Augen lassen. Dennoch musste sie seinem Blick ausweichen. Er wirkte so niedergeschlagen, als sei ein Funke in ihm erloschen. Sie erinnerte sich noch gut daran, wie sein Gesicht aufgeleuchtet hatte, als sie ihn zum ersten Hochzeitstag mit einem Erste-Klasse-Ticket nach Paris überrascht hatte. Sie hatten es kaum ins Hotelzimmer geschafft, ehe sie sich die Kleider vom Leib gerissen hatten, und später waren sie Hand in Hand über die hübschen Kopfsteinpflasterstraßen der Stadt geschlendert.

Er hatte ihr ein halbes Jahr nachdem sie zusammengekommen waren, einen Antrag gemacht – in der Lobby von Breathe kniend und vor all ihren Angestellten. »Ich habe noch nie jemanden kennengelernt, der das Leben mit solch einer Leidenschaft und Zuversicht angeht wie du. Mit dir möchte ich alt werden.«

Und wo war ihre Zuversicht nun? Als sie ihr viertes internationales Ladengeschäft in Singapur eröffnet hatten, hatte Greg in ihrem Namen einen Tisch bei Everest reserviert, ihrem Lieblingsrestaurant, und dort, im vierzigsten Stock der Chicagoer Börse, hatte er über eine Stunde auf sie gewartet, weil sie in einer Konferenzschaltung gewesen war. Greg hatte es nichts ausgemacht. Damals hätte er alles für sie getan. Nun aber schien die Verbindung zwischen ihnen nachhaltig gestört. Und sie wusste nicht, ob diese Störung nur von ihr ausging.

»Du bist so müde, Nic. Ich denke wirklich, dass wir ein Kindermädchen einstellen sollten.«

»Kommt nicht in Frage«, sagte sie schnell und presste sich den Handballen gegen die Stirn. Die Kopfschmerzen verstärkten sich rasch. »Weißt du, wieso meine Tabletten nicht mehr neben meinem Bett standen?«

Greg runzelte die Stirn. »Du hast sie neben der Ersatzmilch in der Küche stehen lassen, und ich habe sie ins Medizinschränkchen im Bad gestellt.«

Nicole versuchte sich zu erinnern. *Da* hatte sie sie gelassen? Sie wusste in letzter Zeit kaum noch, ob sie sich die Zähne geputzt hatte oder nicht.

Er brachte ihr ein aufgewärmtes Fläschchen, und Tränen traten in ihre Augen. Allein diese kleine freundliche Geste weckte in ihr den Wunsch, sich in seine Arme zu werfen, aber sie wollte keine Schwäche zeigen. Sie musste sich zusammenreißen.

Quinn weinte. Nicole schob ihr die Flasche zwischen die rosigen Lippen, und es wurde so still in der Küche, dass Nicole vor Erleichterung über die Atempause beinahe schon wieder in Tränen ausgebrochen wäre. Jedes Mal, wenn ihre Tochter herzzerreißend schrie, hatte Nicole den Eindruck, dass es ihre Schuld war.

Ihr Telefon vibrierte in ihrer Hosentasche. Tessa hatte die brillante Idee gehabt, der Frühlingskollektion vom vergangenen Jahr Taschen hinzuzufügen.

Greg nahm ihr Quinn ab und sah lächelnd auf seine

Tochter herab. Und einen kurzen Moment lang freute sie sich einfach an ihrer kleinen Familie. Vielleicht würde ja doch alles gut. Das Baby bedeutete einfach einen massiven Einschnitt in ihr bisheriges Leben; sie würden das schon hinkriegen. Greg hatte ihre Karriere stets über seine gestellt, weil er genau wusste, was Breathe ihr bedeutete – und wie wichtig das Unternehmen für ihre gemeinsame Zukunft war. Zusammen konnte sie alles schaffen.

Sie holte ihr Telefon aus der Hosentasche. Eine Nachricht von Tessa, dem einzigen Menschen, mit dem sie im Augenblick reden konnte.

Kann ich später vorbeikommen? Wir könnten spazieren gehen. Und ich hab ein Kleidchen für Quinn gekauft.

Nicole antwortete.

Weiß nicht, ob ich spazieren gehen kann. Aber komm gerne vorbei.

Als sie aufschaute, war Greg mit Quinn nicht mehr in der Küche.

Ganz plötzlich ertönte eine hohe, blecherne Melodie, und Nicole erstarrte. Es war *Rock a Bye Baby*, das Schlaflied, das sie Quinn noch nie vorgespielt hatte, weil es sie an Amanda und jenen furchtbaren Sommertag erinnerte.

Woher mochte es kommen?

Greg und sie hatten noch keines von den Musikspielzeugen, die sie geschenkt bekommen hatten, aufgemacht.

Die unheimliche Musik brach ab.

»Liebling«, rief sie, »hast du das gehört?«

»Was denn?«, kam aus dem Wohnzimmer zurück.

Hatte sie es sich eingebildet?

Ihre Hände zitterten inzwischen heftig. Es hatte sich angehört, als käme es von oben. Und da sie nicht riskieren wollte, dass Greg endgültig zu dem Schluss kam, sie habe den Verstand verloren, beschloss sie, selbst nachzusehen.

Trotz der Schmerzen, die ihr die Kaiserschnittnarbe verursachte, kehrte sie zur Treppe zurück und machte sich an den Anstieg. Jede Stufe war eine neue Herausforderung, doch sie schaffte es bis hinauf in den ersten Stock und gönnte sich einen Augenblick des Triumphs.

Oben war es still. Sie wollte gerade kehrtmachen und die Treppe wieder hinabsteigen, als die langsamen, unheilverkündenden Klänge erneut einsetzten. Sie kamen eindeutig aus dem Kinderzimmer. Nicole stieß die Tür auf.

Kirschblüten-Wandsticker rankten sich die taubenblauen Wände hinauf und umrahmten ein Regal voller Stofftiere. Ein Kinderzimmertraum für kleine Mädchen. Doch über dem Bettchen drehte sich träge ein pastellfarbenes Schmetterlingsmobile, wie Nicole es beinahe zwanzig Jahre nicht mehr gesehen hatte. Es war genau dasselbe beruhigende Spielzeug, das damals über Amandas Bett gehangen hatte und dessen Batterien Donna wöchentlich ausgetauscht hatte.

Wenn der Ast bricht, stürzt die Wiege herab …

Das Lied stoppte. Nicoles Blick huschte hin und her. Wer hatte das getan? War noch jemand im Zimmer? Doch der Raum war leer, und das Mobile kam zum Stehen.

Und endlich fand sie ihre Stimme wieder. »Greg? Greg, komm her! Schnell!«

Einen Moment später hörte sie ihn die Treppe hinaufpoltern. Keuchend blieb er mit Quinn auf dem Arm im Türrahmen stehen. »Was ist los?«

»Das.« Bebend deutete sie mit dem Kopf auf das Mobile.

»Ja, und?«, fragte er. »Das ist nur ein Mobile.«

»Hat uns das jemand geschenkt?«, fragte sie. Quinn fing wieder an zu weinen, und Nicole hätte sie zu gerne getröstet. Aber sie zitterte so stark, dass sie es nicht wagte. »Wieso hängt das da? Und woher kommt das?«

Greg sah sie mit offenem Mund an. »Willst du mich auf den Arm nehmen?«

Sie presste sich eine Hand auf dem Bauch, als ihr Inneres sich zusammenkrampfte. »Was meinst du damit?«

Er trat zur Wiege und legte Quinn hinein. Nicole wich an die Wand zurück und rutschte daran herunter.

»Hey«, sagte Greg, als er die Panik in ihrer Miene erkannte. Er ging vor ihr in die Hocke und setzte sich neben sie. »Alles ist gut.« Er legte ihr ganz behutsam eine Hand aufs Knie, als stünde sie am Rande eines Nervenzusammenbruchs. »Nic, *du* hast das Mobile gekauft.«

Nicole wich vor ihm zurück. »Das habe ich nicht.«

»Liebling, doch. Du hast vor ein paar Tagen einen Ausdruck von eBay auf dem Wohnzimmertisch liegen lassen. Du hast es bestellt. Ich habe es aufgehängt, damit du eine Sache weniger zu tun hast. Was war daran falsch?« Frustriert ließ er seine Schultern nach vorne fallen.

Plötzlich kribbelte alles – als würden tausend Ameisen

über ihre Arme rennen. Nicole hatte noch nie im Leben etwas bei eBay gekauft. Und wenn sie es täte, dann ganz gewiss nicht dieses Mobile. Niemals.

Ihre Kehle fühlte sich an, als hätte sie Glassplitter verschluckt. Das Namenskärtchen, die Rothaarige an der Zimmertür im Krankenhaus, die fehlenden Tabletten und nun das Mobile. Verlor sie tatsächlich den Verstand?

Greg gab sich Mühe, ruhig zu bleiben, doch sie konnte seine wachsende Ungeduld spüren.

»Nic, es ist nicht schlimm. Ich vergesse auch Verschiedenes.« Er erhob sich, trat noch einmal ans Bettchen und schnupperte. »Sie braucht eine neue Windel. Es tut mir wirklich leid, aber ich muss jetzt zur Arbeit.« Er kehrte zu ihr zurück und schlang die Arme um sie. Ihr war kalt. »Du musst dringend mehr schlafen, Süße. Wie wär's, wenn ich früher nach Hause komme und mit Quinn spazieren gehe, damit du ein Nickerchen machen kannst?«

»Nein, lass nur, Tessa kommt nachher.« Sie musterte ihn durch verengte Augen, als ihr wieder sein Lachen am Telefon einfiel. »Greg, ich weiß, dass du hier bist. Warum fühlt es sich dann nur an, als seist du es nicht? Als seist du gar nicht wirklich anwesend?«

Er presste sich den Handballen gegen die Stirn. »Nic. Ich hab dir angeboten, sie zu baden. Die Windeln zu wechseln. Dich am Wochenende schlafen zu lassen. Du sagst immer entweder Nein oder gehst gar nicht erst darauf ein.«

Wovon sprach er? Sie konnte sich nicht erinnern, dass er ihr je ein solches Angebot gemacht hatte.

Traurig sah er sie noch einen Moment lang an, dann

erhob er sich. »Tessa meint, du hast dich noch kein einziges Mal mit deinem Büro in Verbindung gesetzt, und du läufst hier herum wie ein Zombie. Bitte frag sie, ob sie schon früh hier sein kann, damit du nicht allein bist. Ich mach mir Sorgen um dich. Ich will doch nur, dass du glücklich bist und dich mit Quinn sicher und geborgen fühlst.«

Du kannst sie nicht beschützen.

»Nur bei mir ist sie sicher, verstehst du das denn nicht?«, schrie sie.

Aber längst hatte sie zu zweifeln begonnen, ob das wirklich stimmte.

7. KAPITEL

MORGAN

Ich sitze neben Jessica in ihrem weißen Mercedes. Sie fährt mich nach Hause, nachdem sie mich eben zügig durch die Menge der Reporter vor dem Polizeigebäude geschleust hat. Die Neuigkeit vom Selbstmord der in Chicago gut bekannten Geschäftsfrau hat sich rasend schnell verbreitet, und nun sind sie scharf auf Einzelheiten. Selbst durch die Fenster konnte ich sie ihre Fragen brüllen hören.

»Waren Sie auf dem Bahnsteig?«

»Hat man sie geschubst?«

»Wo ist das Baby?«

Die Kameras klickten wild, und seitdem frage ich mich, ob sie ein Foto von mir veröffentlichen werden. Werden meine Kollegen und ehemaligen Freunde mich in den Zeitungen sehen? Meine Mutter? Ich bin schon jetzt eine Aussätzige – muss das nun auch noch sein? Wieder im Rampenlicht zu stehen ist das Letzte, was ich gebrauchen kann.

Wir verlassen den Parkplatz und fahren über eine grüne Ampel, um auf die West Division Street abzubiegen. Jessica konzentriert sich ganz darauf, mich sicher zur North Sheridan

Road zu bringen, wo das braune Backsteingebäude steht, in dem ich meine Wohnung habe. »Wie konnte das bloß passieren?«, frage ich. »Ich war doch nur auf dem Nachhauseweg. Glaubt Martinez wirklich, ich hätte das Baby an mich genommen und Nicole Markham auf die Gleise gestoßen? Wieso? Aus welchem Motiv?«

»Im Augenblick sind Sie nur eine wichtige Zeugin. Martinez wird versuchen, die Verbindung zwischen Ihnen und Nicole zu finden, was genau das ist, was ich auch tun werde, sobald ich wieder im Büro bin. Falls die Medien Sie kontaktieren, geben Sie keinen Kommentar ab.«

»Ich habe nichts zu sagen. Ich weiß doch nichts.« Ich mache mich auf meinem Sitz klein. Ich wünschte, ich könnte einfach verschwinden.

Als wir meine Adresse erreichen, deute ich auf den rückwärtigen Parkplatz. »Fahren Sie dort durch. Ich nehme den Hintereingang.«

Jessica lenkt den Wagen durch die dunkle, schmale Zufahrt. Ihr Telefon klingelt auf der Konsole zwischen uns und erschreckt mich. Sie nimmt eine Hand vom Lenkrad, um den Anruf anzunehmen. »Hi, Barry.«

Barry ist ihr Ermittler. Ihr Gesichtsausdruck verändert sich, während sie lauscht. Sie wirft mir einen Blick zu, aber ich kann nicht beurteilen, ob nervös oder zuversichtlich.

Sie legt auf und stellt den Wagen ab. »Sie waren auf You-Tube. Ein Vater war unterwegs mit seinem Sohn zu dessen erstem Baseballspiel und hat ihn am Bahnsteig gefilmt. Dabei hat er das, was sich zwischen Nicole und Ihnen zugetragen hat, ebenfalls aufgenommen. Die Polizei hat das Video

80

aus dem Netz genommen, aber Barry hat es vorher noch kopieren können. Er schickt es mir gerade.«

Ich setze mich aufrecht hin. »Das ist doch großartig, oder? Dann haben wir ja den Beweis, dass sie mir das Baby gegeben hat, wie ich es gesagt habe.«

Jessica sagt nichts. Neuerliche Angst packt mich. Sie schaltet die Innenraumbeleuchtung an, dann lädt sie das Video und hält mir den Bildschirm hin, damit wir beide sehen können. Ich wappne mich mental gegen Nicole Markhams Sprung, bin jedoch auf das, was kommt, ganz und gar nicht vorbereitet.

Die Aufnahme ist körnig, aber ich erkenne die Haltestelle dennoch. Ein ungefähr sieben Jahre alter blonder Junge mit einem Baseballhandschuh in der Hand grinst in die Kamera. In der rechten Ecke des Bildschirms sehe ich Nicole, dann auch mich. Nicole geht direkt auf mich zu, die blaue Tasche über der Schulter, das Kind an die Brust gepresst. Ich bin eine Gestalt in Weiß, erstarrt vor Verwirrung, ebenfalls mit Tasche über der Schulter.

Nicole tritt nah an mich heran, wir stehen Seite an Seite, dicht – zu dicht – an der Bahnsteigkante. Ihre linke Hand wandert zu meiner Hüfte. Hat sie mir in diesem Moment den Post-it-Zettel an die Tasche geklebt?

Erstaunlich, wobei man ertappt werden kann, wenn man glaubt, dass niemand hinsieht.

Ist es das, was Martinez meinte? Kannte sie die Aufnahme schon, als sie mich vernommen hat?

Nicole schiebt sich an mir vorbei, bis sie mit dem Rücken zu den Gleisen steht; einen Moment lang ist meine Gestalt verdeckt. Als sie einen kleinen Schritt zurückmacht und ich wieder zu sehen bin, habe ich das Baby im Arm. Ich weiß, dass ich mir das Kind nicht geschnappt habe, aber unsere Arme bewegen sich praktisch gleichzeitig, sodass man kaum erkennen kann, was tatsächlich geschieht. Ein Außenstehender könnte denken, ich hätte das Baby genommen. Nun blicke ich auf Quinn in meinen Armen herab, während Nicole noch einen weiteren Schritt in Richtung Bahnsteigkante zurückweicht. Passanten schieben sich vorübergehend vor die Kamera, dann sind wir wieder zu sehen. Nicole wirkt erschreckt und beginnt, mit den Armen zu rudern, doch ich werde erneut verdeckt. Sie stürzt rückwärts auf das Gleis und verschwindet aus dem Bild, und donnernd fährt der Zug ein.

Ihren Sturz zu sehen ist wie ein Hieb in die Magengrube. Die Aufnahme endet, und Jessica zieht scharf die Luft ein. Ich schüttele den Kopf so fest, dass das Blut fast schmerzhaft durch meinen Schädel rauscht.

»Nein, nein, nein. Der Film zeigt nicht, wie es wirklich war. Sie hat mir ihr Baby gegeben, aber das sieht man darauf nicht. Und ich habe sie nicht geschubst, das schwöre ich. Da waren doch so viele Leute. Irgendjemand muss bezeugen können, wie es wirklich passiert ist.« Ich packe den Türgriff. Ich muss raus hier aus dem Auto, aus dieser Enge, aus diesem Alptraum, in den ich unversehens geraten bin.

Jessica legt ihr Handy in den Schoß. »Verstehen Sie jetzt, warum Martinez Sie so bedrängt hat? Es lässt sich nicht klar ersehen, wie Nicole auf den Gleisen gelandet ist. Sie weicht vor Ihnen zurück. Nicht weit genug, dass Sie sie nicht mehr hätten erreichen können, aber weit genug, dass ich es zu Ihrer Entlastung einsetzen kann. Aber, Morgan, nichts davon erklärt, woher Nicole Markham Ihren Namen kannte, und das ist nicht gut.«

Plötzlich kriege ich keine Luft mehr. Und, Gott, ich habe solche Angst. Selbst meine Mutter glaubt, ich hätte Ryan geholfen, unschuldige Opfer auszunehmen. Was also sollte Menschen, die mich nicht kennen, daran hindern, anzunehmen, dass ich diese Frau in den Tod gestoßen habe?

Jessica betrachtet mich noch immer. »Haben Sie mir irgendetwas verschwiegen? Wenn ich Ihnen helfen soll, muss ich alles wissen.«

»Ich habe nichts verschwiegen. Ich kannte die Frau nicht.« Ich schlage mir eine Hand über die Augen. Wäre es doch wirklich nur ein Alptraum, aus dem ich aufwachen könnte!

Aber das kann ich nicht, also muss ich mich damit auseinandersetzen. Mir kommt das Baby in den Sinn. Und dann der Ausdruck in Nicoles Augen, ihr verzweifelter Blick – der Blick einer Mutter, die ihr Kind um jeden Preis beschützen will. Aber wovor? Was, wenn die Person, die das Baby nun in ihrer Obhut hat, genau die ist, vor der Nicole weggelaufen ist? »Ich muss wissen, wo Quinn ist.«

Jessica reibt sich den Nasenrücken. »Nein, das müssen Sie nicht. Wenn Sie Nicole nicht kannten, wie Sie behaupten, kann das Baby Ihnen nicht so wichtig sein, richtig?« Sie legt mir eine Hand auf den Arm. »Morgan, Sie müssen nur eins tun, und zwar mir dabei behilflich sein, eine Verteidigung für Sie aufzubauen, denn leider fürchte ich, dass Sie sie brauchen werden. Sie haben kein Motiv, die Geschäftsführerin von Breathe umzubringen. Aber denken Sie bitte noch einmal nach. Sind Sie sicher, dass Sie Nicole nie begegnet sind? Es muss doch einen Grund geben, warum Sie sie angesprochen hat.«

Ich wünschte, es gäbe eine einfache Antwort darauf. Ich wünschte, es gäbe überhaupt eine.

Mein Herz beginnt zu rasen. »Jessica, wenn ich tatsächlich in diese Sache verwickelt bin – oder Ryan es war –, dann ist es keinesfalls abwegig, dass ich auch in Gefahr bin!« Die Rückseite des Hauses ist stockfinster. Jessica hat den Motor und das Licht ausgeschaltet, und die Umrisse der Tür sind von hier aus kaum zu erkennen. Jeder könnte sich hinter den Müllcontainern verstecken und mir auflauern.

Jessica schürzt die Lippen. »Sagen wir einfach, dass Sie wachsam sein sollten, bis wir wissen, womit wir es zu tun haben. In der Zwischenzeit schaue ich nach, was ich über Nicole Markham herausfinde und ob es irgendwo eine Verbindung zu Ihnen geben könnte.«

Mir kommt ein Gedanke. »Jessica …«

»Ja?«

»Ist es möglich, dass Nicole Markham wusste, wie sehr ich ein Kind will?«

Jessica sieht mich an, als sei ich irre oder potenziell gefährlich oder vielleicht beides gleichzeitig.

»Ich weiß nicht«, antwortet sie schließlich kühl.

Doch in Wahrheit ist mir bereits klar, dass Nicole es wusste. Ich konnte es ihrem Blick ansehen.

Ich weiß, was du willst. Lass nicht zu, dass man ihr etwas antut.

Und so angestrengt ich mich auch selbst belüge und mir sage, dass ich mich nach allem, was mit Ryan war, von meinem Traum von einem Kind verabschiedet habe, denke ich tatsächlich an nichts anderes. Jedes Mal versetzt mir der Neid einen Stich, sobald ich eine Mutter mit einem Baby sehe. Ich denke daran, wenn ich das Lachen und Plantschen der Kinder am Foster Beach höre, und ich denke daran, wann immer ich abends allein ins Bett gehe und morgens wieder aufstehe.

Lieb du sie an meiner Stelle, Morgan.

Warum ich?

Jessica schaltet die Scheinwerfer ein. Sie muss sich fragen, warum ich immer noch hier sitze und aus dem Fenster starre. Sie deutet mit dem Kinn auf die Hintertür. »Soll ich mit Ihnen gehen?«

Ich schüttele den Kopf. Ich vertraue Jessica, selbst wenn sie mir nicht vollkommen traut. Zweimal konnte ich dank ihr das Polizeirevier als freier Mensch verlassen, doch wirklich frei bin ich seit damals nicht. Und was wird jetzt geschehen? Was werden die Leute denken? Ich wünschte, es wäre mir egal, aber natürlich ist es das nicht. Und ich fühle mich sehr, sehr einsam.

Wir verabschieden uns voneinander, und ich gehe hinein. Der Fahrstuhl öffnet sich auf meiner Etage mit dem charakteristischen Ping, und ich trete hinaus. Meine Sandalen rutschen auf dem billigen, beige-braunen Teppich, und als ich meine Tür aufschließe, sinke ich vor Dankbarkeit fast auf das Parkett. Endlich zu Hause, endlich in meinen vertrauten salbeigrünen Wänden. Stille schlägt mir entgegen.

Im Haven House bekomme ich wenig mehr als den Mindestlohn, und eine Selbstmordklausel machte die Versicherung, in die Ryan und ich während unserer sechsjährigen Ehe eingezahlt hatten, ungültig. Unsere gemeinsamen Konten wurden gepfändet, um Ryans Opfer zu entschädigen. Außerdem habe ich meinen Schmuck, bis auf wenige Stücke meiner Großmutter, und meine Designerkleidung verkauft, doch es wird nie genug sein, um wiedergutzumachen, was Ryan verbrochen hat. Meine Mutter weigerte sich, Geld von mir anzunehmen. »Der Schaden ist getan, Morgan«, sagte sie.

Mein Vater hatte mir früh geraten, ein privates Konto zu führen, auf das ich über Jahre hinweg monatlich die Hälfte meines Einkommens überwies. Ich bot Ryans Opfern so viel von meinen Ersparnissen an, wie es mir möglich war, und behielt gerade genug, um Jessicas Anwaltshonorar, die Miete und das Nötigste zum Leben zahlen zu können. Das genügt mir. Ich wollte nie reich sein. Ich wollte nur eine Familie.

Ich blicke mich in meiner kleinen Wohnung um: Wohnbereich, zwei winzige Zimmer, eine briefmarkengroße Küche und ein Bad mit Wanne und Dusche. Ich habe mir eine gebrauchte Couch in Fuchsia gekauft – leuchtende Farben helfen mir, die Traurigkeit, die mich niederdrückt, zu lindern. Ich lasse mich darauf fallen und ruhe mich einen Moment lang aus. Dann habe ich eine Idee. Ich kippe den Inhalt meiner Handtasche aus. Vielleicht hat Nicole mir ja noch etwas hineingetan, das mir einen Hinweis darauf gibt, was genau auf dem Bahnsteig geschehen ist – und warum.

Aber als Portemonnaie, Handy, Autoschlüssel, Lippen-stift, Kaugummi, Pfefferspray, der Post-it-Zettel und Flusen auf der Couch liegen, ist die Tasche leer. Ich habe also nicht mehr als den Klebezettel, aber der Name Amanda sagt mir nichts. Nicoles Schwester vielleicht? Eine Freundin? Wenn ihr Kind nicht so heißt, was soll das dann?

Ich packe alles zurück in die Tasche. Meine Haut riecht nach Schweiß, nach Traurigkeit und Angst, der Geruch eines Tiers, das in der Falle sitzt.

Ich muss mich sauber fühlen. Ich gehe in mein schlichtes Bad und drehe das Wasser so heiß auf, wie ich es ertrage. Dann ziehe ich mich aus und stelle mich unter die Dusche. Ich schrubbe mich wie verrückt ab und zerre und reiße an der trockenen, wunden Haut an meinem Hals. Stress lässt meine Dermatitis stärker hervortreten. Ich fühle das kantige Schlüsselbein, die hervorstehenden Hüftknochen. Ich ver-misse meine Rundungen, sogar den kleinen Bauch, über den ich früher gestöhnt habe. Nun ist er nach innen gewölbt und vom extrem schnellen Gewichtsverlust mit Dehnungs-streifen überzogen. Ich war nie dünn, bis Ryan gestorben ist. Es schmerzt mich, dass er mir noch immer fehlt.

Ich vermisse meinen Vater. Ich vermisse das bellende La-chen über seine eigenen dummen Witze, seine festen Um-armungen. Er hat mir immer das Gefühl gegeben, die tollste und schönste Frau im Raum zu sein. Und ich kann kaum er-tragen, dass ich für immer auf seinen Trost verzichten muss.

Die Tränen strömen heftig und unaufhaltsam. Ich kauere mich nieder und spüre das heiße Wasser wie Nadeln auf mich herabprasseln. Ich heule und schluchze, wie ich es nicht mehr getan habe, seit der Sarg meines Vaters in die Erde gelassen wurde. Ich ergebe mich meiner Trauer, meiner Reue und akzeptiere alles. Nur eins akzeptiere ich nicht. Ich bin keine Mörderin. Ich habe mir das Baby nicht genommen, und ich habe die Mutter nicht auf die Gleise gestoßen.

Schließlich drehe ich zitternd, klatschnass und emotional ausgelaugt die Dusche ab und lasse meine Tränen versiegen. Ich trockne mich ab und hülle mich in ein kratziges Handtuch. In meinem Schlafzimmer ziehe ich die Schublade auf und hole Leggings und T-Shirt zum Schlafen heraus. Ich ziehe beides an und will gerade die Schublade wieder zudrücken, als ich eine rosa Yogahose von Breathe entdecke. Wieder will sich ein Schluchzen Bahn brechen, aber ich kämpfe es nieder. Schluss jetzt. *Reiß dich zusammen.*

Ich hole mein Handy aus der Handtasche und meinen Laptop vom Couchtisch. Ich gehe nur noch selten online, seit die sozialen Medien meinen Ruf nach der Enthüllung von Ryans Betrug zerstört haben. Doch wo, wenn nicht im Internet, sollte ich meine Suche nach den Gründen, weswegen Nicole Markham ausgerechnet mich ausgesucht hat, beginnen?

Ich kehre in mein Schlafzimmer zurück und lege mich aufs Bett – in die Mitte, obwohl ich am Morgen wie immer links aufwachen werde, als würde Ryan noch immer rechts von mir schlafen.

Ich hole tief Luft und fahre den Rechner hoch. Der Newsticker meiner Suchmaschine meldet oben auf dem Bildschirm: »CEO von Breathe Athleisure-Wear mit 36 Jahren unter noch ungeklärten Umständen verstorben.«

Die Nachricht ist also draußen. Ich lese die ersten fünf Artikel. Das Video wird erwähnt, aber der Link funktioniert nicht, weil es aus dem Netz genommen wurde. Es gibt nur wenige Einzelheiten, aber es beunruhigt mich, dass niemand definitiv von Selbstmord spricht – als sei der Zweifel daran berechtigt. In einem Satz heißt es, dass die Polizei eine Person befragt hat, die mit dem Opfer gesprochen hat und das Baby im Arm hielt, nachdem die Frau auf die Gleise gestürzt war. Mein Name wird nicht erwähnt. Noch nicht. Wie viel Zeit habe ich, ehe er in fetten Lettern auf der Titelseite prangt?

Das Wissen, dass man über mich spricht, erschöpft mich. Mir fallen immer wieder die Augen zu, bis ich den Rechner ausschalte. In diesem Zustand werde ich nichts Substanzielles herausfinden. Ich muss ein Weilchen schlafen, um wieder klar denken zu können, dann suche ich weiter.

Als mein Telefon klingelt, wundere ich mich, warum meine Wangen nass von Tränen und meine Augen dick und geschwollen sind. Vögel zwitschern, und die Sonne strömt durch das kleine Fenster mit den schlichten pfirsichfarbenen Vorhängen. Mir wird bewusst, dass ich seit langer Zeit zum ersten Mal wieder eine Nacht durchgeschlafen habe, und einen Augenblick lang bin ich mit meiner Welt im Einklang. Dann fällt es mir wieder ein. Grand/State. Nicole. Amanda. Quinn. Das Video.

Ich taste auf dem Bett nach meinem Handy und halte es mir ans Ohr. »Hallo?«, krächze ich, die Augen noch halb geschlossen.

»Ms. Kincaid? Rick Looms hier.«

Ich fahre mir mit der Hand durch das zerzauste Haar und versuche, wach zu werden, als er auch schon fortfährt:

»Ich bin Nicole Markhams Anwalt.«

Eine dumpfe Vorahnung keimt in mir auf und ballt sich in meiner Kehle zusammen, sodass ich kein Wort herausbringe. Was will Nicole Markhams Anwalt von mir?

Wäre ich bloß nicht ans Telefon gegangen!

»Ich arbeite schon seit vielen Jahren für Nicole Markham und muss Ihnen leider mitteilen, dass sie gestern Abend unerwartet verstorben ist.«

Der Kloß in meiner Kehle dehnt sich aus, und ich bleibe stumm.

»Ich weiß, das muss ein Schock für Sie sein. Aber da ein Kind involviert ist, musste ich Sie so bald wie möglich kontaktieren, falls Sie den Prozess einleiten wollen.«

Was für ein Prozess? Wovon redet er? Das Blut rauscht laut in meinen Ohren.

»Ms. Kincaid?«

Ich huste ins Telefon. Mein Hals ist knochentrocken. »Entschuldigen Sie«, bringe ich hervor. »Ich versuche zu verstehen, was Sie mir sagen. Ich bin mir nicht sicher, warum Sie mich angerufen haben.«

»Ms. Markham hat in ihrem Testament sehr klare Anweisungen für Sie hinterlassen.«

Ruckartig setze ich mich auf. »In ihrem Testament?«, frage ich ungläubig.

Looms räuspert sich. »Miss Kincaid, Nicole hat Ihnen die Vormundschaft für ihre Tochter übertragen.«

8. KAPITEL

NICOLE

Nicole streckte sich nach einem Fläschchen auf dem Küchenregal, als sie ein lautes Klirren hörte. Erschreckt fuhr sie zusammen und stieß sich den Kopf an der scharfen Ecke des Schranks. Dann erstarrte sie. War jemand im Haus? Greg war arbeiten, Quinn auf ihrem Arm. Nicoles Gedanken trudelten. Plötzlich war ihr so schummerig, dass sie Quinn auf dem Boden ablegte und sich neben ihr zusammenrollte.

Sie hörte, wie sich die Haustür leise öffnete und schloss. Schritte ertönten auf dem Marmorboden. Nicole wimmerte und begann, auf die Vorratskammer zuzukriechen, die eine Tür zum Abschließen hatte.

Die Schritte kamen näher. Sie würde es nicht mehr schaffen.

»Nic! Was machst du denn da?«

Tessas zierliche Sandalen erschienen in ihrem Blickfeld. Nicole fasste sich an die Stirn und fühlte Blut. »Ich hab gehört, wie etwas zu Bruch ging«, erklärte sie zitternd. »Und habe mir vor Schreck den Kopf gestoßen. Ist die Scheibe in der Haustür eingeworfen worden? Bist du so hereingekommen?«

Tessa warf einen Blick in Richtung Eingangshalle. »Nein. Mit der Tür ist alles in Ordnung.« Sie runzelte die Stirn. »Ich habe geklopft, aber als du nicht aufgemacht hast, habe ich den Türknauf probiert, und es war offen.« Sie beugte sich vor und musterte besorgt die Platzwunde an ihrem Kopf. »Das sieht nicht gut aus. Wie fühlst du dich?«

»Was soll das heißen – die Tür war offen? Das kann nicht sein!« Ihre Stimme stieg schrill an, und Quinn fing an zu schreien. »Sch, Schätzchen, Mommy ist da«, versuchte sie sie zu trösten. »Ich bin ja da.«

Die Tür war abgeschlossen gewesen. Dessen war Nicole sich sicher. Sie hatte sie fünfmal überprüft, nachdem Greg am Morgen gegangen war, wie sie es jeden Tag tat, seit das Mobile vor einer Woche in Quinns Kinderzimmer aufgetaucht war und sie es heruntergerissen und in den Müll geworfen hatte, um es nur ja nie wiederzusehen.

Behutsam hob Tessa Quinn vom Boden auf, nahm sie in den Arm und wiegte und beruhigte sie, als sei es ihr eigenes Kind. »Ich glaube, sie spürt deine Anspannung. Gib dir einen Moment Zeit. Ich bin ja jetzt hier.«

Nicole stieß den Atem aus und betastete ihre Stirn. Die Wunde hatte zu bluten aufgehört. Quinn hatte sich tatsächlich beruhigt, und die Stille tat Nicole gut. Aber zu erleben, wie ruhig und effizient ihre Freundin Nicoles Aufgabe übernahm, gab ihr das Gefühl, unzulänglich und wertlos zu sein. Sie war so darauf fixiert, Quinn den ganzen Tag lang im Auge zu behalten, dass selbst einfache Aufgaben unmöglich zu bewältigen schienen. Was war aus ihr geworden? Sie erkannte sich selbst nicht wieder.

Sie hatte ihre Tochter nicht mit zu Breathe genommen, um sie herumzuzeigen, wie ihre Angestellten es gerne taten, wenn sie ein Baby bekommen hatten. Sie konnte es nicht; sie war sich noch nie so nutzlos, so inkompetent vorgekommen. Sie hatte Hunderte neue E-Mails im Postfach, hätte zahlreiche Anrufe beantworten müssen. Ja, sie befand sich in Mutterschaftsurlaub, aber sie hatte von Anfang an die Absicht gehabt, von zu Hause zu arbeiten und alle paar Tage im Unternehmen vorbeizuschauen. Doch seit drei Wochen hatte sie keinen Fuß mehr in das Gebäude gesetzt.

Aber die Einsamkeit tat ihr auch nicht gut. Bei jedem Geräusch im Haus glaubte sie automatisch, jemand sei hinter ihr und Quinn her. Nicht einmal Tessa hatte sie von den seltsamen Vorkommnissen seit Quinns Geburt erzählt; ihre Freundin würde sie für paranoid halten, und vielleicht war sie das auch. Nicole hatte das Gefühl, dass Donna sie beobachtete, und konnte die Angst, dass sie ihr und ihrer Tochter etwas antun wollte, nicht abschütteln. War das möglich? Und wozu mochte Donna fähig sein?

Das Baby noch immer im Arm, reichte Tessa ihr ein Handtuch für das Gesicht. Dankbar nahm Nicole es und wischte sich das Blut von der Stirn. »Ich schwöre, ich habe etwas gehört. Ich hatte furchtbare Angst, dass jemand eingebrochen ist.« Tessa war immer schon der Mensch gewesen, bei dem sie ihre Sorgen loswerden konnte, und so versuchte sie, ihre Gefühle in Worte zu fassen, ohne Donna zu erwähnen. »Ich bin im Augenblick nicht ich selbst. Ich fürchte mich die ganze Zeit, aber ich habe keine Ahnung, was mit mir los ist oder wie ich es abstellen soll.«

Sie war außerdem auch vergesslicher geworden, seit das Mobile im Kinderzimmer aufgetaucht war. Und immer schreckhafter. Sie ließ ihren Kopf auf die Knie sinken. »Tessa, irgendwas stimmt mit mir nicht.«

Sie blickte auf und sah zu, wie Tessa Quinn in die Babywippe legte. In praktisch jedem Zimmer stand eine, obwohl Nicole Quinn so gut wie immer auf dem Arm trug. Dann war Tessa an ihrer Seite und half ihr auf die Füße. Ihr war wieder so ungeheuer schummrig. Doch sobald sie auf einem Stuhl saß, ebbte der Schwindel ab.

Tessa ließ sich ihr gegenüber nieder. »Wahrscheinlich sind deine Hormone total durcheinandergeraten, außerdem bist du erschöpft. Und per Gesetz bist du im Mutterschaftsurlaub, du bist nicht verpflichtet, dich im Büro blicken zu lassen, und weder Lucinda noch irgendein anderes Vorstandsmitglied kann etwas daran ändern. Warte ab – wenn du in drei Wochen wiederkommst, ist es, als seist du nie fort gewesen. Ich habe so viele Projekte wie möglich übernommen – auch den Katalog. Im Moment musst du also nur Mama sein.«

»Das ist viel schwerer, als ein Unternehmen zu führen.«

Tessa lachte. »Und das ist nur ein Grund, warum ich keine Kinder haben will. Aber ich denke, du gehst zu hart mit dir ins Gericht.«

Nun, da sie mit Tessa reden konnte, ließ die Beklemmung, die ihr den Brustkorb einschnürte, ein wenig nach. »Lucinda klang etwas verschnupft, als ich anrief und ihr sagte, dass ich im Moment auch nichts von zu Hause aus tun könnte.«

Tessa schnaubte. »Ich hatte nichts anderes erwartet. Sie kann schon sehr zickig sein.« Sie sah sich um und betrachtete das schmutzige Geschirr mit den Essensresten, das sich neben der Spüle stapelte, die Kaffeeflecken auf der Arbeitsfläche, die benutzten Fläschchen, die überall herumstanden. »Ich bin immer für dich da, Nicki, okay? Immer. Das hier ist nur eine Durststrecke, die auch wieder vorbeigeht.«

Tessa war der einzige Mensch, der sie Nicki nennen durfte, denn es war der Kosename ihrer Mutter für sie gewesen.

Nicole nickte. »Ich weiß, und ich danke dir. Du machst ohnehin schon Überstunden. In deiner Freizeit hast du bestimmt Besseres zu tun, als mich aufzuheitern.«

Tessa machte eine wegwerfende Geste. »Ach was, ich arbeite so oft ich kann abends, außerdem hab ich dich lieb und helfe dir wirklich gern. Du würdest für mich doch dasselbe tun.«

Gott, Nic war so froh, dass es Tessa gab. Sie hatte die damals Zweiundzwanzigjährige direkt vom College weg engagiert. Damals war Nicole neunundzwanzig gewesen – wie Tessa jetzt. Sie hätte niemals gedacht, dass sie zu einer so jungen Frau eine derart enge Beziehung entwickeln könnte.

Quinn rief ihnen lautstark in Erinnerung, dass sie auch noch da war.

»Die Kleine hat kräftige Lungen, was? Stark wie ihre Mom ist sie.« Tessa schaukelte mit dem Fuß die Wippe, bis das Baby sich beruhigte. Dann riss sie ein Küchentuch ab, machte es nass, strich Nicole das Haar aus der Stirn und presste das Tuch an ihre Schläfe. »Sie weint immer noch sehr viel. Hast du deine Ärztin mal danach gefragt?«

»Sie meint, es seien wahrscheinlich Koliken. Die ersten drei Monate können wohl manchmal die reine Hölle sein.«

Tessa kicherte. »Und da haben wir den zweiten Grund, warum ich kinderlos bleiben will.« Dann wurde sie wieder ernst. »Hör mal, es ist bestimmt schwer, aus einem erfüllten Arbeitsleben gerissen zu werden und plötzlich nur noch mit Kind daheim zu sitzen. Besorg dir doch einen Babysitter, damit du mal rausgehen kannst. Es muss ja nicht gleich jemand sein, der bei euch wohnt.«

Nicole begegnete Tessas Blick. »Du weißt, dass ich das nicht machen kann.«

Tessa nickte mitfühlend und war taktvoll genug, weder Donnas noch Amandas Namen zu nennen. Sie wusste sehr gut, dass Quinns Geburt Nicole jenen schrecklichen Sommer wieder ins Bewusstsein gerückt hatte.

Und doch gab es so vieles, was Nicole ihr nicht sagen konnte. Ihre Panikattacken wurden trotz Tabletten immer schlimmer. Sie fürchtete sich vor dem Schlafen, weil sie dann nicht auf ihre Tochter aufpassen konnte. Und sie schaffte es einfach nicht, die Apathie abzuschütteln, die alles betraf, was nicht mit Quinn zu tun hatte – Greg, Yoga und Breathe, das Unternehmen, das einst ihr Ein und Alles gewesen war.

Tessa tupfte erneut an der Wunde an ihrem Kopf, und das Gefühl, das sich jemand um sie kümmerte, tat Nicole gut. »Komm, wir sehen mal nach, woher das Geräusch kam, das du gehört hast. Eins nach dem anderen.«

Nicole nickte und wartete, dass Tessa Quinn auf den Arm nahm. Dann folgte sie ihr aus der Küche hinaus.

Als sie an der Eingangstür vorbeigingen, hielt Nicole

inne. »Du hast gesagt, dass die Tür nicht abgeschlossen war, als du kamst?«

Vor fünf Tagen hatte Greg ein neues Sicherheitsschloss anbringen lassen, um ihr eine Sorge zu nehmen. Hatte sie wirklich nicht abgeschlossen? Sie hatte ihr Xanax vorher genommen, aber dass sie deswegen vergessen hatte, die Tür zu verriegeln, konnte sie sich nicht vorstellen.

»Vielleicht hat Greg es vergessen. Er muss auch ziemlich am Ende sein.«

Nicole nahm Tessa das Baby ab. Sie musste Quinns Wärme spüren.

»Er ist nicht … Er arbeitet immer sehr lange und schläft dann im Gästezimmer. Er kriegt nicht genug Schlaf, wenn Quinn bei uns schläft.«

Tessas Blick war voller Mitgefühl. »Und wenn du Quinn einfach mal in die Wiege im Kinderzimmer legst? Damit ihr zwei Zeit für euch habt?«

Prompt stieg Ärger in Nicole auf. Greg hatte dasselbe vorgeschlagen, doch sie hatte sich geweigert; seitdem hatte er nicht mehr angeboten, früher nach Hause zu kommen. Weder er noch Tessa schienen zu begreifen, wie es war, Mutter zu sein. Plötzlich fühlte sie sich zutiefst allein.

»Vielleicht demnächst«, sagte sie schließlich, während sie ihre Suche fortsetzten.

Im Erdgeschoss war alles in Ordnung. Doch als sie die Wendeltreppe hinaufgingen, richteten sich in dumpfer Vorahnung die Härchen auf Nicoles Armen auf.

Oben angekommen blieb sie wie angenagelt stehen und schnappte nach Luft.

Die Kinderzimmertür, die fest verschlossen gewesen war, stand nun offen. Auf dem hübschen weiß getupften rosa Bettbezug im Kinderbettchen funkelten tausend Splitter zwischen den Überresten des Leuchters aus rosafarbenen Glasperlen von Petit Trésor. An der Decke direkt darüber, wo er gehangen hatte, prangte nun ein hässlicher Riss.

Fassungslos betrachtete Nicole die Zerstörung. Lampen fielen nicht einfach von der Decke. »Du … Du siehst aber, was ich sehe, oder?«

»Natürlich.« Tessa verstummte. »Hast du das ernsthaft angezweifelt?«

»Oh, mein Gott«, brachte Nicole hervor und küsste ihre Tochter immer wieder auf das flaumige Haar. »Quinn hätte umkommen können.«

Du kannst sie nicht beschützen.

»Nicki?«

Nicoles Sicht verschwamm. Sie konnte nicht mehr. »Meine Tabletten. Bitte, ich brauche meine Tabletten. Sie stehen im Medizinschränkchen.« Ihre Knie zitterten nun so stark, dass sie sich vorsichtig auf den Boden herabließ.

Der teure cremefarbene Teppich schluckte Tessas Schritte, aber Nicole hörte das Klappern der Pillen in der Flasche und das Rauschen des Wassers im angrenzenden Bad. »Wie viele?«, rief Tessa.

»Zwei. Mach schnell.« Druck baute sich in ihren Lungen auf. Sie stand kurz davor zu hyperventilieren. Endlich erschien Tessa wieder, und Nicole drückte ihr das Kind in die Hand, um die Tabletten und ein Glas Wasser entgegenzunehmen. »Danke«, krächzte sie.

Schließlich waren nur noch Tessas ruhige Atemzüge zu hören, als sie sich neben sie setzte und sich Quinn behutsam auf den Schoß legte.

»Nicki, das war ein Unfall, nichts weiter. Hör zu, die Angst, die du empfindest, die Panik, die Wahnvorstellungen – all das kann durch postnatale Depressionen ausgelöst werden. Das ist okay.«

Nicoles Schultern bebten, und Tränen rannen ihr über die Wangen. »Es ist nicht okay, Tess. Ich glaube, Greg arbeitet so lange, weil er nicht hier sein will, und ich kann's ihm nicht verübeln. Ich bin ein Wrack.« Sie schnupperte an ihrem T-Shirt. Es roch unangenehm nach Schweiß.

»So schlimm ist es zwischen uns noch nie gewesen. Er sieht mich an als – als ob ich jeden Moment zusammenbrechen könnte. Ich … Ich kann ihm die Sache von damals nicht erzählen, und ich habe fast den Eindruck, dass auch er etwas vor mir verbirgt.«

Tessa wiegte Quinn und erhob sich. »Greg hat nicht damit gerechnet, Vater zu werden. Ihm fällt es auch nicht leicht.« Sie lächelte. »Schon ihn ein bisschen. Er beruhigt sich auch wieder. Und wenn nicht, kriegt er es mit mir zu tun.«

Nun musste auch Nicole lächeln. Tessa glich ihre geringe Größe von eins fünfundfünfzig locker durch innere Stärke aus.

Bittend schaute sie zu ihrer Freundin auf. »Du behältst mein Geheimnis für dich, nicht wahr?«

Tessa erwiderte ihren Blick. »Natürlich. Du bist nicht allein, Nic. Ich bin für dich da. Die Zukunft wird so strahlend sein, dass all das hier bald verblasst und keine Rolle mehr spielt.«

Das sagt sich so leicht, dachte Nicole. *Und ich kann dir noch nicht einmal die ganze Wahrheit sagen.*

9. KAPITEL

MORGAN
8. AUGUST

Nicole Markham hat *mir* die Vormundschaft für ihr Kind übertragen?

Mein Handy fällt klappernd zu Boden, und mein ganzer Körper erstarrt, als hätte man mir Eiswasser über den Kopf geschüttet. Das kann doch nicht sein!

Aber ich bin noch nicht richtig wach, und plötzlich dämmert mir, dass man mich bestimmt nur reinlegen will. Ich hebe das Handy wieder auf. »Das ist doch ein böser Scherz, nicht wahr? Wer sind Sie wirklich?«

»Ms. Kincaid, wie ich bereits sagte, ich bin Nicole Markhams Anwalt, und mir ist klar, dass es für Sie ein Schock sein muss, aber das ist kein Scherz. Sie können mich leicht überprüfen. Ich rufe aus meinem Büro an.« Er verstummt.

»Verstehen Sie mich nicht falsch, aber …« Wie viel soll ich diesem Mann verraten? Ich muss vorsichtig sein. Weiß er, dass ich die Frau vom Bahnsteig bin, die Letzte, die mit Nicole Markham gesprochen hat, bevor sie sprang? »Das muss ein Irrtum sein«, bringe ich schließlich hervor.

Er hüstelt. »Das ist kein Irrtum, Ms. Kincaid. Ich bin davon ausgegangen, dass Sie von Nicoles Anweisungen unterrichtet waren. Als ich Nicole am Donnerstag traf, bestand sie darauf, dass ich alles für den Antrag vorbereite, der Ihnen das Sorgerecht zuspricht. Ich werde das Testament bald den öffentlichen Akten hinzufügen, musste Sie aber sofort informieren, weil es jetzt unmittelbar um das Kindeswohl geht. Sie müssen das Formular für die Vormundschaft innerhalb von dreißig Tagen unterzeichnen.«

Ich halte das Handy so fest in meiner Hand, dass ich es knacken höre. »Moment mal. Nicole hat ihr Testament am Donnerstag geändert?«

Am Donnerstag bin ich nichtsahnend den ganzen Tag in Haven House gewesen. Aber woher hätte ich auch wissen sollen, dass eine wildfremde Frau derweil einen Antrag stellte, mir das Sorgerecht für ihr Kind zu übertragen?

»Ms. Kincaid, ich gebe zu, ich bin etwas verwirrt. Wollen Sie mir sagen, dass Sie nichts davon wussten, zum gesetzlichen Vormund bestimmt worden zu sein?«

»Richtig. Ich wusste es nicht.«

Ich bin genauso verwirrt wie er, aber ich fühle noch etwas anderes – einen winzigen Funken Hoffnung, der so lächerlich und verrückt ist, dass ich ihn keinesfalls zulassen dürfte. Es ist dieselbe Saat, der ich zu keimen erlaubt hatte, als ich ein Jahr nach Ryans Tod das Bewerbungsformular einer Agentur für Adoptionen ausdruckte. Ich begann es auszufüllen, geriet aber ins Stocken, als nach persönlichen Referenzen gefragt wurde. Ich hatte meine gesamten sozialen Kontakte verloren und mich aus Verzweiflung sogar einmal in einem Internetforum für ungewollt kinderlose Frauen angemeldet. Keine meiner ehemaligen Freundinnen machte sich die Mühe, sich bei mir zu melden, wer also sollte für mich bürgen? Und falls die Agentur sich online nach mir erkundigte, würde sie im Handumdrehen alles über Ryan und seinen Betrug in Erfahrung bringen. Hat Nicoles Anwalt mich auch überprüft? Es klang nicht danach.

Ich weiß, wie gefährlich Hoffnung sein kann. Mir das Sorgerecht für Quinn Markham übertragen? Das ist absurd.

Ich ziehe die Decke an meine Brust. »Wer ist Quinns Vater?«

»Mr. Markham hat die Familie vor einiger Zeit verlassen und scheint nicht gewillt – oder möglicherweise nicht in der Lage –, sich um Quinn zu kümmern. Daher hat Nicole einen alternativen Vormund benannt.«

»Mr. Looms, haben Sie eine Ahnung, warum sie mich ausgesucht hat?«

Er zögert einen Moment, ehe er antwortet. »Nicole ließ mich in dem Glauben, dass Sie einander sehr nahestanden und Sie am besten geeignet seien, ihre Tochter großzuziehen. Sie waren doch eng mit ihr befreundet, nicht wahr?«

Ich blinzele. Wie kann das sein? Wie verängstigt und verzweifelt muss diese Frau gewesen sein, um einer vollkommen Fremden mehr zu vertrauen als jeder anderen Person in ihrem näheren Umfeld? Ich durchforste mein Hirn nach etwas, das mir bisher entgangen ist, und hoffe auf eine Eingebung für eine adäquate Antwort, aber ich muss diesem Anwalt die Wahrheit sagen. Hier geht es schließlich um die Zukunft eines Kindes. »Wir waren nicht befreundet. Ich … Ich kannte sie überhaupt nicht.«

Am anderen Ende der Leitung bleibt es still. Hat er aufgelegt?

»Mr. Looms?«

»Nun, ich bin etwas erstaunt über das, was Sie sagen, Ms. Kincaid. Nicole hat mir versichert, dass Sie die Vormundschaft übernehmen würden, falls es notwendig wäre. Und …« Er bricht ab.

»Und was? Bitte, Mr. Looms. Ich begreife einfach nicht, was hier los ist.«

»Ms. Kincaid, wenn Sie nicht mit Nicole Markham befreundet waren, in welcher Verbindung genau stehen Sie dann zu ihr?«

»Ich weiß es nicht«, flüstere ich. »Bis wir gestern Abend auf dem Bahnsteig miteinander gesprochen haben, ist sie mir nie zuvor begegnet.«

Wieder eine lange Pause. »Sie waren also da, als es geschehen ist? Als sie – sprang?« Ich höre Papier rascheln. »Hören Sie, Ms. Kincaid, ich muss ein paar Erkundigungen einziehen. Ich nehme an, Sie sind sich auch nicht bewusst, dass Nicole Markham Sie als Nachlassverwalterin für das Vermögen Quinns benannt hat, oder? Ich bin verpflichtet, Sie auch darüber so bald als möglich zu informieren, da Nicole beträchtliche Anteile an Breathe besitzt, die sofortige Aufmerksamkeit erfordern.«

»Aber … Aber was ist denn mit ihrem Mann?«

»Mr. Markham kümmert sich gegenwärtig treuhänderisch um die Anteile und Gewinne aus den Aktien, die Nicole Quinn hinterlässt. Verliert oder tritt er aber seine elterlichen Rechte zugunsten Ihrer Vormundschaft ab, geht auch das in Ihren Zuständigkeitsbereich über. Wir reden hier über sehr viel Geld und ein Kind. Das ist eine enorme Verantwortung für jemand, der Nicole nicht einmal kannte.«

Seine Worte klingen anklagend, als sei das alles Teil eines ruchlosen Plans, der auf meinem Mist gewachsen ist. Meine Sicht verschwimmt, und ich reibe mir die Augen. Quinn hat einen Vater, aber Nicole bestimmt mich als Vormund? Und warum mir auch noch die Verantwortung für Quinns Geld – oder besser: Vermögen – überlassen? Wer ist denn dieser Mr. Markham, Quinns Vater? Ist Nicole vielleicht vor ihm weggelaufen?

Etwas anderes kommt mir in den Sinn. Wenn bekannt wird, dass Nicole mir die Aufsicht über all das Geld übertragen hat – steigt die Möglichkeit, dass ich mich in ernster Gefahr befinde, dann nicht ungeheuer? Plötzlich fühle ich mich in meiner kleinen Wohnung sehr allein und ausgeliefert.

»Wer weiß noch von ihrem Testament?«, frage ich und rutsche an das Kopfteil meines Bettes zurück. »Gibt es jemanden in der Familie, mit dem ich über diese Sache reden kann?« Mein Herz krampft sich zusammen, als ich an das weiche, warme Baby denke. »Und geht es Quinn gut?« Mir ist klar, dass das jetzt nichts zur Sache tut, aber ich muss es wissen.

Der Anwalt räuspert sich. »Quinn geht es gut. Ich darf Ihnen leider keine Kontaktinformationen von Familienmitgliedern geben.« Er verstummt, dann holt er Luft. »Hören Sie, ich bin mir nicht sicher, was hier gespielt wird, und mir gefällt nicht, was ich höre, aber ich bin verpflichtet, Ihnen das Formular für die Vormundschaft zuzusenden.« Sein Tonfall ist nun unterkühlt. »Wenn Sie mir bitte Ihre E-Mail-Adresse durchgeben könnten?«

Mich interessiert das Geld nicht im Geringsten. Ich will von allen Verdachtsmomenten freigesprochen werden, und ich will, dass das kleine Mädchen, das seine Mutter mir anvertraut hat, in Sicherheit ist.

Lass nicht zu, dass man ihr etwas antut.

»Ist Quinn momentan bei ihrem Vater?«

»Das darf ich nicht beantworten.«

Ich versuche eine andere Taktik. »Kennen Sie Amanda?«

»Wen?«

»Vergessen Sie's. Ich … Ich möchte das Testament sehen.«

»Das gesamte Testament kann ich Ihnen nicht schicken, nur den Antrag auf Vormundschaft.«

»Danke«, sage ich.

Nachdem ich ihm meine E-Mail-Adresse gegeben habe, legt er sofort auf.

Am liebsten würde ich mir die Decke über den Kopf ziehen und nichts mehr hören oder lesen. Doch ich stelle mir den Rechner auf den Schoß und schalte ihn ein. Im Posteingang wartet schon eine neue Nachricht, *Betreff: Antrag auf Vormundschaft*. Ich öffne die Datei. Das hier ist kein Scherz, kein Traum, sondern Wirklichkeit:

Die Antragstellerin Nicole Markham, in Kenntnis der Strafbarkeit einer falschen eidesstattlichen Versicherung, bestimmt hiermit für das minderjährige Kind Quinn Markham, geboren am 27. Juni 2017, wohnhaft in 327 East Bellevue Place, Chicago, Illinois, im

Folgenden Mündel genannt, sowie für das Vermögen des oben genannten Mündels folgenden Vormund: Morgan Kincaid, Freundin der Antragstellerin, wohnhaft in 5450 North Sheridan Road, Apartment 802, Chicago, Illinois.

Begründung: Morgan Kincaid ist eine liebevolle, mitfühlende und engagierte Person, die ausnahmslos im Interesse der emotionalen und körperlichen Bedürfnisse des Mündels Quinn Markham handeln wird.

Ein Schauder läuft mir über den Rücken. Nicole wusste, wo ich wohne! Und ihre Adresse – East Bellevue Place – ist mir nur allzu gut bekannt; im Stadtteil Gold Coast habe ich auch einmal gewohnt. Doch nach Ryans Selbstmord habe ich unser wunderschönes Haus nie wieder betreten. Eigentlich habe ich sowieso nie dorthin gehört. Aber hat mein Gehirn Aussetzer, dass ich mich nicht an sie erinnern kann?

Ich blicke auf die Uhr. Ich muss gleich zur Arbeit, aber ich ziehe meinen Laptop näher heran und gebe Breathe, Nicoles Unternehmen, in die Suchmaske ein. Ein Schluchzen baut sich in mir auf: Fast jeder Link führt zu Artikeln über das Engagement der Firma für traumatisierte Frauen und Kinder. Vielleicht sind wir ja doch über Haven House miteinander verbunden?

Ich betrachte das Foto von Nicole Markham, die strahlend hinter einem Rednerpult steht und einen gläsernen Preis in der Hand hält. Sie wirkt gesund, glücklich, erfolgreich. Sie sieht aus, als hätte sie alles, was man sich nur wünschen kann.

Ich zeichne die Brauen über ihren strahlend blauen Augen und ihre Lippenkonturen nach. »Was ist bloß mit dir passiert?«, flüstere ich. »Und wer ist Amanda?«

Ein Artikel auf der Website *Page Six*, dem Boulevard-Magazin der *New York Post*, weckt meine Aufmerksamkeit.

Einer anonymen Quelle zufolge ist Markham in keinem guten gesundheitlichen Zustand und verlässt das Haus nicht mehr. Seit sie vor der Geburt ihrer Tochter in Absprache mit dem Vorstand ihren sechswöchigen unbezahlten Mutterschaftsurlaub angetreten hat, ist sie nicht mehr in der Öffentlichkeit gesehen worden. Sollte Markham nicht bis zum 31. Juli als CEO zu Breathe zurückkehren, könnte sie laut Vertrag aus dem Unternehmen, das sie selbst gegründet hat, gedrängt werden.

Ich versuche, die einzelnen Punkte zu verbinden. Dass Nicole nach der Geburt ihrer Tochter Probleme hatte, scheint gesichert. Als ich noch Leiterin von Haven House war, hatte ich es mit vielen Frauen zu tun, die unter Wochenbettdepressionen litten. Vielleicht war sie psychisch labil. Vielleicht wurde sie auf dem Bahnsteig gar nicht verfolgt. Sie kann meinen Namen oder mein Bild überall gesehen und sich eingeredet haben, dass wir uns nahestanden. Als wir uns begegnet sind, blickten ihre Augen wild, die Wangen waren eingefallen. Sie wirkte zerzaust und verwirrt. Sie könnte einen Nervenzusammenbruch erlitten haben. Oder hat jemand sie mit Absicht so weit getrieben? Diese anonyme Quelle vielleicht?

Nichts davon erklärt jedoch, wie Nicole auf mich gekommen ist. Ich scrolle weiter und versuche das fehlende Glied in der Kette zu entdecken, aber ich finde nichts. Frustriert gebe ich »Nicole Markhams Ehemann« ein und klicke auf einen Link zu einem Foto in der *Chicago Tribune*, das bei einer Wohltätigkeitsgala vergangenes Jahr aufgenommen worden ist. Das Bild ist überschrieben mit *Breathes CEO Nicole Markham mit ihrem Mann, dem Börsenmakler Greg Markham*.

Quinns Vater ist ein gut aussehender Mann, vielleicht Ende dreißig, mit welligem braunem Haar und einem Grübchen im Kinn. Börsenmakler also. Ich klicke auf einen anderen Link, der mich auf die Website seiner Firma führt, Blythe & Brown. Ich erkenne den Mann nicht, aber hat er vielleicht mit Ryan zu tun gehabt? Kannte Nicole meinen Mann?

Greg hat Nicole und sein Neugeborenes verlassen. Wieso? Wie kann ein Vater so etwas tun? Aber ich ziehe voreilige Schlüsse. Soll ich versuchen, ihn ausfindig zu machen? Um mit ihm zu reden?

Ich entdecke einen kurzen Artikel im *Chicago Reader* zu Nicoles Tod. Darin wird Greg erwähnt. Er sei gestern, als sie gestorben ist, in New York gewesen. Ist er inzwischen zurück?

Ich gebe »Nicole Markham, Familie« ein und überfliege die ersten zehn Links. Mir wird das Herz schwer, als ich ein Interview lese, in dem sie erzählt, dass sie als Jugendliche ihre Eltern bei einem Autounfall verloren hat. Ein älterer Bruder wird auch erwähnt: Ben Layton ist Notfallmediziner im Mount Zion Hospital.

Keine Gelder mehr für Mount Zion. Krankenhaus für Einkommens-schwache steht kurz vor der Schließung.

Ich klicke mich durch die Bilder, bis ich ein neueres von einer Medizinerkonferenz finde. Ein großer, schlanker Mann steht auf der Bühne, seine langen braunen Haare fallen ihm ins Gesicht.

Auf *RateMDs* finde ich jede Menge Fünf-Sterne-Bewertungen: »Verständnisvoll und freundlich.« – »Er hat meinem Sohn das Leben gerettet.« – »Hilft Bedürftigen, auch wenn sie sich keine Versicherung leisten können.«

Das klingt nach einem hochanständigen Menschen, der sein Handwerk versteht. Dumm nur, dass auch Ryan immer so beschrieben wurde. Die Menschen verbergen ihre finstere Seite hinter einer Fassade aus Licht und Tugend. Auch ihm hat Nicole nicht die Vormundschaft für ihr Baby anvertraut, und dafür muss es einen Grund gegeben haben.

Ich gebe Ben Laytons Namen ein und kann für vierzehn Dollar fünfundneunzig alle seine öffentlich zugänglichen Daten einsehen. Bingo. Benjamin Layton, West Evergreen Avenue. Wicker Park.

Es ist noch keine vierundzwanzig Stunden her, seit Nicole in den Tod gestürzt ist. Gesprungen ist. Ich habe keinerlei aussagekräftige Informationen über sie. Aber ich habe ihre Adresse und die ihres Bruders. Und ich weiß, dass sie einen Mann hat, der sich in Chicago oder New York aufhält. Ich werde zur Arbeit gehen und danach bei ihrem Bruder vorbeifahren. Vielleicht weiß er, warum sie mir den Zettel an die Tasche geheftet und sich überhaupt an mich gewandt hat und wo seine Nichte jetzt ist. Vielleicht hat er sie ja auch schon gesehen.

Ich klappe den Rechner zu. Mein Hals juckt wie verrückt;

ich muss gekratzt haben, ohne es zu merken. Ich greife nach der Kortisonsalbe auf meinem gelben Nachtschränkchen. Oben auf dem Stapel Selbsthilfebücher steht mein Hochzeitsfoto.

Ich schlage mir die Hand vor den Mund, um einen Schrei zu unterdrücken. Seit ich hier eingezogen bin, lag das Foto von Ryan und mir, wie wir uns lachend auf der Treppe vom Keith House umklammern, umgedreht in der Schublade. Ich konnte es nicht mehr sehen. Ich konnte es nicht ertragen, den Mann anzusehen, der mich so hintergangen und verraten hat, aber es wegzuwerfen brachte ich auch nicht übers Herz. Warum also steht es nun gut sichtbar neben meinem Bett? Jemand muss es aus der Schublade genommen haben.

Jemand, der womöglich noch in meiner Wohnung ist.

10. KAPITEL

NICOLE

Nicoles Lider flogen auf, als die Eingangstür krachend zufiel. Wo war sie? Sie brauchte einen Moment, bis sie begriff, dass sie mit Quinn im Arm auf dem Sofa eingeschlafen war. Nachdem Tessa gegangen war, hatte sie nur für ein paar Minütchen die Augen schließen wollen. Was hatte sie sich bloß dabei gedacht? Mit dem Baby im Arm einzuschlafen – was, wenn Quinn vom Sofa gefallen wäre? Oder Nicole sie erdrückt hätte?

Greg rief aus der Eingangshalle. »Nicole? Bist du da?«

Sie warf einen Blick zu der silbernen Uhr, die über dem Flatscreen-Fernseher an der Wand hing. Greg konnte noch keinen Feierabend haben; es war zu früh. Er erschien in der Tür zum Wohnzimmer. »Was machst du hier?«, fragte sie.

»Ich habe unablässig versucht, dich anzurufen. Warum nimmst du denn nicht ab?« Seine Kiefer waren fest zusammengepresst.

Behutsam, um Quinn nicht zu wecken, setzte sie sich auf. »Wir haben ein bisschen geschlafen. Wenn du dich ab und zu blicken lassen würdest, dann wüsstest du, dass Mütter und Babys das manchmal nötig haben.« Sie konnte ihren

Tonfall selbst nicht leiden, aber dass er sie anschnauzte, weil sie nicht ans Telefon ging, machte sie wütend. Ihre Aufgabe war es, sich um Quinn zu kümmern, selbst wenn sie deshalb nicht immer für ihn verfügbar war.

Greg stieß kontrolliert den Atem aus. Er klang frustriert. »Wir müssen reden.« Mit unglücklicher Miene setzte er sich neben sie. »So funktioniert das nicht, Nicole. *Wir* funktionieren nicht.«

Ehe Nicole reagieren konnte, wachte Quinn auf. Ihr Gesicht verzog sich, und sie begann zu schreien. Ein übler Geruch machte sich breit.

»Nein. Jetzt nicht!«, entfuhr es Greg, als könne das Baby seine Körperfunktionen schon kontrollieren.

Nicole stand auf, legte Quinn auf eine Wickelunterlage auf den Boden und nahm sich eine Biowindel vom Beistelltisch.

Sie wedelte Greg mit der Windel vor dem Gesicht hin und her. »Wie wär's – übernimmst du? Siehst du ein, wieso ich nicht ständig auf mein Handy glotzen kann?«

Quinn zappelte und wand sich so sehr, dass sie Nicole gegen die Nase trat. »Lass das«, fauchte sie und schämte sich augenblicklich für ihren Ausbruch. Hastig streichelte sie Quinns Wange. »Es tut mir so leid. Mommy ist ein bisschen aufgebracht. Alles wieder gut, versprochen.«

Greg hockte sich neben sie. »Bitte lass mich das machen.« Er roch nach Moschus, nach *Straight to Heaven*, und der ihr so vertraute Geruch brachte ihr die Erinnerung an den Mann zurück, in den sie sich vor vielen Jahren verliebt hatte. Sie hatte seine draufgängerische Art genossen, seine

Blicke und wie beeindruckt er war, als er erkannte, dass sie tatsächlich *die* Nicole Layton, die Geschäftsführerin von Breathe, war. Nun beobachtete sie mit zusammengepressten Zähnen, wie er sich mit der Windel abmühte, bis sie es nicht mehr aushielt.

»Sie läuft aus, wenn sie zu locker sitzt.« Sie beugte sich vor und griff ein, um die Klettverschlüsse festzuziehen. »Aber danke für deine Hilfe.« Sie wandte sich ihm lächelnd zu, um die angespannte Atmosphäre zwischen ihnen aufzulockern, doch ihr Blick fiel auf das Revers seines Jacketts, wo ein langes, rotes Haar zu sehen war.

Sie wich zurück. Ein langes, rotes Haar. Ein Frauenhaar.

Sie pflückte es von seinem Kragen und hielt es ihm vor die Nase. »Wessen Haar ist das, Greg?«, flüsterte sie, obwohl sie sich vor der Antwort fürchtete.

Greg sah sie wachsam an. »Meine neue Assistentin ist rothaarig. Ihre Haare fliegen überall herum.« Plötzlich verhärtete sein Blick sich. »Hör zu, ich kann so nicht mehr mit dir leben. Ich habe alles versucht, wirklich alles, aber so geht es nicht weiter. Du bist paranoid, Nicole, du bist krank. Du bist ein ganz anderer Mensch geworden – ich erkenne dich kaum wieder.«

Krank? Paranoid? War sie das? Oder wurde sie von einer Gestalt aus der Vergangenheit verfolgt? Betrog ihr Mann sie direkt vor ihrer Nase?

Ihr kam ein Gedanke. »War deine Assistentin im Krankenhaus, als Quinn geboren wurde?« *Bitte sag ja*, dachte sie. Sie konnte eher mit Paranoia umgehen als mit der Angst, dass Donna sich an ihr zu rächen versuchte.

Greg zog die Brauen zusammen. »Nein. Warum hätte sie das tun sollen?«

Nicole versuchte, die aufsteigende Panik niederzukämpfen. Aber da war noch etwas, das ihr keine Ruhe ließ. »Wie heißt deine Assistentin?«

Greg blies die Backen auf und stieß den Atem aus. »Melissa.«

»Schläfst du mit Melissa?« Es passte. Seine langen Abende im Büro, seit Quinn auf der Welt war. Obwohl er bei jedem Ultraschall dabei gewesen war und das Kinderzimmer für sie eingerichtet hatte, hatte er auch kurz vor der Geburt länger gearbeitet. Immer wieder hatte er plötzlich abends noch weggemusst, um etwas zu erledigen, und sie war davon ausgegangen, dass er ihr in ihrem hochschwangeren Zustand ein paar Wege abnehmen wollte. Hatte er sie belogen? Und machte es ihr etwas aus, falls er eine Affäre hatte? Sie war sich nicht sicher.

Greg verdrehte die Augen. »Sei nicht albern.«

Du kannst sie nicht beschützen.

»Ich wünsche mir doch einfach nur, dass du als Vater und Ehemann für uns da bist. Wir brauchen dich.« Ihre Stimme verklang; plötzlich hatte sie keine Energie mehr zu sprechen.

Greg schüttelte langsam den Kopf. »Aber genau das ist es, Nic. Ich … Ich will das nicht mehr. Ich will nicht mehr dein Mann sein. Und ich will diesem Kind auch kein Vater sein, nicht so jedenfalls.« Er blickte zu Quinn, die auf der Matte lag und ihre Eltern beobachtete. »Das ist nicht normal. So wollten wir doch nie werden. Ich bin unglücklich.«

Nicole versuchte das Ausmaß dessen, was er gesagt hatte, zu erfassen, und die Tränen begannen zu laufen, ohne dass sie sie aufhalten konnte. »Aber du bist mein Mann. Und ihr Vater.« Auch sie blickte zu Quinn. Hoffentlich bekam sie nichts von der Spannung zwischen ihren Eltern mit. Babys hatten feine Antennen, und Quinn sollte sich immer und überall geborgen fühlen.

Greg stand auf und rieb sich über die Oberschenkel, und plötzlich konnte Nicole das schabende Geräusch nicht mehr ertragen. Am liebsten hätte sie ihm die Hände gebrochen.

»Ich weiß. Aber du lässt mich weder dein Mann noch ihr Vater sein.« Er richtete seine blaue Seidenkrawatte, die sie ihm einst ausgesucht hatte. »Ich denke, wir beide brauchen eine Auszeit voneinander.«

Auch Nicole erhob sich. Ohne nachzudenken, schlug sie ihm ins Gesicht, und das Klatschen klang laut in der Stille des Wohnzimmers. Auf seiner Wange erschien der rote Abdruck ihrer Hand.

Greg hob seine Hand an die Wange, und blickte sie einen Moment lang mit weit aufgerissenen, tränengefüllten Augen an. Dann wandte er sich kopfschüttelnd ab, um nach oben zu gehen.

Wie betäubt sank Nicole neben Quinn zu Boden. Sie konnte nicht fassen, was gerade geschah. Ihr Mann verließ sie. Der Mann, der stolz jeden Zeitungsartikel rahmte, in dem sie erwähnt wurde. Der die Weihnachtsfeiern seiner Firma sausen ließ, um sie zu denen von Breathe zu begleiten. Sie wusste nicht, wie lange sie an die cremefarbene Wand gestarrt hatte, bis er zurückkehrte. In einer Hand trug er den anthrazitfarbenen Rollkoffer von Prada, den sie ihm zu ihrem fünften Jahrestag geschenkt hatte.

Er stellte die Tasche neben ihr und Quinn ab. »Natürlich unterstütze ich dich mit Quinn finanziell. Dennoch.« Er rieb sich das Grübchen im Kinn, das Nicole so gerne geküsst hatte. »Ich kann so nicht weitermachen. Du brauchst Hilfe, Nic, aber du willst es nicht wahrhaben. Ich habe keine Ahnung, was ich noch machen soll.« Er zuckte die Achseln. »Wenigstens brauche ich um Quinn nicht zu fürchten. Du bist ja wie besessen davon, für sie zu sorgen.« Er beugte sich herab und küsste seine Tochter auf den Scheitel. Dann zog er seinen Koffer zur Tür, öffnete sie, verließ das Haus und schloss die Tür hinter sich.

Quinn patschte ihr mit dem Händchen gegen den Mund, was Nicoles Tränenstrom noch verstärkte.

Greg war gegangen. Sie schmiegte sich auf dem Boden an ihr Kind und tastete auf dem Couchtisch nach dem Telefon, um Tessa anzurufen.

Alles ging den Bach runter. Konnte es überhaupt noch schlimmer kommen?

11. KAPITEL

MORGAN

Ich starre auf das Hochzeitsfoto auf meinem Nachttisch, das nicht ich dorthin gestellt habe. Mein Herz rast. Befindet sich jemand in meiner Wohnung? Hat sich vielleicht über Nacht jemand hier versteckt? Plötzlich wütend, springe ich aus dem Bett und sehe mich nach etwas um, mit dem ich mich verteidigen kann. Das Einzige, was ich finde, ist der Kerzenständer aus Zinn auf meiner Kommode. Ich nehme ihn, hebe ihn über den Kopf, um ihn notfalls einem Eindringling ins Gesicht zu schmettern, und lasse mich auf die Knie sinken, um unters Bett zu schauen. Nichts.

Ich weiche zurück, halte mich an der Wand und schleiche mich aus meinem Zimmer. Fast erwarte ich, dass sich jemand auf mich stürzt. Die Wände zwischen den Wohnungen sind dick, und wenn ich meine Nachbarn nicht hören kann, werden sie meine Schreie wohl auch nicht hören. Ein Wimmern entwischt mir, und ich schlage mir hastig die Hand vor den Mund. Ich bin vollkommen schutzlos ausgeliefert. Aber wenn ich nun die 911 rufe, wird man mich für eine Irre halten: *In meiner Wohnung wurde ein Foto umgedreht – jemand war oder ist noch hier!*

Mit wild hämmerndem Herzen betrete ich mein Wohnzimmer. Leer. Es scheint nichts zu fehlen: Mein Fernseher hängt immer noch an der Wand, die wenigen Schmuckstücke, die ich noch besitze, liegen vollzählig im hölzernen Schmuckkästchen auf dem frei schwebenden Bord. Den Rest habe ich verkauft, um Ryans Betrugsopfer auszuzahlen.

Ich reiße die Schranktür auf. Auch hier ist niemand. Doch als ich im Bad in die Schubladen blicke, erkenne ich, dass jemand sie geöffnet und in meinen Sachen gewühlt hat. Ein zähes, übelkeitserregendes Gefühl wälzt sich durch meine Magengrube. Ist jemand eingebrochen, als ich auf der Polizeiwache befragt wurde? Während ich schlief? Ich weiß, dass meine Tür gestern Abend abgeschlossen war. Allerdings war ich derart ausgelaugt, dass ich kaum geradeaus sehen konnte.

Die wichtigere Frage lautet aber: Warum sollte jemand bei mir einbrechen? Ich habe nichts von Wert. Die einzige plausible Antwort ist, dass es mit Nicole oder Quinn zu tun hat.

Ich schaudere so heftig, dass es wehtut. Mein Blick schießt hin und her, und jetzt bemerke ich, dass die Glastür zur Feuertreppe nur angelehnt ist. Sie war geschlossen, als ich gestern zur Arbeit ging – glaube ich zumindest. War es wirklich erst gestern, dass ich vom Haven House nach einem produktiven Tag nach Hause gehen wollte, um mich gemütlich auf die Couch zu kuscheln und fernzusehen?

Seit ich hier eingezogen bin, war niemand außer mir hier. Die Hintertür öffne ich nur, wenn ich etwas gekocht habe und den Dunst abziehen lassen will. Vom Erdgeschoss führt eine Treppe hinauf, und es gibt weder Kameras noch andere Sicherheitsmaßnahmen. Mir ist nie klar gewesen, wie ungeschützt man hier wohnt.

Ich haste zum Notausgang, schließe die Tür, dann überprüfe ich die Wohnungstür, die tatsächlich abgeschlossen ist. Ich gehe ins zweite Zimmer, das ich als Büro und Abstellkammer benutze. Auch hier ist niemand. Normalerweise riecht meine Wohnung nach Zitronenpolitur. Erst jetzt fällt mir auf, das etwas anderes in der Luft hängt, vielleicht ein Hauch von Schweißgeruch.

Meine Papiere liegen noch immer säuberlich gestapelt neben der blauweißen Vintage-Lampe, die ich im Secondhand-Laden erstanden habe. Ich trete näher an den Schreibtisch und stoße mir mein Schienbein hart an der unteren Schublade, die ein Stück herausgezogen ist. Nur ein einziges Blatt Papier lag darin – meine nur unvollständig ausgefüllte Bewerbung für das Adoption Centre of Illinois. Nun ist es weg. Wen außer mir sollte das interessieren?

»Warum?«, brülle ich in den leeren Raum, dessen grüne Wände plötzlich nicht mehr wohltuend auf mich wirken, sondern erdrückend. Ich denke an das, was Nicole mir auf dem Bahnsteig gesagt hat.

Ich habe dich beobachtet.

Ich muss hier raus. Sofort. Ich stürze in mein Zimmer, schnappe mir Laptop und Telefon und haste, noch in den Kleidern von gestern Abend, zur Tür. Dort raffe ich meine Tasche an mich, schlüpfe in die nächstbesten Sandalen und renne hinaus. Da der Gedanke, in dieser Situation im Fahrstuhl eingesperrt zu sein, mich enorm beunruhigt, nehme ich die Treppe nach unten. Ich bin so schnell, dass ich auf einer Stufe ins Leere trete und beinahe stürze, und vor Schreck schießt mir das Adrenalin durch den Körper. Den Rest der acht Stockwerke drossele ich das Tempo etwas.

Ich fahre nie mit dem Auto zur Arbeit, aber nach dem, was gestern an der U-Bahn-Haltestelle geschehen ist, kann ich mir nicht vorstellen, heute die »L«, Chicagos Hoch- und U-Bahn, zu nehmen. Während ich durch die Tiefgarage auf meinen silbernen Honda zusteuere, richten sich die Härchen auf meinen Armen auf. Wie mein Vater es mir zur Selbstverteidigung beigebracht hat, drücke ich den Schlüsselbart durch Zeige- und Mittelfinger und halte mich bereit. Irgendwo schlägt eine Tür, aber niemand ist zu sehen.

Ich springe in meinen gebrauchten Civic. Meine Hände zittern so sehr, dass der Schlüssel erst nach drei Versuchen im Zündschloss steckt, und ich setze so schnell zurück, dass ich beinahe den Toyota ramme, der in der Reihe dahinter parkt.

Meine verschwitzten Hände rutschen über das Lenkrad, als ich den Wagen über die Rampe aus der dunklen Garage steuere. Ich biege auf die Straße und rufe über Bluetooth Jessica an.

»Bei mir ist eingebrochen worden«, platzt es aus mir heraus, sobald sie sich meldet. Ich erzähle ihr von dem Hochzeitsfoto und dem fehlenden Adoptionsformular. Meine Stimme ist schrill vor Angst.

»Es ist nichts Wertvolles entwendet worden?«

»Ich glaube nicht«, bringe ich hervor.

»Morgan, atmen Sie erst einmal durch. Sie haben gestern Schlimmes erlebt. Sie können nicht klar denken, das ist alles.« Nach einer Pause fragt sie: »Sie haben sich für eine Adoption beworben? Wann?«

»Es ist schon eine Weile her. Aber ich habe das Formular nicht vollständig ausgefüllt. Mir fiel niemand mehr ein, den ich als Referenz hätte angeben können. Also habe ich das Ding in die Schublade gestopft und nie wieder angerührt.« Ich schluchze ins Telefon.

»Okay, beruhigen Sie sich. Es ist alles in Ordnung. Haben Sie eine Putzfrau? Bestimmt gibt es eine einfache Erklärung dafür.«

Sie scheint den Ernst der Lage einfach nicht zu begreifen. »Glauben Sie wirklich, ich könnte mir eine Putzfrau leisten? Ich sage Ihnen, Jessica – bei mir wurde eingebrochen. Und es handelte sich ganz bestimmt nicht um einen Wald-und-Wiesen-Dieb. Jemand ist hinter mir her.«

Ich fädele mich in den zäh fließenden Verkehr auf der US-41 ein; mir ist, als würden mich alle anderen Autofahrer anstarren.

»Erstens. Wenn wirklich bei Ihnen eingebrochen worden ist, könnte das mit Ryan zu tun haben. Wie alles mit Ryan zu tun haben könnte. Zweitens kann es sich ebenso um einen zufälligen Einbruch handeln, bei dem die Täter ein Geräusch gehört haben und getürmt sind, ehe sie etwas Wertvolles einpacken konnten.«

Genau, denke ich bei mir. Sie haben also gerade genug Zeit gehabt, ein halb ausgefülltes Formular einzustecken. Sonst nichts.

Als ich verstumme, wechselt sie das Thema. »Übrigens habe ich herausgefunden, dass Nicole vor ihrem Studium wegen einer schweren Angststörung kurzzeitig in einer geschlossenen Einrichtung gewesen ist. Mentale Probleme waren für sie also nicht neu.«

Erzähle ich ihr von dem Anruf des Anwalts und Nicoles Testament? Ich weiß schon jetzt, was sie dazu sagen wird, also schiebe ich es noch ein wenig auf und beruhige mich damit, dass ich sie früher oder später informieren werde. Jessicas Aufgabe ist es, mir zu helfen, das weiß ich, aber jemandem zu vertrauen, der einem nicht glaubt, ist nicht ganz einfach.

»Morgan?«

»Ich bin fast am Frauenhaus und schon ziemlich spät. Ich muss jetzt auflegen.«

»Melden Sie sich, wenn noch etwas geschieht. Ich denke wirklich, dass Sie übermüdet sind und nach Verbindungen suchen, wo keine sind.«

»Wie zum Beispiel nach einer, die erklärt, wieso Nicole meinen Namen kannte?«, sage ich, ohne den Sarkasmus aus meiner Stimme zu filtern.

»Das ist genau der Punkt, den ich mir auch nicht erklären kann. Aber ich recherchiere weiter. Es muss eine Erklärung geben.«

Sie legt auf. Ich wünschte, ich könnte glauben, dass Erschöpfung mein rationales Denken beeinträchtigt, aber leider passt zu vieles nicht dazu.

Als ich auf die West Illinois Street biege, klingelt mein Telefon. Meine Chefin Kate. Ich gebe Gas und passiere das Backsteinlagerhaus zur Linken und den schimmernden Glaspalast zur Rechten. »Ich weiß, ich bin spät dran, Entschuldigung.

Aber bei mir ist eingebrochen worden und – auf dem Heimweg gestern ist etwas geschehen.«

Aus einem Instinkt heraus blicke ich den Rückspiegel. Hinter mir fährt ein dunkelblauer Wagen, der sich vorhin, als ich von zu Hause losfuhr, nach mir ebenfalls in den Verkehr eingefügt hat. Verfolgt er mich? Was soll das? Ich bin so konzentriert auf den Wagen hinter mir, dass mir entgeht, was Kate gerade sagt.

»Verzeihung, könnten Sie das wiederholen?«

Sie seufzt laut. »Ich sagte, es wäre besser, wenn Sie nicht kämen, Morgan, tut mir leid. Sie haben sich so oft verspätet. Sie haben wichtige Termine verpasst. Mir ist bewusst, dass Sie getrauert haben. Aber nun war heute Morgen jemand von der Polizei hier und hat mich gefragt, ob ich etwas über Ihre Beziehung zu Nicole Markham weiß. Das reicht jetzt. Ich fürchte, ich muss unser Arbeitsverhältnis beenden.«

Ohne dass ich etwas dagegen tun kann, beginnen die Tränen zu laufen. Ich hasse mich für meine ständige Heulerei, aber die Aussicht, die Stelle zu verlieren, die mir einen gewissen Halt gegeben hat – wo tatsächlich noch Menschen mit mir reden! –, droht mich in die Knie zu zwingen. Am anderen Ende der Leitung ist es still.

Ich wechsele die Spur, wische mir mein Gesicht ab und straffe die Schultern. Ich will nicht um meinen Job betteln, aber ich weiß nicht, was ich ohne tun soll. »Ich habe versucht, meine privaten Probleme nicht in die Arbeit zu tragen. Bitte. Ich habe nichts Falsches getan. Es kann sein, dass Nicole Markham mich vom Haven House kannte. Haben wir sie oder Breathe je um eine Spende gebeten?«

Kates Stimme klingt hart. »Verdammt, Morgan, ich habe Sie gerade gefeuert. Haben Sie mir überhaupt zugehört? Ich habe mich auf Sie verlassen. Ich habe Sie weiterbeschäftigt, weil Sie unbedingt anderen Menschen helfen wollten und ich wiederum Ihnen helfen wollte. Sie waren wirklich gut in Ihrem Job. Nur leider sind Sie nicht mehr so engagiert wie früher.«

»Das ist nicht wahr!« Ich drücke versehentlich auf die Hupe, und der Wagen gerät ins Schlingern. Ich muss unbedingt ruhiger werden. Ich achte kaum noch auf den Verkehr vor mir.

Im Übrigen hat Kate recht. Seit Ryans Tod, seit ich für seine Taten büßen muss, bin ich ein anderer Mensch. Ich bin misstrauisch, schreckhaft und verunsichert. Ich habe Angst, andere an mich heranzulassen und mich ihnen zu öffnen. Ich bin wahrhaftig nicht die beste Beraterin für Frauen, die ein neues Leben beginnen wollen.

»Ich wollte nie, dass es so kommt, Kate. Ich weiß zu schätzen, was Sie für mich getan haben.« Meine Stimme bricht. Nie wieder werde ich etwas für jene Frauen tun können, die mutig genug gewesen sind, ihre gewalttätigen Männer zu verlassen und bei uns Schutz zu suchen. Wieder etwas, das mir genommen wird.

Sie legt auf. Ich ebenfalls.

Ich fahre rechts ran und stelle den Wagen am Bordstein im Schatten einer Ulme ab. Mir ist heiß, und ich muss mich sammeln. Nun, da ich keine Arbeit mehr habe, kann ich auch direkt zu Ben Layton fahren und versuchen, wenigstens den anderen Teil meines Lebens, der aus den Fugen geraten ist, in Ordnung zu bringen. Ich hole den violetten Zettel aus meiner Tasche und betrachte ihn, als ließe sich aus der runden Handschrift etwas herauslesen, aber das ist natürlich vergeblich.

Ich überlege. Ben Layton hat gerade seine Schwester verloren. Vielleicht hat er gehört, dass ich gestern auf dem Bahnsteig gewesen bin, und will nicht mit mir sprechen, weil er denkt, dass ich etwas mit ihrem Tod zu tun habe. Andererseits könnte er wissen, wieso Nicole sich an mich gewandt hat. Ich kann ihn ja einfach fragen, ob sie mich je erwähnt hat. Ob er weiß, wer Amanda ist und ob sich jemand Nicoles Tod gewünscht haben könnte. Ob sie Selbstmordgedanken hatte. Im Augenblick ist ihr Bruder die einzige Spur, die ich habe.

Ich gebe seine Adresse in mein Navigationsgerät ein. Als ich am Ende des Blocks angekommen bin, ist der blaue Wagen, der mir vorhin aufgefallen ist, wieder hinter mir. Jetzt bin ich mir sicher.

Im Rückspiegel erkenne ich die drei ineinandergreifenden Ovale des Toyota-Logos. Es ist ein Prius, aber weil die Sonne auf die Windschutzscheibe scheint, kann ich nicht sehen, wer am Steuer sitzt. Fahren Detectives Prius? Ich kann es mir nicht vorstellen. Ich setze den Blinker, um auf die US-41 North zu fahren, und der Prius tut es mir nach. Unwillkürlich packe ich das Lenkrad fester, doch ich bin zwischen dem Infinity vor mir und dem Kia zu meiner Rechten eingeklemmt. Ich komme nicht weg. Mein Ärger verpufft. An seine Stelle tritt eine plötzliche Angst, die mir fast den Atem raubt.

Der Verkehr fließt schnell. Ich möchte eine Autolänge Abstand zu dem Infinity vor mir halten, aber ich will auch weg von dem Prius. Ich gebe Gas, aber der Prius rückt nach. Angestrengt versuche ich, das Nummernschild zu erkennen, aber es ist schmutzverkrustet und unlesbar.

Ich könnte eine Vollbremsung machen und einen Unfall provozieren, damit die Person hinter mir aussteigen muss, aber es herrscht dichter Verkehr, es ist zu gefährlich. Alles, was ich je wollte, war, zufrieden mit Mann und Kind zu leben. Wie konnte alles bloß derart schiefgehen?

Eiskalte Tentakel einer ganz anderen Angst kriechen mir den Nacken hinauf, als ich beobachte, wie der Wagen näher und näher kommt. Er hängt mir praktisch auf der Stoßstange. Im Rückspiegel erkenne ich jetzt eine Frau mit langen roten Haaren und einer riesigen Sonnenbrille, die ihr Gesicht verdeckt. Und dann rammt sie mein Auto mit genug Wucht, dass ich nach vorne geschleudert werde und mich am Lenkrad abstützen muss.

Wer zum Henker ist diese Frau? Und warum will sie mich von der Straße drängen?

12. KAPITEL

NICOLE

Seit einer Woche war Greg nun weg und hatte sich nicht mehr gemeldet. Nicole hatte keine Ahnung, wo er war. Sie vermisste seine beruhigende Anwesenheit im Haus, aber sie war sich nicht sicher, ob sie ihn vermisste. Er hatte ihre Frage, ob er mit seiner Assistentin ins Bett ging, nicht beantwortet; wahrscheinlich war er nun bei ihr. Melissa. Wieso hatte sie so lange gebraucht, um es zu begreifen? Wie hatte sie so blind sein können? Sie hatte aufgehört, ihren Instinkten zu vertrauen. Das verlässliche Bauchgefühl, das Breathe auf dem Athleisure-Markt zu einem der zehn Top-Unternehmen gemacht hatte, war seit der Geburt ihres Kindes so gut wie verschwunden. Nicole war nur noch ein Schatten ihrer selbst.

Sie hatte das Haus seit einer Woche nicht mehr verlassen und sich nur in den Garten gewagt, damit Quinn genug Tageslicht bekam und mit Vitamin D versorgt wurde. Aber der unaufhörliche Rasenmäherlärm und das Rascheln der trockenen Blätter im Wind zerrten an ihren Nerven. Ständig lauschte sie auf verdächtige Geräusche. Schlich Donna sich an? Lauerte sie vielleicht hinter der nächsten Ecke?

Nicole hatte Tessa erzählt, dass Greg gegangen war, und

seitdem war Tessa beinahe jeden Abend nach der Arbeit gekommen und hatte Einkäufe oder Take-away-Mahlzeiten mitgebracht. Ihr letztes Gespräch vor ein, zwei Tagen bereitete Nicole jedoch Sorgen. Tessa hatte mit Quinn auf dem Arm auf der Couch gesessen, während Nicole die Wäsche faltete. Quinns winziger Strampelanzug war auf links gezogen, und sie nestelte vergeblich an den Beinen, bis sie das Ding schließlich frustriert zu Boden warf.

»Ich habe ziemlich viel über Wochenbettdepressionen gelesen«, sagte Tessa. »Es ist total normal, verängstigt und verunsichert zu sein.« Sie betrachtete Quinn, dann blickte sie wieder zu Nicole auf. »Viele Frauen haben das Gefühl, dass sie sich nicht richtig um sich selbst oder das Baby kümmern können.«

Nicole versteifte sich. »Was willst du damit sagen?«

»Du ziehst dich nicht mehr an. Du gehst nicht mit Quinn spazieren. Du lässt dich von den kleinsten Ärgernissen frustrieren. Wie wär's, wenn ich eine Weile hierbleibe? Du könntest ein bisschen schlafen und mal frische Luft schnappen.«

Nicole überlegte. Sie fürchtete sich allein im Haus. Aber ihr gefiel die Andeutung nicht, sie könnte ihren Pflichten nicht nachkommen. Quinn war gut genährt, gesund und immer sauber. Behauptete Tessa etwa, sie sei keine gute Mutter? Doch sofort überkam sie das schlechte Gewissen. Ihre Freundin wollte ihr nur helfen.

»Ich krieg das schon hin«, sagte sie.

Und Tessa hatte es gut sein lassen.

Nun blickte Nicole auf die Uhr. Elf Uhr am Vormittag. Tessa musste im Büro sein. Sie nahm das Telefon.

Tessa ging beim ersten Klingeln ran. »Hey, was gibt's?«

Im Hintergrund war das geschäftige Treiben bei Breathe zu hören; sie konnte sich nicht mehr vorstellen, dort den Tag zu verbringen. Es kam ihr beinahe unglaublich vor, dass sie einst die Verantwortung für ein gesamtes Unternehmen gehabt hatte, während sie nun kaum in der Lage war, das Haus zu verlassen.

»Ich …« Sie suchte nach den richtigen Worten. »Könntest du vielleicht vorbeikommen und mir helfen, einen Tisch zu verschieben? Da, wo er steht, könnte er für Quinn eine Gefahr bedeuten.«

»Klar, kein Problem, ich muss mich nur schnell mit Lucinda besprechen. Der Launch für die Aromatherapie-Linie gegen Erschöpfung steht noch diese Woche an.«

Sie hatte keine Ahnung, von welchem Launch Tessa sprach. »Lass gut sein, du hast anscheinend viel zu tun. Ich komm schon zurecht.«

»Nein, schon okay, ich komme nachher vorbei. Hast du was von Greg gehört?«

»Kein Wort.«

»Ich hoffe wirklich, dass er nichts mit seiner Assistentin hat. Das wäre ja wie ein wandelndes Klischee.«

»Ha!«, machte sie, obwohl ihr innerlich nicht zum Lachen zumute war. »Jedenfalls hat er keine Probleme damit, von unserem gemeinsamen Konto Gebrauch zu machen. Er hat vor Kurzem eine ganze Menge Geld abgehoben. Ich wollte unser Portfolio überprüfen, aber das läuft leider nur über seinen Namen.«

Am anderen Ende der Leitung schwieg Tessa einen

Moment, dann fragte sie: »Weißt du, wo er sein kann? Soll ich mal mit ihm reden? Es ist doch komisch, dass er sich so gar nicht gemeldet hat.«

Nicole war es eigentlich egal, wo oder mit wem er zusammen war. Dafür kam ihr plötzlich eine Idee.

»Danke, Tess, aber ich glaube kaum, dass es etwas nützt, wenn du mit ihm sprichst. Aber hör mal, vielleicht könnten Quinn und ich ja zu dir kommen? Nur für eine kleine Weile?« Für eine gewisse Zeit bei Tessa einzuziehen könnte ihre Probleme lösen. Tessas farbenfrohe Wohnung würde sich bestimmt wohltuend auf ihren seelischen Zustand auswirken, doch vor allem würde Donna sie dort nicht finden.

»Ach, Süße, ich glaube nicht, dass das klappen würde, tut mir leid. Du weißt, dass ich alles für dich tun würde, aber meine Wohnung ist nicht für Babys geeignet. Ich weiß nicht einmal, ob die Eigentümerversammlung es erlauben würde, wenn jemand vorübergehend einzieht.« Sie schwieg einen Moment. »Aber ich komme nachher rüber. Und wie ich schon sagte, ich kann gerne eine Weile bei dir wohnen.«

Nicoles Wangen begannen vor Scham zu glühen – warum hatte sie bloß gefragt? »Klar, war eine dumme Idee, verzeih mir. Komm vorbei. Vielleicht mache ich uns sogar etwas zu essen.«

Das würde sie nicht, aber sie konnte so tun, als ob. Sie legten auf, und Nicole empfand einen plötzlichen Energieschub. Quinn an sich gepresst, steckte sie das Telefon in die Tasche und ging in den Eingangsbereich, um ihre Sneaker anzuziehen. Sie würde mit Quinn in den Park gehen und anderen Kindern beim Spielen zusehen. Im Flur blieb sie verwirrt stehen. Auf der Bank neben der Tür lag ein Fotoalbum mit Blumendesign – ihr Familienalbum, das sie sich seit einer Ewigkeit nicht mehr angesehen hatte. Normalerweise stand es im Bücherregal. Sie rief erneut Tessa an.

»Hast du aus irgendeinem Grund mein Fotoalbum aus dem Regal genommen?«

»Warum sollte ich das denn tun?«

»Ich weiß auch nicht. Vergiss es, tut mir leid.«

»Bist du sicher, dass du nicht unter Stilldemenz leidest?«

Nicole lachte, aber es klang blechern. »Das wird's sein.«

Sie beendete das Gespräch. Nicole nahm das Album, legte Quinn im Wohnzimmer auf die *Activity*-Spieldecke und ließ sich neben ihr nieder. Sie musste lachen, als ihre Tochter nach dem Löwen über ihrem Köpfchen patschte.

»Wenn meine Mom hier wäre, würde sie stundenlang mit dir spielen. Sie war so geduldig.« Nicole schlug das Album auf und betrachtete ein Foto von sich und ihrem älteren Bruder zu Halloween. Sie war fünf, hatte die Arme vor der Brust verschränkt und blickte in ihrem Prinzessinnenkostüm finster in die Kamera, er war acht und ein schlaksiger Vampir mit einem zahnlückigen Grinsen. Hastig blätterte sie weiter. »Da ist deine Grandma.« Nicole zeigte auf ein Foto ihrer Mutter, die neben einer dreijährigen Nicole im Buggy hockte. Jung sah sie aus und so schön mit ihren schokoladenbraunen Locken, die sie zu einem tief sitzenden Pferdeschwanz zusammengefasst hatte. »Ihr Mädchenname war Quinn. Deswegen heißt auch du so.«

Sie wischte sich die Tränen aus den Augen und blätterte um.

Ihr Herz blieb stehen.

Zwischen den Seiten steckte ein einzelnes loses Polaroid. Nicoles Hand zitterte unkontrolliert, als sie es an einer Ecke anfasste, als sei es eine Schlange, die jeden Moment zubeißen konnte.

Die kleine Amanda saß vor einer knallbunten Bällchenbahn auf dem grünen, zottigen Teppich, an den Nicole sich nur allzu gut erinnern konnte. Sie trug ein blassgelbes Kleidchen mit Tüllrock und Rüschenoberteil und strahlte vor Freude über das Spielzeug.

Wie lebendig und gesund Amanda auf diesem Foto aussah. Und wie kalt und still sie gewesen war, als Nicole sie das letzte Mal auf dem Arm gehalten hatte.

Nicole konnte sich nicht erinnern, dieses Foto je besessen zu haben. Zumal sie es bestimmt nicht behalten hätte. Sie hätte zu große Angst gehabt, dass Greg hätte wissen wollen, was es mit diesem Kind auf sich hatte.

Das Zimmer begann sich zu drehen, als sie das Foto aus dem Album nahm, ehe sie es ins Regal zurückstellte. Sie brauchte ihre Tabletten. Sie hatte keine Ahnung, wie viel sie heute schon genommen hatte, aber die Wirkung schien nachzulassen. Sie steckte das Polaroid in den Bund ihrer Yogahose, und die scharfen Kanten bohrten sich in ihre Haut, als sie Quinn aufhob und in die Babytrage setzte. Sie musste ihre Tochter dicht am Körper spüren.

Mit Quinn ging sie ins Bad und nahm zwei weitere Tabletten. Quinn nagte an Nicoles Schulter. Sie hatte Hunger und würde bald ihre Flasche brauchen. Nicole zog eine Schublade auf, um das Foto darin zu verstecken. Sie war sicher, dass Donna es ins Haus gebracht hatte. Wie und wann sie es getan hatte, wusste Nicole nicht, aber das war die einzige Erklärung.

Und das machte ihr entsetzliche Angst.

Die Gefahr rückte immer näher.

13. KAPITEL

MORGAN

Der Prius fährt immer noch dicht hinter mir. Direkt vor mir liegt meine Ausfahrt, deshalb reiße ich abrupt das Lenkrad herum und biege mit quietschenden Reifen auf den Schotterstreifen ab. Steinchen spritzen auf und prallen von meinem Fenster ab, als ich Gas gebe und schlingernd auf die Rampe setze. Ich umklammere das Steuer so fest, dass die Knöchel weiß hervortreten.

Die Frau folgt mir.

»Was willst du?«, schreie ich, als nackte Panik mir wie ein Feuerball durch die Adern schießt. »Geh doch bitte, bitte weg!«

Der Motor hinter mir brüllt auf, und der Prius rast an mir vorbei.

Und ist verschwunden.

Ich fahre an die nächste Ecke, wo ich am Bordstein halten kann. Mein Gurt schnürt mich ein, und ich winde mich auf meinem Sitz, um ihn zu lösen, dann verschließe ich hastig die Türen von innen für den Fall, dass die Rothaarige zurückkommt. Herrgott, sie hätte mich beinahe umgebracht.

Ich wühle in meiner Tasche nach dem Telefon und rufe

Jessica an. Ich habe sie im Hinblick auf ein paar Dinge im Dunkeln gelassen, aber das hier ist ernster, als ich dachte. Ich muss ihr klarmachen, dass jemand hinter mir her ist. Aber es klingelt und klingelt, und sie nimmt nicht ab.

»Verdammt«, presse ich hervor, breche die Verbindung ab und werfe das Handy wieder in die Tasche. Ich werde es später erneut versuchen, wenn ich vielleicht selbst schon einige Antworten erhalten habe.

Ich streiche mir das Haar aus dem Gesicht, starte den Wagen und fahre zur West Evergreen Avenue, wo Ben Layton wohnt. Die Adresse führt mich zu einem eindrucksvollen zweistöckigen Haus im viktorianischen Stil, und ich parke auf der Straßenseite gegenüber. In meinem Magen flattert es nervös, und ich muss mir die Handflächen an den Leggings abwischen. Ich weiß, dass ich unüberlegt handele, aber ich kann jetzt nicht zurück. Mein Bauchgefühl sagt mir, dass ich das Richtige tue.

Die dünnen beigen Vorhänge an den Erkerfenstern sind zugezogen, aber in der Auffahrt steht ein Wagen, Ben könnte also zu Hause sein. Ich blicke an mir herab und verziehe das Gesicht. Ich sehe furchtbar aus und fühle mich auch so. Ich habe mir heute Morgen nicht einmal die Zähne geputzt. Ich finde ein Kaugummi in meiner Tasche und stecke es mir in den Mund. Mein Teint ist fahl, dunkle Schatten liegen unter meinen gewöhnlich strahlend grünen Augen, und die Haut an meinem Schlüsselbein ist entzündlich rot.

Ich hole tief Luft. »Du kannst das«, sage ich mir. Ich will gerade aus dem Auto aussteigen, als ein sehr großer, schlanker Mann in einem weißen T-Shirt mit V-Ausschnitt und grauen Surfershorts aus der Tür tritt. Er sieht gut aus, scheint sich dessen aber nicht bewusst. Es ist Ben Layton; ich erkenne ihn von dem Foto wieder. Er streicht sich das gewellte braune Haar aus der Stirn, als er auf den schwarzen Nissan Altima zugeht. In seinem Arm ein Baby – Quinn? Sie muss es sein.

Die Kleine trägt einen rosafarbenen Strampler und schreit, was die Stille auf der Straße nur hervorhebt, und doch wirkt sie bei ihm geborgen. Meine Erleichterung ist ungeheuer. Obwohl ich dieses Baby nur einen kurzen Moment auf dem Arm gehabt habe, fühle ich mich stark zu ihm hingezogen. Doch ich muss mir den Gedanken an die Vormundschaft aus dem Kopf schlagen. Denn es kann nicht sein, und es ist dumm, darauf zu hoffen. Das Testament ergibt einfach keinen Sinn.

Ich bleibe, wo ich bin, und beobachte ihn. Selbst aus der Entfernung kann ich erkennen, dass sein Gesicht rot und verquollen ist. Seine Schwester ist gestern gestorben. Ich habe kein Recht, ihm das Leben schwer zu machen.

Er steigt in den Wagen ein und setzt aus der Einfahrt zurück. Aus einem Impuls heraus beschließe ich, ihm hinterherzufahren.

»Okay, Ben Layton, wohin wollen wir?«, murmele ich, als ich meinen Wagen starte und ihm ausreichend Vorsprung lasse, um möglichst nicht aufzufallen. Ich verfolge Nicoles Bruder durch Chicago und schlage jeden von Jessicas Ratschlägen in den Wind. Ich habe eindeutig nicht alle Tassen im Schrank.

Wir sind ungefähr fünfzehn Minuten gefahren, als er auf die North State Street einbiegt.

Ich drossele das Tempo hinter ihm. Ben hält vor einer Reihe atemberaubender dreistöckiger Villen am East Bellevue Place. Die Adresse kommt mir bekannt vor, und dann begreife ich auch, warum. Ich habe sie auf Nicoles Antrag für die Vormundschaft gelesen. Hier hat sie gewohnt.

Er parkt auf der Auffahrt einer der historischen, für Chicago so typischen Villen aus grauem Kalkstein, und steigt aus. Ich stelle mich in einigem Abstand hinter einen anderen geparkten Wagen, von wo aus ich gut sehen kann, und beobachte, wie er Quinn aus der Babyschale nimmt. Unwillkürlich frage ich mich, ob er den Kindersitz schon besessen oder gerade erst gekauft hat. Quinn gibt keinen Laut von sich; vermutlich schläft sie. So ein kleines Wesen und schon so viel Aufregung.

Statt die Auffahrt hinaufzugehen, wendet Ben sich dem Nachbarhaus zu. Er klopft, und eine ältere Frau öffnet. Sie unterhalten sich ungefähr eine Minute lang, dann drückt sie ihm etwas in die Hand. Schließlich kehrt er zu Nicoles Haus zurück und steigt die breite Treppe hinauf, die von zwei aufwendig gemeißelten Säulen flankiert wird. Quinn scheint sich wohlzufühlen in seinen großen Armen. Sicher und beschützt.

Ich kann nicht länger warten. Ich ziehe meinen Pferdeschwanz fester und steige aus. Mit wenigen Schritten gelange ich an die Auffahrt.

Ben muss etwas gehört haben, denn er fährt herum, entdeckt mich und reißt die Augen auf. Sie sind heller als die seiner Schwester, doch nicht weniger durchdringend, und die Erschöpfung ist ihnen anzusehen.

Er kommt auf mich zu, und ich weiche einen Schritt zurück. Ich muss daran denken, wie wenig Leute mir nach Ryans Tod ihr Beileid ausgesprochen haben. Niemand weiß, was man zu einem Selbstmord sagen soll.

»Dr. Layton?«, sage ich ruhig.

»Ja. Wer sind Sie?«, fragt er, verlagert das Baby in seine Armbeuge und richtet den Riemen des roten Rucksacks, der über seiner Schulter hängt.

»Es tut mir sehr leid wegen Ihrer Schwester.«

Die Trauer zeichnet sich in seinen Gesichtszügen ab. Quinn schlägt die Augen auf und beginnt zu weinen, und ich muss mich zurückhalten, um nicht nach ihr zu greifen, sie in meine Arme zu ziehen und zu trösten.

»Was wollen Sie? Herrgott, könnt ihr Reporter mich nicht einfach in Ruhe lassen?«

Er wirkt so verloren, so erschüttert und traurig, dass ich ein schlechtes Gewissen habe, überhaupt gekommen zu sein. »Ich bin nicht von der Presse, ich schwöre es.«

»Wer sind Sie dann?«

Ich schlucke. »Ich ... Ich war da. Bei Nicole. Ich meine, ich war bei ihr, kurz bevor sie – gesprungen ist.«

»Schon okay«, sagt er. »Sie konnten ja nicht wissen, was – was geschehen würde.« Dann verfinstern sich seine blauen Augen. »Moment mal. Sind Sie die Frau vom Bahnsteig? Die Quinn genommen hat? Die mit Nicole gesprochen hat?«

Ich zögere. Ich will ihn nicht gegen mich aufbringen.

»Nicole hat mir Quinn in die Arme gedrückt. Ich hatte keine Ahnung, was los war oder was sie vorhatte. Hätte ich es gewusst, dann ...« Tränen treten in meine Augen, ich kann es nicht verhindern. »Ihre Schwester hat mich angefleht, auf Quinn aufzupassen. Für ihre Sicherheit zu sorgen und mich um sie zu kümmern. Das waren ihre letzten Worte. Ich wusste nicht, wer sie war. Das wollte ich Ihnen unbedingt sagen.«

Er kommt noch näher, bis wir uns auf der Auffahrt gegenüberstehen. Seine stumme Musterung ist mir unangenehm. Zweifel macht sich in seiner Miene breit. »Morgan Kincaid, richtig?«

Ich nicke.

»Detective Martinez wollte wissen, ob ich eine Frau namens Morgan Kincaid kenne. Ich verneinte. Und nun sind Sie hier. Sie sehen meiner Schwester übrigens ähnlich.«

»Ich kannte Ihre Schwester bis gestern nicht. Glauben Sie, dass sie mich deshalb ausgesucht hat? Weil wir uns ähnlich sehen?«

»Ausgesucht? Diese Polizistin sagte mir, ich solle sie informieren, falls Sie versuchen, mich zu kontaktieren. Sie habe noch immer keinen Anhaltspunkt dafür finden können, woher meine Schwester und Sie sich gekannt haben. Sie sagte mir auch, Ihr Mann hätte Selbstmord begangen, nachdem er Millionen von Dollar unterschlagen hätte, und Sie seien in diesem Fall eine Schlüsselfigur.«

Quinn schreit lauter, und er schiebt sich das widerspenstige Haar aus der Stirn. Ein Muskel zuckt in seinem kantigen Kiefer.

Instinktiv strecke ich die Arme nach Quinn aus. Prompt dreht er sich mit ihr weg. »Hey, was machen Sie da? Was wollen Sie von mir? Ich rufe jetzt die Polizei.«

Er muss mindestens eins neunzig groß sein, denn er überragt meine eins siebzig locker. Dennoch weiche ich nicht zurück. Mein Bauchgefühl sagt mir, dass er hören will, was ich zu sagen habe, denn weder ist er ins Haus gegangen, noch macht er tatsächlich Anstalten, Martinez anzurufen.

Ich habe nichts zu verlieren. »Amanda«, sage ich.

Er erstarrt. Das Blut weicht aus seinem Gesicht, und in seiner Miene zeichnet sich eine Mischung aus Schock und Unglaube ab.

Mein Puls beschleunigt sich.

»Was haben Sie gerade gesagt?«, flüstert er.

Ich greife in meine Tasche und hole den Klebezettel heraus. Ich glätte ihn und halte ihn ihm direkt vor die Nase.

In diesem Moment ertönt ein grelles Quietschen von Reifen auf Asphalt. Wir fahren gleichzeitig herum und entdecken einen Wagen, der auf der menschenleeren Straße beschleunigt.

Der dunkelblaue Prius. Und er rast direkt auf uns zu.

14. KAPITEL

NICOLE

Außer Quinn zu baden und zu füttern hatte Nicole seit Tagen nichts anderes mehr getan, als das Polaroid von Amanda anzustarren. Doch sie konnte es nicht betrachten, ohne Quinns Gesichtchen auf dem Foto zu sehen, ohne jeden Schrank und jede Ecke in ihrem Haus auf Anzeichen zu überprüfen, ob Donna hier gewesen war. Das Gefühl des drohenden Unheils war zermürbend. Nun warf sie das Foto wieder in die Badezimmerschublade und schwor sich, es nicht wieder hervorzuholen.

Quinn plapperte in ihrem Bettchen vor sich hin. Nicole nahm ihre Tabletten aus dem Medizinschrank. Sie würde sie mit nach unten nehmen, wo sie sich hauptsächlich aufhielt. Sie ging ins Schlafzimmer, hob Quinn aus dem Bett, steckte sie ins Tragetuch und atmete einen Moment lang den süßen Duft ihrer Tochter ein.

In der Küche angekommen, legte sie erschöpft ihre Stirn an die verchromte Tür des Sub-Zero-Kühlschranks, deren Kühle Balsam für ihren heißen, entkräfteten Körper war.

Ihr Blick fiel auf etwas Violettes, das unter der Kühl-

Gefrier-Kombination hervorragte. Langsam ließ Nicole sich in die Hocke herab, um einen Post-it-Zettel hervorzuziehen. »Bin heute Abend länger im Büro« stand darauf in Gregs unordentlicher Handschrift. Sie hatte keine Ahnung, von wann die Nachricht stammte.

Aber der Zettel brachte sie auf eine Idee. Sie trat an die Kramschublade, fischte den Block mit den Post-its heraus und nahm einen Filzstift. Mit Quinn vor der Brust setzte sie sich auf den Boden und klebte einige Zettel auf die Natursteinfliesen. Dann schrieb sie auf jeden einen Begriff: *Brief. Namenskärtchen. Rothaarige Frau. Fehlende Tabletten. Mobile. Tür. Kaputter Leuchter. Foto.*

Sie klebte sie in eine Reihe, dann im Kreis, um die beängstigenden Ereignisse in eine Ordnung, eine Struktur zu bringen. Die Hinweise lagen alle vor ihrer Nase, und wenn sie sie in der richtigen Reihenfolge sortierte, würde sie bestimmt erkennen, was Donna vorhatte. Und wie sie sie aufhalten konnte.

Aber was, wenn es sich nicht um Donna handelte? Wenn Greg recht hatte und Nicole den Verstand verlor? Er hatte ihr nahegelegt, sich Hilfe zu holen, aber sie hatte ihn ignoriert. Dennoch war es merkwürdig, dass er nicht einmal angerufen hatte, seit er vor zwei Wochen gegangen war. Wie lange war er in ihrer Beziehung schon unglücklich gewesen? Kam er mit der Rolle als Vater einfach nicht zurecht? Oder war sie schon viel durchgedrehter, als sie gedacht hatte, sodass er möglichst viel Abstand zu ihr bekommen wollte? War es wirklich möglich, dass sie, wie er gesagt hatte, das Mobile selbst bestellt hatte? Hatte sie die Lampe über dem Bettchen gelockert und die Tür offen stehen lassen? Hatte sie das Foto von Amanda jahrelang im Fotoalbum gehabt und sich einfach nur nicht mehr daran erinnern können? Was, wenn sie tatsächlich an einer besonders schlimmen Wochenbettdepression litt, wie Tessa es zu glauben schien?

Dumme violette Post-its. Sie hatten keine Bedeutung.

Sie steckte sie in die Schublade zurück und blickte auf Quinn herab, die friedlich an ihrer Brust ruhte. Sie hatte sie vorhin gefüttert und ihr die Windeln gewechselt. Ihr Baby war zufrieden, brauchte aber frische Luft. Und sie, Nicole, brauchte Bewegung. Sie mussten raus. Am besten sofort. Einen kurzen Spaziergang konnte sie schaffen. Plötzlich wollte sie keine Minute länger im Haus bleiben.

Sie machte sich nicht die Mühe, sich umzuziehen oder gar zu duschen. Sie legte Quinn in ihren edlen, federleichten roten Bugaboo-Kinderwagen mit dem charakteristischen Drei-Kreis-Logo und steckte die wunderschöne tiffanyblaue Wickeltasche von Tessa ins Gepäckfach. »Komm, Schätzchen, wir gehen raus.«

Sie schloss die Tür hinter sich, stellte den Alarm scharf und legte den Riegel vor. Obwohl sie hörte, wie er einrastete, drückte sie noch fünfmal gegen die Tür, um sich zu vergewissern, dass sie nicht aufspringen würde. Dann machte sie ein Foto von sich und Quinn und schickte es Tessa mit einer Nachricht.

Ich gehe raus.

Tessa schrieb zurück:

Bin stolz auf dich. Melde dich, wenn du zurück bist.

Schwere Gewitterwolken hingen am Himmel, und die Luft war wie aufgeladen, doch ein bisschen Regen hatte noch niemandem geschadet. Quinn war still und starrte fasziniert auf die bunten Ringe, die vom Verdeck des Kinderwagens herabbaumelten. Na bitte. Das ging doch. Sie war nur eine ganz normale Mutter, die mit ihrem Kind ein wenig Luft schnappen wollte. Doch als sie den Kinderwagen vorsichtig die vier breiten Stufen hinuntermanövrierte, kam Mary, ihre über achtzigjährige Nachbarin, aus dem Haus geeilt.

»Nicole, Liebes, hättest du einen Moment Zeit?«

Nicole hatte keine Lust, mit Mary zu reden, die sie stundenlang mit Geplapper über ihre Enkel und ihre kaputte Hüfte aufhalten konnte, doch Mary ließ ihr keine Chance zu entkommen.

»Ich wollte dir noch unbedingt etwas sagen. Ich habe gestern Abend jemand dabei beobachtet, wie er bei dir durch das Fenster vorne spähte. Zuerst dachte ich, dass es ein Freund oder eine Freundin von dir sein müsse, aber ich weiß nicht. Jedenfalls ist die Person nicht lange geblieben. Ich dachte, ich sage dir besser Bescheid, denn irgendetwas war komisch daran, aber es war nur so ein Gefühl. Klingeln wollte ich bei dir nicht – falls das kleine Schätzchen schon schläft.«

Nicole gefror das Blut in den Adern, und unwillkürlich schob sie den Kinderwagen näher an Mary heran. »Mann oder Frau? Wie sah die Person aus? Wie spät war es?« Sie feuerte die Fragen so hastig ab, dass ihr Speicheltröpfchen aus dem Mund flogen.

Mary trat einen Schritt zurück. »Meine Augen sind nicht mehr so gut, ich kann nicht sagen, ob Mann oder Frau, aber es war gegen zehn. Ich habe die Serie gesehen, die mein Sohn mir immer auf Video aufnimmt. Es war also gar kein Freund von dir? Oje. Solltest du nicht lieber die Polizei anrufen? Wenn es in der Gegend einen Landstreicher gibt, müssen wir alle auf der Hut sein.«

»Keine Polizei«, entfuhr es Nicole.

»Wie beliebt?«

»Nicht die Polizei rufen!«, wiederholte sie mit schriller Stimme. Wenn die Polizei kam, geriet womöglich alles aus den Fugen. Niemand sollte hier herumschnüffeln dürfen, die Vergangenheit musste vergangen bleiben. Hinterher kam die Polizei noch auf den Gedanken, dass sie als Mutter nichts taugte, und nahm ihr Quinn weg. Der Gedanke weckte nackte Angst in ihr. Sie atmete durch die Nase ein und durch den Mund langsam aus. »Aber vielen Dank, dass du auf uns aufpasst«, fügte sie etwas ruhiger hinzu. »Es wird sich um meine Freundin Tessa gehandelt haben. Ich rufe sie gleich rasch an.«

Mary warf dem Baby einen prüfenden Blick zu. »Ist wirklich alles in Ordnung mit dir, Liebes? Du wirkst ein wenig fahrig.«

Sie versicherte der alten Dame, dass es ihr blendend ging, und schob den Kinderwagen hastig die North Rush Street entlang in Richtung East Oak, wo sie sich unter die Berufstätigen mischte, die in schicken Kostümen und Sommeranzügen zum Lunch schlenderten oder zu Meetings eilten.

Der Himmel verfärbte sich bleigrau, aber die Luft roch nach frisch gemähtem Gras, und sie mochte trotz des drohenden Regens noch nicht wieder umkehren.

Sie ging weiter und weiter, bis sie die Person entdeckte, der sie am allerwenigsten hatte begegnen wollen. Sie hielt so abrupt an, dass Quinn überrascht zu weinen begann. *Bitte sieh nicht her. Geh einfach weiter*, flehte sie stumm, aber es war zu spät.

»Nicole, bist du das?«, fragte Lucinda Nestles verwundert. Sie war direkt vor ihr auf dem Gehweg stehen geblieben.

Nicole blickte auf, und vor Scham begannen ihre Wangen zu glühen. »Hi, Lucinda. Wie geht's denn so?« Automatisch hob sie die Hand zum Mund. Hatte sie heute Morgen überhaupt die Zähne geputzt?

»Du siehst ... Oh, ist das dein Baby?«

Nicole nickte, brachte aber kein Wort heraus.

»Wow, die ist ja wunderschön. Glückwunsch.« Sie beugte sich vor, um Nicole auf die Wange zu küssen, dann glitt ihr Blick über ihr fleckiges T-Shirt und die ebenso schmutzige Yogahose. »Ich bin übrigens gerade auf dem Weg zu einer Vorstandssitzung.« Lucindas Lächeln war eisig. »Ich war doch recht überrascht, als du sagtest, du könntest doch nicht zu Hause arbeiten. Ich bin natürlich nicht davon ausgegangen, dass du im Mutterschaftsurlaub Vollzeit im Büro sitzt, aber du bist immer noch Geschäftsführerin. Es gibt ein paar Bedenken in Bezug auf die voraussichtlichen Aktiengewinne, und dann der Artikel auf *Page Six* ...Ich habe dich diese Woche ein paarmal zu erreichen versucht. Du steigst doch zum Einunddreißigsten wieder ein, oder?«

Ehe sie Lucinda fragen konnte, was sie auf *Page Six* gelesen hatte, spürte sie, wie jemand sie beobachtete. In der schmalen Gasse zwischen den Geschäften von Barneys und Hermès stand eine rothaarige Frau mit einer großen Sonnenbrille und starrte sie direkt an.

Nicole erschrak und packte die Griffe des Kinderwagens fester.

»Ich muss weiter«, sagte sie.

»Alles in Ordnung?« Lucinda fasste sie am Arm.

Nicole zuckte zusammen. »Siehst du die Frau?«, fragte sie und deutete hinter sich. »Beobachtet sie uns?«

Lucinda riss die Augen auf. »Beobachtet wer uns?«

Nicole deutete mit dem Kopf auf die Gasse.

»Also – tut mir leid«, sagte Lucinda. »Ich sehe niemanden.«

Die Frau war fort. Aber sie war dort gewesen, dessen war Nicole sich sicher. Sie setzte ein falsches Lächeln auf. »Egal. Ich bin etwas übermüdet. Mit einem Baby kommt man eben kaum zum Schlafen, man kennt das ja.«

Lucinda musterte sie prüfend. »Bist du sicher, dass alles okay ist? Brauchst du vielleicht Hilfe?«

Nicole machte sich nicht die Mühe zu antworten. »Bis bald«, rief sie etwas zu laut und schwang den Kinderwagen herum. Und obwohl ihre untrainierten Muskeln bereits brannten und die Narbe schmerzte, stob sie über den Bürgersteig, sodass verdutzte Passanten zur Seite wichen, und eilte, begleitet von empörtem Hupen, über die Überwege, ohne nach rechts und links zu sehen.

Dann endlich war sie wieder in ihrer Straße. Ihre Hände

zitterten so heftig, dass ihr auf dem Kiesweg, der zur Treppe führte, der Schlüssel hinfiel. Ein Donner krachte, und fast gleichzeitig strömte der Regen auf sie herab, schwemmte ihr das Haar ins Gesicht und lief ihr in die Augen, sodass sie kaum noch etwas sehen konnte. Auf Händen und Knien kroch sie über die Steinchen, bis sie endlich den Schlüssel ertastete. Den Wagen würde sie nachholen, sobald sie aufgeschlossen hatte. Den Kies noch in den Handballen, schaffte sie es die Treppe hinauf und zur Tür, wo sie über etwas stolperte.

Vor ihrer Haustür stand ein weißer Karton, auf den mit rosa Filzstift »Nicole« geschrieben stand.

15. KAPITEL

MORGAN

Es bleibt keine Zeit zum Nachdenken.

»Weg!«, brülle ich, schubse Ben und Quinn auf die Auffahrt und springe im letzten Moment zur Seite, ehe der Prius uns rammen kann.

Bens Rucksack segelt durch die Luft, und mein Knöchel kracht gegen die Bordsteinkante. Hart lande ich im Gras, als der Prius schleudernd wendet und in einer Staubwolke davonstiebt.

Ich stöhne vor Schmerz, und mein Herz hämmert wild. Hektisch sehe ich mich nach Ben um, der mit Quinn auf dem Rasen steht und mit offenem Mund dem Wagen hinterherstarrt. Das Baby schreit aus vollem Hals. »Alles okay?«, rufe ich ihm zu.

Jetzt kommt Bewegung in ihn, und er stürzt zu mir. Quinn schreit noch immer, und er hält sie mit einer Hand fest, während er sich neben mich kniet. »Uns geht's gut. Aber was ist mit Ihnen? Können Sie aufstehen?«

Unwillkürlich taste ich nach meinem Fuß, der bereits anschwillt. »Ich hab mir den Knöchel gestoßen, aber sonst ist alles okay, glaube ich.« Verzögert setzt der Schrecken ein,

150

den Wagen auf uns zurasen zu sehen, und heiße Tränen treten in meine Augen. Also ist es wahr. Meine Furcht ist berechtigt. Jemand will dem Baby tatsächlich etwas antun. Oder mir. Oder uns beiden.

Ben reibt sich mit der Hand über das unrasierte Kinn und blickt in die Richtung, in die der Wagen verschwunden ist. »Sie haben uns aus dem Weg gestoßen«, bemerkt er staunend. »Ohne eine Sekunde zu zögern.«

»Natürlich habe ich Sie aus dem Weg gestoßen.«

Offenbar sieht er mich nun in ganz neuem Licht. Ich bin nicht länger eine Bedrohung, sondern jemand, der ihm eventuell helfen kann. Ich versuche, aufzustehen, aber der Schmerz schießt mir wie Feuer durch meinen Fuß. »Haben Sie gesehen, wer am Steuer saß? War es eine Rothaarige? Mir ist eine Rothaarige in einem Prius auf dem Weg hierher gefolgt, aber ich hatte sie abgeschüttelt.«

»Um ehrlich zu sein, ich habe nichts gesehen. Es ging alles so schnell.« Er richtet sich auf, blickt noch einmal die Straße hinab, dann wieder zu mir, doch seine Miene ist undurchdringlich. Er legt Quinn die Hand um den Hinterkopf und seufzt tief. »Hören Sie, das hier ist Nicoles Haus, und ich brauche ein paar Sachen für Quinn, weil ich nicht weiß, wie lange sie bei mir bleiben wird.« Er tritt von einem Fuß auf den anderen. »Wollen Sie reinkommen, und wir rufen die Polizei? Außerdem könnten Sie mir erklären, was Sie hier wollen und warum jemand soeben versucht hat, uns umzubringen.«

Ich überlege einen Moment, weiß aber, dass ich keine Wahl habe. Ich kann nur hoffen, dass er keine Bedrohung darstellt. Dass nicht er die Person ist, vor der Nicole zu fliehen versucht hat.

Unbeholfen nimmt er seinen Rucksack vom Boden und schwingt ihn sich über eine Schulter. Einen Moment lang sieht er auf mich herab, dann streckt er mir die Hand entgegen. Ich zögere, ergreife sie dann aber. Ben ist im Augenblick das geringere von zwei Übeln. Er hievt mich auf die Füße und lässt zu, dass ich mich auf ihn stütze, sodass ich bis zur Treppe und die vier breiten Stufen zur Tür hinaufhumpeln kann. Ich betrachte Quinn, die sich wieder beruhigt hat und mich ansieht. Sie ist so hübsch und perfekt. So unschuldig. Wie kann man einem Wesen wie ihr etwas antun wollen?

Ben schließt die Tür auf, und ich hinke hinter ihm in die Eingangshalle, wo ich mich an der elfenbeinfarbenen Wand abstütze. Ich sehe mich um. Alles ist in Weiß gehalten, und allein die Größe … »Wow«, murmele ich.

Er nickt. »Ich weiß.« Dann schnuppert er in der Luft. »Hier müsste dringend gelüftet werden.«

Er hat recht. Es riecht abgestanden und nach vergammelten Lebensmitteln. Bei Nicole zu Hause zu sein macht mir Angst. Rechts von der Eingangshalle liegt ein eindrucksvolles Wohnzimmer, dessen Fenster mit schwarzen Seidenlaken verhängt sind.

Hat sie im Dunkeln gelebt? Wie ist Nicoles Leben gewesen?

Ben schließt die Tür, lässt den Rucksack auf den Boden fallen, und rückt Quinn zurecht, bis sie in seiner Armbeuge liegt. Dann zieht er sein Telefon aus der Tasche.

Martinez soll nicht wissen, dass ich hier bin. »Warten Sie.

Bitte. Können wir einen Moment reden? Ich denke, wir beide haben uns etwas über Nicole zu erzählen, aber wenn die Polizei erst einmal hier ist, werden wir keine Chance mehr haben, uns zu unterhalten.«

Er betrachtet mich einen Moment lang, dann lässt er sich neben einem silbernen Tischchen gegen die Wand sinken. »Können Sie mir sagen, warum Sie meinen, dass der Wagen es auf Sie – oder uns – abgesehen hatte?«

Ich stoße geräuschvoll den Atem aus. »Ich weiß nicht, warum. Und mein aufrichtiges Beileid, was Ihre Schwester betrifft. Ich bin Sozialarbeiterin. Als sie mich so voller Angst auf dem Bahnsteig angesprochen hat, wollte ich ihr helfen, aber wie eben gerade mit dem Auto geschah alles so unglaublich schnell. Es tut mir so furchtbar leid. Ich wünschte, ich hätte sie aufhalten können.« Das letzte Wort geht in einem Schluchzen unter, und ich breche ab, um mich zusammenzureißen.

Er nimmt seinen Blick nicht von mir, während ich mir die Tränen abwische. »Würden Sie mir alles von Anfang an erklären? Damit ich versteh, was passiert ist?« Der tiefe Schmerz in seinem Blick ist kaum zu übersehen.

Ich hole tief Luft. »Also. Ich wollte gestern nach Feierabend zur gleichen Zeit wie immer nach Hause fahren. Ihre Schwester stand neben mir auf dem Bahnsteig. Sie krallte sich in meinen Arm und flehte mich an, ihr Kind zu nehmen. Das war der erste Satz, den sie sagte: ›Nimm mein Baby.‹ Ich erschreckte mich und wich zurück, aber sie trat direkt vor mich – sehr nah an die Bahnsteigkante. Dabei sah sie sich immer wieder panisch um, als hätte sie vor jemandem Angst. Dann sagte sie, ich solle dafür sorgen, dass niemand Quinn etwas antäte, und drückte sie mir in den Arm. Ich schaute herab, und als ich den Kopf wieder hob, war Nicole – war der Zug eingefahren.«

Er verzieht das Gesicht und blickt auf den Tisch vor ihm. »Ich habe Nicole vor zwei Wochen noch gesehen; da sah es hier im Haus wenigstens noch nicht ganz so schlimm aus. Aber über ihr Äußeres war ich doch betroffen.«

»Sie haben sich Sorgen um sie gemacht?«

Er nickt, sagt aber nicht mehr dazu.

Stattdessen wirft er einen Blick auf meinen Fuß, den ich in die Luft halte, um ihn zu entlasten. Er legt Quinn wieder an seine Schulter und schiebt das Telefon zurück in die Hosentasche. »Gehen wir in die Küche. Dort können Sie sich setzen.«

Ich habe keine Ahnung, wie viel Zeit mir bleibt, bis er Martinez anruft. Ich muss unbedingt sein Vertrauen gewinnen, damit er mir erzählt, wer Amanda ist, aber ich weiß nicht, wie ich das anstellen soll.

Er führt mich aus dem Foyer in eine große, luftige Küche, die bis auf den verchromten Kühlschrank und den Viking-Gasherd in blendendem Weiß gehalten ist. Doch auf jeder verfügbaren Fläche stehen gebrauchte Baby-Utensilien, Abfälle, nicht weggeräumte Reste: Fläschchen, Waschlappen, Dosen mit Milchpulver, sogar volle zusammengerollte Windeln, die ich bis zur Tür riechen kann.

Unvermittelt kommt mir in den Sinn, dass ich nichts anfassen darf. Nichts sollte darauf hinweisen, dass ich hier gewesen bin.

Ben bemerkt mein Zögern. »Ich sage Martinez, dass ich Sie reingelassen habe, okay? Ich erzähle ihr alles, was passiert ist. Dass Sie uns nichts Böses wollen, scheint mir eindeutig. Immerhin haben Sie uns gerade das Leben gerettet.«

Ich schaue zu Boden. Ich bin so froh, dass er nicht glaubt, ich hätte etwas mit dem Tod seiner Schwester zu tun. Er zieht einen hohen, weißen Lederstuhl hervor, und ich lasse mich behutsam darauf nieder, um mir den Knöchel nicht noch am Fuß des schlanken Marmortischs zu stoßen.

Ben legt Quinn in eine Wippe, die vor einem ebenfalls mit schwarzen Laken verhängten Fenster steht, und ich nehme an, dass es dort normalerweise in den Garten hinausgeht.

Nicoles Haus ist wunderschön eingerichtet, doch so schmutzig und verwahrlost wie die Frau, die mir gestern auf dem Bahnsteig begegnet ist. Ich hoffe inständig, dass ich hier einen Beweis dafür finden kann, der meine Unschuld in Bezug auf Nicoles Tod beweist.

Quinns kleine Faust schlägt ziellos in der Luft herum. Ihr Geschrei tut mir innerlich weh. Ich möchte sie aus der Wippe nehmen und auf dem Arm halten.

»Ben, Nicole hat mich mit meinem Namen angesprochen. Auf dem Bahnsteig. Sie hat mich ›Morgan‹ genannt, als ob sie mich kennen würde. Aber ich schwöre Ihnen, dass ich sie nie zuvor gesehen habe. Ich hatte keine Ahnung, dass sie Geschäftsführerin von Breathe ist. Sie schien Angst um Quinns Leben zu haben.«

Ben setzt sich zu mir und reibt sich den Nacken. »Sie kannte Sie also, aber umgekehrt nicht? Wie soll das gehen?«

»Das weiß ich nicht. Ich zerbreche mir schon die ganze

Zeit den Kopf darüber. Hat sie vielleicht das Frauenhaus, für das ich arbeite – gearbeitet habe –, mit einer Spende unterstützt, oder kannte sie meinen Mann? Martinez hat Ihnen ja schon von ihm erzählt. Ich weiß, Sie werden mich für eine totale Idiotin halten, aber bei meinem Mann war ich ebenso ahnungslos. Was den Betrug betrifft, meine ich.«

Mein Gequatsche geht mir selbst auf die Nerven, und ich rutsche unbehaglich auf meinem Stuhl herum. Ben sagt nichts. Sein Adamsapfel hüpft, als er schluckt.

»Ich hoffe, dass Sie etwas wissen oder wir hier etwas finden können, das mich mit Ihrer Schwester in Verbindung bringt, denn es sieht nicht gut für mich aus. Martinez glaubt offenbar, dass ich an dem, was Ihrer Schwester passiert ist, beteiligt bin. Aber Sie sehen ja, dass es nicht so ist. Ich habe Angst um Quinn und um mich selbst. Und um Sie jetzt auch. Jemand will uns etwas antun.« Ich schlucke. Hoffentlich bin ich nicht zu weit gegangen.

»Ich …« Er zieht am Halsausschnitt seines T-Shirts. »Ich habe keine Ahnung, ob sich etwas findet, was Ihnen hilft. Was uns hilft. Ich bin selbst erst ein paarmal hier gewesen.«

»Ist das Haus durchsucht worden?«

»Nein. Mein Anwalt hat mir heute Morgen mitgeteilt, dass der Richter den Beschluss nicht unterzeichnet hat. Nicoles Mann, Greg, hat seine Einwilligung verweigert. Wie es aussieht, versucht sein Anwalt die Spurensicherung auf Abstand zu halten, bis Nicoles Testament eröffnet worden ist, weil Greg einen Rechtsanspruch auf das Haus hat. Da wird der vierte Zusatzartikel wirksam. Nicoles Wille wird bestimmt nicht so bald freigeben.«

Mein Magen zieht sich zusammen. Ich verschweige die Kleinigkeit, dass ein Teil von Nicoles Testament in meinem Posteingang liegt. Und dass seine Schwester mir die Vormundschaft für Quinn übertragen hat, nicht ihm. Aber wie soll ich ihm das erzählen, wenn ich nicht weiß, was er für ein Mensch ist? Ich wusste nicht einmal, wer Ryan wirklich war, bis er starb. Warum haben Ben und Nicole sich nicht nähergestanden? Ich brauche mehr Informationen, ehe ich Ben vertrauen kann. Und ich muss mich hier im Haus nach Hinweisen auf eine Verbindung mit Nicole umsehen – und zwar schnell, ehe Martinez herausfindet, dass ich mich hier aufhalte.

Ben wirft Quinn einen Blick zu, ehe er mich nachdenklich betrachtet. Ich vermute, dass er ebenfalls versucht zu erkennen, ob ich die Wahrheit sage und er mir vertrauen kann.

Ich erwidere den prüfenden Blick und tue so, als würde es mir nichts ausmachen, als er beharrlich schweigt.

Plötzlich steht er auf und beginnt auf und ab zu laufen. In seiner Miene erkenne ich tiefe Trauer und Verwirrung, exakt die gleichen Emotionen, die auch mich nach Ryans Selbstmord quälten.

Sein Haar fällt ihm ins Gesicht, und er seufzt. »Ich sollte Martinez anrufen, und das werde ich auch, aber Sie sind der letzte Mensch, der mit meiner Schwester gesprochen hat, und ich habe keinen Schimmer, was hier eigentlich gespielt wird. Vor zwei Wochen wirkte Nicole noch ganz gefestigt. Vielleicht gestresst und erschöpft, aber keinesfalls verzweifelt oder verängstigt. Nicole war … Sie war stark. Ich hätte mir nie träumen lassen, dass sie so was tut. Und dann muss ich gestern erfahren, was geschehen ist. Anschließend rief mich Gregs Assistentin an, um mich zu bitten, Quinn zu nehmen – er hat sich nicht einmal persönlich gemeldet. Die Assistentin teilte mir mit, er sei auf dem Weg nach New York und hätte ohnehin nicht mehr bei Nicole gewohnt. Ich war wie vom Donner gerührt. Ich hatte keine Ahnung, dass die beiden Probleme hatten, und wo Greg jetzt ist, weiß ich auch nicht. Er reagiert weder auf Anrufe noch auf Nachrichten. Wie kann er seine Tochter einfach so im Stich lassen? Und müsste er nicht sofort zur Stelle sein, wenn seine Frau – umgekommen ist?«

Ein Stein liegt mir im Magen. »Ich verstehe es auch nicht.«

Ben schüttelt den Kopf. »Jedenfalls rannte ich zur Polizei, wo man mir mitteilte, dass man wegen Nicoles Tod ermitteln würde. Martinez glaubt, Sie hätten sie gestoßen. Aber so einfach scheint es nicht zu sein, richtig?« Mit verengten Augen sieht er mich an. »Wer also sind Sie wirklich? Ich verlange eine Erklärung. Und wieso wissen Sie von Amanda?«

Er sieht so niedergeschmettert aus, dass mir das Herz schwer wird. Ben ist Nicoles Bruder, er gehört zur Familie. Ich zähle hier nicht.

Ich greife in meine Tasche und hole den violetten Post-it hervor.

»Der Zettel klebte an meiner Tasche, nachdem Nicole gesprungen ist. Sie muss ihn mir aus irgendeinem Grund gegeben haben. Ich will Ihnen nicht noch mehr Leid zufügen, aber anscheinend hängen wir gemeinsam in dieser Sache drin, ob es uns gefällt oder nicht. Und je eher wir herausfinden, woher Nicole mich kannte und warum sie mir Quinn in den Arm gedrückt hat, umso eher begreifen wir auch, was hier eigentlich gespielt wird. Und zu der Antwort muss dieser Name gehören.«

Bens Schultern beginnen zu beben. Er weint. »Amanda ist tot. Sie ist vor fast zwanzig Jahren gestorben.«

Ich warte schweigend. Ich will ihn nicht drängen.

Er schiebt die Hand in die Tasche, und ich bin sicher, dass er nun doch Martinez anruft, aber dann sagt er: »Ich werde Ihnen etwas zeigen, weil ich nicht weiß, was ich sonst tun soll. Ich habe noch nie mit jemandem darüber gesprochen.«

Er holt eine schwarze Brieftasche aus der Tasche seiner Shorts und fischt einen vergilbten Zeitungsausschnitt heraus.

»Ehe ich Ihnen das hier zeige, müssen Sie wissen, dass ich Nicoles gesetzlicher Vormund wurde, als ich zwanzig und sie siebzehn war. Wir hatten sonst niemanden mehr. Unsere Eltern starben bei einem Autounfall. Und dann habe ich alles kaputtgemacht.« Er blickt auf seine Füße. »Ich habe das hier auf dem Boden gefunden, als ich beim letzten Mal hier war. Sie bat mich, den Ausschnitt an mich zu nehmen, also tat ich es. Ich hätte begreifen müssen, dass das ein Hilfeschrei war, aber sie war immer so stolz und wollte alles alleine machen.«

Als er mir den Ausschnitt reicht, berühren unsere Finger sich. Ich falte den Zettel auf und glätte ihn vorsichtig. Es ist eine Todesanzeige aus den *Kenosha News* für Amanda

Taylor, die 1998, im Alter von nur sechs Monaten, starb. Die Zeit hält an, und ich schaue zu Ben auf.

»Es fällt mir ungeheuer schwer, es jemandem zu sagen. Nicole war Amandas Kindermädchen. Das Kind starb unter ihrer Aufsicht.«

»Gott, das tut mir leid«, sage ich. Bens Gesicht ist in Sekunden gealtert.

»Als ich Nicoles Vormund wurde, versuchte ich, wie mein Vater zu sein, streng und bestimmt, aber Nicole akzeptierte mich nicht als Autoritätsperson. Sie lief weg, landete in Wisconsin und ließ sich als Kindermädchen anstellen. Dort geschah dann das. Ich dachte, sie sei inzwischen darüber hinweg, aber wir haben nie darüber gesprochen. Sie hat den Ausschnitt jedoch behalten. Und sie hat ihn mir gegeben, als wir uns das letzte Mal sahen.«

Er setzt sich und kneift sich in den Nasenrücken.

Er tut mir so leid, dieser Mann, der nicht nur seine Schwester, sondern seine ganze Familie verloren hat. »Und was ist damals geschehen?« Ich deute auf die Todesanzeige.

»Nicole passte auf Amanda auf, während ihre Eltern arbeiteten. Sie legte die Kleine zum Schlafen in die Wiege und schlief dann selbst auf der Couch ein. Als sie aufwachte und nach dem Baby sehen wollte, war es tot.« Er seufzt tief. »Nicole konnte nichts dafür, aber Amandas Mutter gab ihr die Schuld. Sie ging sogar so weit zu behaupten, Nicole habe das Baby erstickt. Obwohl die Autopsie später ergab, dass es sich um plötzlichen Kindstod handelte, ließ Amandas Mutter nicht von ihrer Überzeugung ab. Sie kam zu uns nach Hause und griff Nicole tätlich an. Sie wollte sie ersticken, so wie sie es angeblich mit ihrer Tochter getan hätte. Ich war damals so schockiert, dass ich untätig danebenstand. Es war furchtbar.«

Arme, arme Nicole. So etwas mit siebzehn durchzumachen muss entsetzlich sein.

Ich blicke erneut auf die Todesanzeige. Mein Puls beschleunigt sich. »Ben, Nicole wirkte sehr nervös, als sei jemand hinter ihr her. Und Martinez meinte, es sei höchst seltsam, dass jemand, der Selbstmord begehen will, sich rückwärts auf die Gleise wirft.«

Er beugt sich vor. »Donna«, sagt er.

»Donna?«

»Amandas Mutter.«

»Und was meinen Sie damit?«

»Wie ich schon sagte – sie stellte Nicole regelrecht nach und schickte jedes Jahr Drohbriefe, doch soweit ich weiß, hat sie damit schon vor Jahren aufgehört. Nicole wollte nie darüber reden. Ich hätte mehr tun, mich mehr um sie kümmern müssen. Aber ich tat es nicht. Und sie hat vermutlich alles in sich hineingefressen, bis es mit Quinns Geburt wieder hervorgebrochen ist.«

Ich würde ihm so gerne sagen, dass es nicht seine Schuld ist, aber das weiß ich letztendlich nicht.

»Vielleicht war Nicole so verängstigt, weil Donna auch auf dem Bahnsteig war«, sage ich.

Ben starrt auf den Zeitungsauschnitt in meiner Hand. Dann greift er danach und betrachtet ihn genauer. Plötzlich schaut er auf, und seine Augen werden groß. »Ach du Schande«, sagt er. »Das ist mir noch gar nicht aufgefallen.«

»Was denn?«

»Amanda ist am siebten August gestorben.«

Und jetzt kapiere auch ich. Das war gestern. Der Tag, an dem Nicole auf den Gleisen umgekommen ist.

16. KAPITEL

NICOLE

Nicole zerrte den Karton ins Haus und schob Quinn, die noch immer im Kinderwagen schlief, ins Wohnzimmer, wo sie möglichst weit davon entfernt war. Dann hob sie vorsichtig den Deckel an. Oben im Karton lag ein rosa Zettel, auf dem in Comic-Sans-Schrift »Für Quinn« stand. Unter dem Papier lag die weiche weiße Decke, die Nicole nie vergessen hatte: Amandas Babydecke.

Nicole war, als würde man ihr den Atem abschnüren.

Du bist es nicht wert, Mutter zu sein. Du bist eine Mörderin. Du kannst kein Baby beschützen.

Sie ließ die Decke los, als hätte sie sich verbrannt. Luft – sie brauchte Luft! Verzweifelt um Atem ringend, ließ sich auf Hände und Knie herab, kroch in die Küche, tastete nach der Tablettenflasche auf der Arbeitsfläche, schüttete sich zwei in die Hand und schluckte sie. Kalter Schweiß trat ihr auf die Stirn, während sie wartete, und endlich lockerte sich der eiserne Klammergriff der Panik um ihre Brust, und sie konnte wieder atmen.

Diese Angstattacke war so stark wie die, die sie gehabt hatte, als Ben sie zwei Tage nach Amandas Tod zurück nach

Chicago geholt hatte und Donna plötzlich bei ihnen vor der Tür gestanden hatte.

Nicole war froh gewesen, sie zu sehen. Sie wollte ihr ihr Beileid ausdrücken und ihr erklären, wie sehr auch sie Amanda geliebt hatte. Doch bevor sie noch etwas sagen konnte, stürzte Donna auf sie zu, packte sie an der Kehle und schrie so gequält wie ein in die Falle geratenes Tier: »Du solltest auf sie aufpassen!«

Nur mit Mühe gelang es der schluchzenden Nicole, sich aus Donnas Griff zu befreien, während Ben tatenlos danebenstand, und in Nicole zerbrach etwas. Wie sollte sie sich auf ihren Bruder – den einzigen Menschen, den sie noch hatte – verlassen können, wenn er ihr nicht einmal zu Hilfe eilte, wenn sie es am nötigsten brauchte? Ben versuchte ihr später zu erklären, dass er starr vor Schock gewesen war und sich Vorwürfe machte, ihr nicht beigestanden zu haben. Aber für Nicole fühlte es sich an, als hätte er gewollt, dass Donna ihr etwas antat.

Man hatte sie in die Psychiatrie eingeliefert, wo sie drei Tage unter Beobachtung stand. Weil sie noch minderjährig war, entließ man sie mit einem Rezept für Zoloft in Bens Obhut. Und es spielte keine Rolle, dass Donnas Hände nicht mehr um Nicoles Kehle lagen. Das Gefühl, dass man das Leben aus ihr herauspressen wollte, verließ sie nie mehr.

Sie zwang sich wieder in die Gegenwart zurück. Es hatte keinen Sinn, sich wegen Vergangenem zu grämen. Sie ging ins Wohnzimmer zu ihrer Tochter, die wach und munter war. Sie konnte Amanda nicht zurückholen, aber Quinn war am Leben, und auf sie musste sie aufpassen.

Nicole stopfte die Decke wieder in den Karton zurück, nahm ihre Tochter aus dem Wagen, drückte sie sich an die Brust, wo sie an ihrem Herzen lag, und wanderte in der Eingangshalle auf und ab. »Ich lasse nicht zu, dass dir etwas geschieht«, murmelte sie. »Das verspreche ich dir.«

Versuchte Donna sie nur zu verunsichern? Oder hatte sie etwas Schreckliches vor, das Nicole sich nicht einmal vorzustellen wagte?

Es klingelte. Jäh packte sie neue Angst. Doch dann fiel ihr wieder ein, dass Tessa vorbeikommen wollte. Vielleicht war es nur sie.

Sie legte sich Quinn in die Armbeuge und näherte sich der Tür, aber ihr war schummrig, und es fiel ihr schwer, geradeaus zu gehen. Sie schubste den Karton mit dem Fuß in den Schrank, dann spähte sie durch die Milchglasraute in der Tür. Die Gestalt draußen war zu groß, um ihre Freundin zu sein. Als sie begriff, wer vor ihrer Tür stand, erstarrte sie.

Ihr Bruder. Ben.

Was wollte er hier?

Er klopfte an die Scheibe. »Nic, ich sehe ich doch. Mach auf.«

Alles war in Ordnung. Sie schaffte das. Sie war gut darin, sich zu verstellen.

Also öffnete sie die Tür.

165

17. KAPITEL

MORGAN

Die Todesanzeige in meiner Hand zittert. Ich starre wie hypnotisiert auf das Datum. Siebter August.

»Bis eben ist mir nicht bewusst gewesen, dass das Datum dasselbe ist.« Ben presst sich den Handballen gegen die Stirn. »Ist es möglich, dass Donna bei alldem ihre Hand im Spiel hat?« Er springt wieder auf, um erneut in der Küche auf und ab zu gehen. »Oder hat Nicole beschlossen, an diesem Tag ihr Leben zu beenden?«

Allein ihm zuzusehen macht mich nervös. »Was wissen Sie über Donna?«, frage ich. »Hat sie kürzlich Kontakt zu Nicole aufgenommen?«

»Keine Ahnung. Ich habe mich nie wieder darum gekümmert. Nicole muss mir diese Todesanzeige aus einem bestimmten Grund gegeben haben. All die Jahre hat sie weder Amanda noch Donna erwähnt.«

»Womöglich war Donna ja wirklich auf dem Bahnsteig. Vielleicht würde mir ein Foto von ihr weiterhelfen, um mich zu erinnern, ob ich jemanden gesehen habe, der so aussah. Obwohl ich zugeben muss, dass ich mich an die Ereignisse von gestern nur verschwommen erinnere.«

Ben bleibt stehen und ringt die Hände. »Aber es ist einen Versuch wert.«

Wenn ich die Wahrheit herausfinde, muss Martinez zugeben, dass ich nur zufällig in die Sache hineingeraten bin, und mich in Ruhe lassen. Dann ist Quinn in Sicherheit, und ich kann mich wieder um mein eigenes Leben kümmern.

Ich hole mein Handy hervor, tippe »Donna Taylor, Kenosha, Wisconsin« ein und reiche es Ben.

Er nimmt mein Telefon, tippt auf Suchen und hält es mir wieder hin. »Das ist sie. Sie lebt anscheinend noch immer an derselben Adresse und arbeitet auch von da aus. Erkennen Sie sie?«

Das kleine Bild zeigt eine dünne rothaarige Frau mit einem gequälten Lächeln; ihre blauen Augen wirken seltsam leer. Sie führt von zu Hause aus einen Versandhandel.

Ich kneife die Augen zu, um mir ins Gedächtnis zu rufen, was ich auf dem Bahnsteig gesehen habe, aber ich war auf Nicole und Quinn konzentriert. Donna ist rothaarig wie die Frau im Prius, aber das reicht nicht aus, um sicher behaupten zu können, dass es sich um dieselbe Person handelt. Und auf dem Foto sieht das Haar eher nach Kastanie aus, nicht so leuchtend rot wie das der Frau im Auto. »Ich glaube nicht, dass ich sie auf dem Bahnsteig gesehen habe. Und die Frau im Prius konnte ich auch nicht genau erkennen.«

Ich stecke mein Telefon wieder ein. Plötzlich bin ich todmüde. Ich wünschte, ich könnte diesen Tag, ja, dieses Jahr einfach verschlafen, bis alles vorbei ist. Aber das habe ich nach Ryans Tod auch versucht, und geholfen hat es nichts.

Mein Magen knurrt laut, und ich werde rot.

Er lächelt schwach und sieht plötzlich viel jünger aus. »Ich habe auch noch nichts gegessen. Könnte sein, dass ich noch Müsliriegel im Rucksack habe, falls Sie Hunger haben.«

»Danke«, sage ich leise.

»Ist ja nur ein Müsliriegel«, sagt er und verlässt die Küche.

Bens ungelenker Versuch, die Situation aufzulockern, hat fast etwas Kindliches. Er kommt mir sehr authentisch vor, aber ich habe auf die harte Tour gelernt, mich nicht mehr auf meine Intuition zu verlassen. Ich muss auf der Hut bleiben.

Einen Moment später höre ich ihn leise in der Eingangshalle reden. Er erwähnt Donna Taylor, eine Rothaarige, den Prius. Dann höre ich meinen Namen und weiß, dass er mit Martinez spricht. Wenn ich wegrennen könnte, würde ich es tun. Wie habe ich auch nur einen Moment lang glauben können, dass er mir traut? Zorn steigt in mir auf, und ich stemme mich am Tisch hoch, als Ben in die Küche zurückkehrt.

Wir sehen einander an. Seine Wangen sind gerötet, und auch meine fühlen sich heiß an.

»Sie glauben also, dass ich gelogen habe«, sage ich kalt, obwohl ich am liebsten weinen möchte.

»Nein. Aber ich musste Martinez anrufen. Wir sind fast von einem Auto überfahren worden, und Nicole ist am gleichen Datum gestorben wie Amanda. Die Polizei muss das wissen.«

Ich schweige. Nur weil es nun auch Donna als Variable gibt, bin ich noch lange nicht außer Verdacht.

»Martinez hat sich alles notiert und wird Donna, ihr Auto und ihr Nummernschild prüfen. Das ist der richtige Weg, Morgan.«

Denkt er. Er hat keine Ahnung, was alles passieren, was alles schiefgehen kann. Ich sollte verschwinden und Jessica anrufen. Doch dann entdecke ich eine Doppeltür neben dem Kühlschrank. Eine der Türen ist nur angelehnt. Ich wollte doch im Haus nach Beweisen für meine Unschuld suchen, aber natürlich muss ich es behutsam angehen. »Was ist dahinter?«, frage ich.

»Die Vorratskammer, nehme ich an. Wieso?«

»Meinen Sie, wir könnten uns etwas umsehen, ehe wir gehen?«

Er nickt. »Ich schaue nach. Sie können ja kaum gehen. Außerdem …«

»War sie Ihre Schwester.«

Ben tritt an die Doppeltür und verschwindet. Ich höre, wie er scharf die Luft einsaugt.

»Morgan«, sagt er leise. »Kommen Sie her.«

Ich hinke hinüber. Die Kammer ist ein großer, begehbarer Schrank, dessen Regalbretter gut gefüllt sind. Dennoch sehe ich auf Anhieb, was Ben so schockiert hat. An einer Wand kleben Reihen von violetten Post-its. Klebezettel wie der, der gestern an meiner Tasche haftete.

Namenskärtchen. Rothaarige Frau. Fehlende Tabletten. Brief. Mobile. Tür. Kaputter Leuchter. Foto. Karton. SMS. Erschöpfung. Hilfe. Frauenhaus. Witwe. Morgan Kincaid. Mutter.

»Mein Name«, flüstere ich, ohne den Blick von den winzigen Zetteln nehmen zu können. Die Wörter verschwimmen vor meinen Augen, und ich strecke den Arm aus, um mich an der Wand abzustützen.

Ben berührt mich an der Schulter. »Alles in Ordnung?«

Ich reiße mich zusammen. Ich muss nachdenken, und zwar schnell. Offenbar muss etwas Schlimmes passiert sein, das Nicole dazu bewogen hat, diese Wörter aufzuschreiben. Etwas oder jemand hat sie veranlasst, mich aufzuspüren und mich anzusprechen. Ich starre an die Wand mit den Post-its.

Ben Gesicht ist aschfahl geworden. »Was soll das bedeuten?«

»Keine Ahnung. Ich weiß noch immer nicht, woher sie mich kannte, aber das werden wir herausfinden. Und wir müssen auch herausfinden, ob Donna etwas damit zu tun hat. Oder jemand anders.« Mein Ausschlag juckt plötzlich heftig, und ich reibe mir über mein Schlüsselbein. »Ich will nur, dass das aufhört.«

Er mustert mich einen Moment lang, und sein innerer Kampf, ob er mir trauen soll oder nicht, ist ihm anzusehen.

Schließlich hilft er mir aus der Vorratskammer. Mein Knöchel schmerzt höllisch, und meine Gedanken trudeln. Ich werde aus alldem einfach nicht klug.

Wir kehren zu Quinn zurück, die friedlich in der Wippe schläft. »Ich weiß nicht, was ich denken soll«, gibt er zu. »Oder was ich fühle. Ich möchte ja glauben, was Sie mir erzählen, aber im Moment kann ich nicht einmal glauben, dass das alles geschehen ist. Dass meine Schwester einfach nicht mehr da ist. Ich habe ihr nie gesagt, wie sehr ich sie dafür bewundert habe, was sie mit Breathe erreicht hat und dass sie nach dieser schrecklichen Erfahrung damals überhaupt wieder Fuß fassen konnte. Ich jedenfalls habe keinen Anteil daran gehabt.« Seine Augen werden hell, aber es fällt keine Träne. Er wendet den Kopf ab, um sich keine Blöße zu geben.

Ich habe mich immer nach einem Geschwister gesehnt. Und es tut mir leid, dass die beiden keine Chance mehr hatten, sich auszusprechen. Wenn Nicole auch den erwachsenen Ben richtig kennengelernt hätte, den Arzt, den fürsorglichen Menschen, als den ich ihn nun erlebe, dann hätte sie ihm Quinn vielleicht anvertraut. Dann hätte sie sich ihm vielleicht anvertraut. Aber vielleicht wusste sie auch etwas über ihren Bruder, das ich nicht weiß.

Einen Moment lang stehen wir verlegen einander gegenüber. Ich werfe der schlafenden Quinn einen Blick zu. Ihre Lider flattern. Haben Säuglinge schon Träume? Falls ja, hoffe ich, dass ihre süß sind.

Dann höre ich, wie die Haustür aufgeht. Ben schiebt sich das Haar aus dem Gesicht, was bei ihm, wie ich langsam begreife, ein Zeichen von Nervosität ist.

Absätze klacken über den Marmorboden, dann bleiben sie stehen. Ich drehe mich um.

Martinez.

18. KAPITEL

NICOLE

Bens Augen weiteten sich bei ihrem Anblick. In einer Hand hielt er eine weiße Papiertüte, in der anderen einen kleinen braunen Stoffteddy.

»Was willst du hier?«, fragte Nicole.

Ben sah sie verdutzt an. »Du hast mich doch hergebeten.«

Ihr blieb der Mund offen stehen. »Was? Nein. Hab ich nicht.«

Die Krähenfüße um seine Augen und die scharfen Züge der Kinnpartie überraschten sie. Er hatte solche Ähnlichkeit mit ihrem Vater, dass sie sich in der Zeit zurückversetzt fühlte. Sie hatte ihren Bruder nicht mehr gesehen, seit er vor einem Jahr ein Haus gekauft und sie eingeladen hatte, es zu besichtigen. Sie war zwar hingefahren, hatte sich bisher aber gegen all seine Aussöhnungsversuche gesträubt. Er würde sie immer nur an die Vergangenheit erinnern.

»Du hast mir gestern Abend eine Nachricht geschickt.« Er holte sein Telefon aus der Tasche seiner Ärztekluft. »Da. Schau.«

Nicole blickte auf den Bildschirm. Tatsächlich. Die Nachricht stammte von ihrer Nummer.

Könntest du meine Tabletten abholen und mir morgen vorbei-
bringen? Ich kann hier schlecht weg.

Nicole brachte kein Wort hervor. Niemals hätte sie ihren
Bruder gebeten, etwas für sie zu erledigen. Sie hatte noch
Tabletten für mindestens zwei Wochen, und ganz sicher
hätte sie ihn nicht herbestellt. Unaufgefordert trat Ben ein.
Seine OP-Hose raschelte enervierend, als er die Tür hinter
sich schloss. »Du siehst nicht so gut aus.«

Verärgert überging sie seine Bemerkung und ging mit
Quinn ins Wohnzimmer. Sie ließ die Tüte aus der Apotheke
auf den Tisch fallen und griff nach ihrem Handy. Da war sie,
die Nachricht von ihr an Ben, die sie am Abend zuvor um elf
Uhr abgeschickt hatte. Eine Nachricht, die geschrieben zu
haben sie sich nicht erinnern konnte.

Sie steckte ihr Telefon ein und wandte sich ihrem Bruder
zu. Sie musste sich nur lange genug zusammenreißen, bis er
wieder ging. Danach würde sie ihn nie wiedersehen.

»Möchtest du etwas? Einen Kaffee vielleicht?« Ihr war
zwar schwindelig, aber einen Espresso würde sie wohl noch
hinbekommen.

»Gern, danke. Kann ich …? Darf ich so lange Quinn
halten?«

Nicole wollte Ben überhaupt nicht in Quinns Nähe wissen. Er hatte sich damals nicht die Mühe gemacht, sie zu beschützen – wie sollte sie ihm da Quinn anvertrauen?

»Sie ist nicht gern bei jemand anderem«, sagte sie. Sie
drehte sich um und ging in die Küche, um Ben einen Kaffee
zu machen und noch eine Tablette zu schlucken.

Doch leider war kein Kaffee mehr zu finden, nicht einmal ein Glas mit löslichem. Sie konnte sich nicht erinnern, wann sie oder Tessa zuletzt Lebensmittel bestellt hatten. Der Kühlschrank war leer bis auf einen Karton Orangensaft, einen fleckigen Apfel und ein paar verschrumpelte Pfirsiche.

Sie klopfte sich eine Tablette auf die Hand und kniff ein Auge zu, um in die Flasche zu spähen. Sie war halb leer. Wieso war ihr das entgangen? Und wie viele hatte sie gestern Abend davon genommen? Genug, um Ben zu schreiben und es zu vergessen?

Ihr Telefon klingelte. Sie holte es aus der Tasche. Tessa. Gott sei Dank.

»Hi«, flüsterte sie.

»Schläft Quinn?«

»Ben ist hier.«

»Ben? Du meinst, dein Bruder? Wow. Was will der denn?«

»Er hat mir neue Tabletten …« Hastig brach sie ab. »Er wollte Quinn kennenlernen.«

»Das ist eigentlich doch irgendwie nett. Oder ist es dir nicht recht?«

»Eher nicht.«

»Na, dann schick ihn weg. Soll ich als Verstärkung dazukommen?«

Nicole lachte. »Ich komm schon klar. Ich lege jetzt besser auf.«

»Okay, ich wollte dich nur auf den neusten Stand bringen. Ich habe Lucinda gesagt, dass du die letzten Entwürfe für die Mantel-Frühlingskollektion durchgewinkt hast. Ich hoffe, das war okay. Ich kann nachher vorbeikommen, damit wir darüber reden.«

Sie hatte Tessa nicht erzählt, dass sie Lucinda begegnet war, und jetzt war keine Zeit dazu. Sie musste zusehen, dass Ben so schnell wie möglich wieder aus ihrem Hause verschwand.

»Ich ruf dich an, sobald Ben weg ist, okay?«

»Versprichst du es?«

»Na klar.« Sie legte auf.

Plötzlich kraftlos, kauerte sie sich mit Quinn an ihrer Brust nieder. Ihr war die Kehle eng, und sie schluckte die Tablette trocken und hoffte, dass die Wirkung schnell einsetzen würde. Sie wusste, dass sie zu viel davon nahm, aber sie wollte keinesfalls, dass Ben eine Panikattacke miterlebte. Was würde Tessa tun, wenn sie hier wäre? Nicole setzte sich, legte sich eine Hand auf den Bauch. Fünf tiefe Atemzüge ein, fünf langsam wieder aus.

Endlich war sie wieder ruhig genug, um aufzustehen und so gerade wie möglich ins Wohnzimmer zurückzugehen. »Mir ist der Kaffee ausgegangen«, sagte sie, als sie sich setzte.

Ben schob sich seine zu langen Haare aus der Stirn. Sein jungenhaftes Gesicht drückte Besorgnis aus. Plötzlich kam ihr in den Sinn, dass ihr Bruder jetzt, mit neununddreißig, nur ein Jahr jünger war als ihr Vater, als er gestorben war.

»Wie geht's Greg?«, fragte er.

»Gut, danke«, antwortete Nicole. Ben musste nicht wissen, dass ihr Mann fort war.

»Aber dir nicht«, gab er zurück.

Plötzlich stieg alles, was sich an Wut auf ihn aufgestaut hatte, mit Macht in ihr auf. »Das geht dich überhaupt nichts an!«, fauchte sie und sprang so heftig auf, dass Quinns Köpfchen hart gegen ihre Brust prallte. Das Baby fing an zu schreien.

»Nicole. Ihr Hals!«

»Was?! Denkst du, ich kann mich nicht richtig um meine Tochter kümmern? Bist du deswegen gekommen? Um mich zu kritisieren?«

Ihr war übel. Ihr Verhältnis war nicht immer schlecht gewesen. Sie vermisste den Jungen, der sie jeden Tag von der Schule abgeholt und immer Pflaster dabei hatte, weil Nicole ständig vorausrannte, stolperte und sich das Knie schrammte.

»Du hast mich gebeten zu kommen, und das habe ich getan. Herrgott, ich kann es dir nie recht machen, was? Du wirst mir doch sowieso nie verzeihen, egal, was ich tue.«

Ihr Inneres stand plötzlich in Flammen. Sie stählte sich für den Fall, dass er den Namen aussprach – *Amanda* –, doch er tat es nicht. Nicht, dass es etwas änderte. Die Sache würde ewig zwischen ihnen stehen. »Geh einfach. Wir brauchen dich nicht.«

Ben zog an einer Haarsträhne. »Nic, ich bin hier, weil du es wolltest. Und jetzt, da ich dich sehe, mache ich mir Sorgen. Du bist abgemagert. Und das Xanax, das ich dir holen sollte – vielleicht weißt du gar nicht, dass Lorazepam für dich als frischgebackene Mutter besser wäre.«

»Du bist nicht mein Arzt, Ben.«

»Das stimmt. Bist du denn in letzter Zeit beim Arzt

gewesen?« Er stand auf und näherte sich ihr. »Hör mal, wir sehen so was im Krankenhaus dauernd. Es ist nicht ungewöhnlich, dass Mütter nach der Geburt Schwierigkeiten haben. Ich kann dir leicht einen Termin in unserer Einrichtung besorgen – vielleicht bei einem Kinderarzt. Oder einem Psychotherapeuten? Mit ein bisschen Glück kann ich noch für heute etwas ausmachen.«

Sie wich zurück und lachte sarkastisch. »Du kannst mich mal.«

Er sah plötzlich so niedergeschmettert aus wie der kleine Junge damals, der so geweint hatte, als sein Vater seine Star-Wars-Figuren verschenkt hatte, weil Ben seiner Meinung nach zu alt dafür gewesen war. Doch Nicole weigerte sich, ein schlechtes Gewissen zu empfinden.

Er stand auf. »Okay, tut mir leid. Ich lass dich in Ruhe, aber wenn du etwas brauchst, sag es mir bitte, und ich bin da.« Sein Blick wurde weicher, als er Quinn betrachtete. »Ich würde gerne mehr von ihr mitbekommen. Und von dir. Wir beide haben doch sonst keine Familie.«

Nicole deutete nur stumm zur Tür. Er durchquerte die Eingangshalle, blieb jedoch plötzlich stehen, bückte sich und hob etwas vom Boden auf. Dann dreht er sich um und sah sie entsetzt an.

»Warum hast du das noch?« Er hielt ihr einen vergilbten Zeitungsausschnitt entgegen.

Nicole hatte keine Ahnung, wovon er sprach. Sie nahm den Ausschnitt, und ihr Magen drehte sich um. Amandas Todesanzeige. Sie musste mit der Decke im Karton gewesen sein, eine andere Erklärung gab es nicht.

Sie schaute zu Ben auf, und einen Moment lang starrten sie einander nur an. War das Enttäuschung in seinem Blick? Verurteilte er sie erneut?

»Nic, es geht dir nicht gut. Ich kann dir helfen. Ich verstehe besser als jeder andere, was du durchgemacht hast.«

»Nein, tust du nicht.« Sie hielt ihm die Todesanzeige entgegen. »Nimm das mit. Ich brauch es nicht.«

Er betrachtete den Ausschnitt in ihrer Hand, dann huschte sein Blick zu Quinn. Hatte er Bedenken, sie mit Quinn allein zu lassen?

»Die Vergangenheit ist vorbei, Nic. Es war eine schreckliche Tragödie, aber sie ist fast zwanzig Jahre her. Es ist Zeit, sie ad acta zu legen.«

»Nimm das Ding mit und verschwinde. Tu mir diesen einen Gefallen, ja?«

Er nickte und nahm ihr das Stück Zeitung ab. Mit einer Hand am Türknauf sagte er: »Ich hab dich lieb, Nic, und das habe ich immer getan. Irgendwie mache ich bei dir immer Mist, aber nicht, weil ich dich nicht gernhabe.«

Er öffnete die Tür und warf ihr und dem Baby einen letzten Blick zu, dann verließ er das Haus. Sie legte den Riegel vor und rüttelte fünfmal an der Tür, um sich zu vergewissern, dass sie wirklich verschlossen war.

Erschöpft wiegte sie Quinns kleine Gestalt und sah ihr in die blauen Augen. »Man muss keinem anderen genügen. Nur sich selbst, und das wirst du, das weiß ich.«

Ihr Blick fiel auf die Hakenleiste neben der Tür, wo normalerweise der Schlüssel zu Bens Haus hing, den zu nehmen er sie genötigt hatte, »falls irgendetwas geschehen sollte.«

Nun war der Schlüssel weg.

19. KAPITEL

MORGAN

Ich fahre wütend zu Ben herum, als Martinez in ihrem schwarzen Hosenanzug durch die Küche auf mich zukommt. »Sie haben mir eine Falle gestellt!«

Ben hält die Hände hoch. »Hören Sie, ich habe Martinez angerufen, *weil* ich davon ausgehe, dass Sie nichts getan haben. Sie soll alles, was Sie mir erzählt haben, aus erster Hand hören. Hätte ich es Ihnen gesagt, wären Sie gegangen und nun vermutlich in Gefahr.«

Ich weigere mich, darauf zu reagieren. Ich schnappe mir mein Handy und schicke Jessica eine Nachricht, damit sie sofort herkommt.

Unterwegs. Sie sagen NICHTS.

Da ich nicht wie eine Schwachsinnige auf einem Fuß balancieren will, setze ich mich wieder. Ben und Martinez tun es mir nach.

»Morgan, ich habe ein paar Fragen an Sie.« Ihre Miene wirkt eifrig, fast aufgeregt.

Ich versuche die Furcht, die mich packt, zu überspielen.

180

»Ohne Anwalt sage ich nichts.« Mein Tonfall ist fest, aber meine Stimme verrät meine Nervosität.

Sie schnaubt.

Ben legt beide Hände auf den Tisch und wendet sich an Martinez. »Ich habe Ihnen am Telefon ja schon von dem blauen Prius, Amanda und Donna Taylor erzählt. Aber schauen Sie, was wir – was *ich* gerade noch in der Vorratskammer entdeckt habe.« Er winkt Martinez, ihm zu folgen, und sie verschwinden in dem begehbaren Schrank.

Ich versuche, ihre gedämpften Stimmen zu verstehen, denn ich weiß, dass sie über mich reden. Ich kann mich erst verteidigen, wenn Jessica hier eintrifft; Martinez würde gegen mich verwenden, was immer ich jetzt sagen könnte.

Sie sind gefühlt eine halbe Ewigkeit in der Kammer, als es an der Tür klopft. Martinez verlässt die Küche und kommt kurz darauf in Begleitung von Jessica zurück, die in ihrem maßgeschneiderten roten Kleid wie immer atemberaubend aussieht. Sie tritt zu mir und legt mir eine Hand auf den Rücken. »Was soll das, Detective?«

»Wussten Sie schon, dass Ihre Mandantin zum Vormund für Quinn Markham ernannt worden ist und somit ihre nicht unbeträchtlichen Anteile an Breathe treuhänderisch verwalten wird? Dass Nicole Markham nur wenige Tage vor ihrem Tod ihr Testament dahingehend geändert hat?«

Ehe ich es verhindern kann, fällt mir die Kinnlade herab. Sie weiß es. Rick Looms muss sie angerufen haben. Und ich habe Jessica noch nicht informiert. *Verdammt!* Ich wage es nicht, Ben anzusehen, kann aber seinen schockierten Blick spüren.

Jessica starrt mich unverwandt an. Ich nicke fast unmerklich, und sie wendet sich Martinez zu. »Ich sehe nicht, worauf Sie hinauswollen«, sagt sie mit kühler Gelassenheit, die ich nur bewundern kann. In mir scheint ein Feuer zu toben.

»Ich denke, das wissen Sie ganz genau, Ms. Clark. Es kann nur im Interesse Ihrer Mandantin sein, uns zu sagen, woher sie Nicole kannte und warum sie Ben Layton belästigt. Die Vormundschaft und die Aktien sind ein starkes Motiv, wie Sie wissen.«

Verstohlen sehe ich zu Ben. Er ist blass geworden. Er tritt an die Babywippe, nimmt Quinn heraus und presst sie an sich. Meinem Blick weicht er aus.

»Meine Mandantin hat zu diesem Zeitpunkt keine Aussage zu machen. Wäre das dann alles?« Jessica legt mir eine Hand auf die Schulter und dreht mich mit sanftem Druck zu sich.

»Für den Augenblick schon. Aber wir werden die Wahrheit aufdecken. Morgan täte gut daran, auf uns zuzukommen, ehe wir zu ihr kommen.« Sie deutet in Richtung Eingangshalle. »Nun müssen Sie das Grundstück verlassen. Die Spurensicherung ist auf dem Weg.« Und damit macht sie auf dem Absatz kehrt.

Jessica folgt ihr, und ich mache Anstalten, hinter ihr her zu hinken, als ich Bens Blick in meinem Rücken spüre. Wenn ich mich jetzt umdrehe, wird mir die geballte Ladung Misstrauen und Unglaube entgegenschlagen, dessen bin ich mir sicher.

Ich tippe Jessica auf die Schulter. »Können Sie mir eine Minute Zeit geben, um mit Ben zu reden?«

Sie wendet sich zu mir um und seufzt. »Ich bleibe hier.«

Ich nicke und begegne Bens Blick. »Nicoles Anwalt hat mich heute Morgen kontaktiert. Ich schwöre, dass alles, was ich Ihnen erzählt habe, wahr ist. Ich kannte Ihre Schwester nicht. Aber sie hat einen Antrag eingereicht, der mich zu Quinns Vormund und Verwalterin ihrer Anteile bei Breathe bestimmt. Wieso, ist auch mir ein Rätsel.«

Bens Gesicht nimmt ein zorniges Rot an. »Wieso haben Sie mir das verschwiegen? Und wieso sollte sie das tun, wenn sie doch mich gehabt hat? Wieso will sie ihre Tochter einer vollkommen Fremden anvertrauen statt ihrem eigenen Bruder?«

Aus ihm spricht nicht nur die Empörung über meinen Vertrauensbruch, sondern auch das eigene Schuldgefühl, ich kann es hören. Sein Schmerz ist beinahe greifbar. »Verzeihen Sie mir, dass ich Ihnen nicht eher davon erzählt habe. Ich wollte Ihnen nicht noch mehr wehtun, bitte glauben Sie mir. Ich habe das Formular natürlich nicht eingereicht. Ich weiß nicht einmal, was genau ich damit tun müsste. Sie machen auf mich einen durch und durch sympathischen Eindruck, und ich habe mit eigenen Augen gesehen, dass Quinn Ihnen am Herzen liegt. Irgendetwas Schreckliches ist mit Ihrer Schwester geschehen. Sie war nicht sie selbst, als sie die Papiere unterschrieben hat.« Ich sehe ihm direkt in die müden, traurigen Augen. »Sie haben nichts falsch gemacht. Und ich auch nicht.«

Er seufzt. »Sie wirken nicht wie eine Kriminelle.«

»Wahrscheinlich, weil ich keine bin«, antworte ich. »Hören Sie, ich möchte nur, dass keiner von uns mehr in

183

Gefahr ist. Können wir Nummern austauschen? Nur für den Fall?«

Er zögert einen Moment, dann willigt er ein.

Nachdem ich Ben meinen Kontakten hinzugefügt habe, verlassen Jessica und ich das Haus. Martinez tritt hinaus auf die Schwelle und sieht uns hinterher. »Wer immer die Vormundschaft für Quinn erhält, hat auch Zugriff auf ihr Geld. Irgendjemand lügt hier«, sagt sie.

An meinem Auto wendet sich Jessica zu mir um. Ihre Augen schleudern Blitze. »Wir müssen reden. Fahren wir zu Ihnen.« Sie deutet auf meinen Fuß. »Kriegen Sie das hin?«

»Das schaffe ich schon.«

Mein Knöchel pocht, während ich zu mir nach Hause fahre, Jessicas weißen Mercedes direkt hinter mir. Nachdem wir die Autos abgestellt haben, folgt Jessica mir schweigend in meine Wohnung und lässt sich auf meiner Fuchsia-Couch nieder. Ich setze mich ans andere Ende. Meine Nerven sind vor Angst zerfasert.

»Warum hinken Sie?«

»Lange Geschichte.«

»Morgan!«

Ich kratze mich so heftig am Hals, dass es zu brennen beginnt, dann hole ich tief Luft und erzähle ihr von der Rothaarigen im Prius, die versucht hat, Ben, Quinn und mich zu überfahren.

»*Was*? Sie müssen mir doch sofort mitteilen, wenn Sie glauben, dass Sie in Gefahr sind!«

Sie verstummt, starrt vor sich hin und klopft sich nachdenklich mit der Hand auf den Oberschenkel. Ihr Schweigen macht mich nur noch nervöser.

Schließlich seufzt sie. »Noch etwas?«

Ich nicke. »Quinns Vater, Greg, hat Nicole verlassen und seine Tochter dann Ben übergeben, als sei sie ihm völlig egal. Wie kann man denn so etwas tun? Vielleicht hat er seine Finger im Spiel.«

Sie wirft ihre Hände in die Luft. »Das mag ja sein, aber Sie sind keine Ermittlerin. Sie sind eine wichtige Zeugin. Sehen Sie zu, dass Sie Martinez aus dem Weg gehen. Im Augenblick wirken Sie vor allem schuldig.«

»Warum haben Sie Martinez nichts von dem Einbruch bei mir und der gestohlenen Adoptionsbewerbung erzählt?«

»Wenn sie erfährt, dass Sie ein Baby adoptieren wollten, wird sie sich nur darin bestätigt fühlen, dass Quinn zu bekommen Ihr Motiv war.«

Mir rutscht das Herz in die Hose. Ich berichte ihr, was Ben mir über Donna und Amanda Taylor erzählt hat. Und was wir bei Nicole zu Hause gefunden haben.

Als ich geendet habe, schnalzt sie nachdenklich mit der Zunge. »Barry kann im Verkehrsregister nachsehen, ob der Prius auf Donna zugelassen ist.« Sie holt ihr Handy aus der korallenroten Pradatasche und tippt etwas. »Ich habe Ihnen die gestrige Aufnahme vom Bahnsteig gemailt, damit Sie sich die Leute genauer ansehen können. Vielleicht erkennen Sie sie ja. Das könnte uns tatsächlich ein Stück weiterbringen, aber im Moment müssen Sie den Ball flach halten. Und sagen Sie mir nächstes Mal direkt Bescheid, was los ist, ehe Sie die Dinge selbst in die Hand nehmen, Morgan. Hinterlassen Sie mir eine Nachricht, falls ich nicht rangehe. Wir wissen nicht, warum Ihr Name an der Wand von Nicoles Vorratskammer klebt. Auf eigene Faust zu ermitteln schadet Ihnen letztlich nur. Ihnen ist bewusst, dass ich Sie zu schützen versuche, oder? Sie machen es mir nämlich beinahe unmöglich.« Jessica bremst sich, und ihre Stimme wird plötzlich weicher. »Sie können mir vertrauen, Morgan. Sie sind nicht allein.«

Aber ich fühle mich allein. In Ryans Fall hat sie mich schließlich auch nicht wirklich schützen können. Ich weiß ja, dass sie mir helfen will, aber niemand kann nachvollziehen, wie einsam ich bin und wie schwer es mir fällt, nach allem, was geschehen ist, überhaupt jemandem zu vertrauen. Ich habe niemanden, den ich einfach anrufen und bitten kann, vorbeizukommen. Niemanden, der mir sagt, dass ich mir nicht ständig die Schuld geben soll, dass ich nichts davon wissen konnte, da Ryan seine Machenschaften meisterhaft verschleiert hat.

Als ich nicht reagiere, stößt sie einen frustrierten Laut aus. »Sie denken doch nicht wirklich daran, diese Vormundschaft anzutreten, oder?«

Ich schlucke schwer. »Ich weiß nicht. Würden Sie das Mandat niederlegen, wenn ich es täte?«

»Haben Sie den Verstand verloren? Davon muss ich Ihnen unbedingt abraten. Morgan, Sie sind nicht für Nicoles Kind verantwortlich. Das ist die Aufgabe ihrer Familie. Wieso sind Sie so fixiert darauf, ein Baby zu retten, das genug Angehörige hat? Erkennen Sie denn nicht, dass das wie ein eindeutiges Motiv für den Mord an der Mutter aussehen würde?«

Ich nehme mir ein Kissen und lege es mir in den Schoß. »Aber ich wusste bis gestern doch nichts von dem Baby. Ich hatte keine Ahnung, dass Nicole die Absicht hatte, es mir zu geben.«

»Und wie genau wollen Sie das beweisen, Morgan? Ich arbeite daran, habe bisher aber keinerlei Ansatzpunkt.« Ihre Finger fliegen über das Display ihres Smartphones. »Ich muss jetzt zum Gericht, aber melden Sie sich bei mir, wenn Sie auf dem Video jemanden erkennen, okay? Martinez hat nicht unrecht. Es könnte sein, dass jemand hinter Quinns Geld her ist, also passen Sie auf, wem Sie vertrauen. So, und jetzt kühlen Sie Ihren Knöchel und bleiben hier. Alles klar?« Sie tätschelt mein Bein und erhebt sich. »Schließen Sie hinter mir ab.«

Wir verabschieden uns an der Tür, und ich tue, was sie sagt. Mir wird bewusst, dass Jessica seit meinem Einzug die Einzige ist, die außer mir meine Wohnung betreten hat – abgesehen von der Person, die eingebrochen ist, um meinen Adoptionsantrag zu stehlen. Tränen steigen in mir auf, aber ich dränge sie rigoros zurück. Jetzt ist keine Zeit für Selbstmitleid. Stattdessen hinke ich in die Küche, um mir eine Kühlkompresse zu holen.

Allein auf der Couch, hole ich mein Handy aus der Handtasche, atme ein paarmal tief ein und aus und sehe mir das Video erneut an. Ich kann kaum aushalten, dass der Augenblick, den ich durchlebt habe, aus dieser Perspektive mehr Zweifel an meiner Person aufwirft als beseitigt. Ich versuche, die Szene mit anderen Augen zu betrachten und mich auf das zu konzentrieren, was im Moment des Geschehens außerhalb meines Blickfelds gewesen ist. Was für Personen befanden sich um uns herum? Und nach wem kann Nicole sich umgesehen haben? Der Film ist körnig, zum Teil unscharf. Ich erkenne niemanden, der Donna Taylor sein könnte.

Dafür sehe ich, wie Nicole vom Bahnsteig stürzt. Und obwohl ich die Aufnahme nun schon zum zweiten Mal sehe, krampft sich in mir alles zusammen. Hätte ich doch nur vorhergesehen, was sie vorhatte!

Ich zwinge mich, den Film erneut anzusehen, aber es sind zu viele Menschen auf dem Bahnsteig, um auszumachen, vor wem Nicole Angst gehabt haben mochte.

Was soll ich jetzt tun? Ich weiß, dass ich den Rückzug antreten und Quinn ihrem Vater und ihrem Onkel überlassen sollte, wie es gewöhnlich in solchen Fällen von den Behörden angeordnet wird. Aber Nicole wollte ihr Kind den beiden nicht anvertrauen, und das will mir einfach nicht aus dem Sinn. Zumal ich den Behörden nicht mehr traue.

Das Leben ist nicht fair. Es ist kurz, schwierig zu meistern und voller Fallgruben und unvorhersehbarer Gefahren. Und das Fazit?

Ich will ein Baby.

Ich will Quinn.

Blythe & Browne, wo Greg arbeitet, ist ungefähr eine Viertelstunde Autofahrt entfernt. Mein Knöchel tut noch weh, aber ich kann hinken. Ich ziehe mir ein langes blaues Baumwollkleid und Sneaker an und steige ins Auto, ehe ich mir das Vorhaben ausreden kann. Ich habe Jessica nicht eingeweiht, was mich etwas nervös macht, aber sie würde es mir verbieten, und das kann ich nicht zulassen. Ich werde nicht Däumchen drehen und auf Antworten warten, bis die Leute anfangen, mit dem Finger auf mich zu zeigen. Außerdem habe ich Angst, dass Martinez vor mir etwas herausfindet, das ich längst hätte wissen müssen. Zu lange schon tappe ich im Dunkeln, was mein eigenes Leben betrifft.

Während ich über die North LaSalle Street fahre, suche ich unablässig die Umgebung nach einem dunkelblauen Prius mit einer rothaarigen Fahrerin ab, doch keine Spur von ihr, bis ich den Wagen abstelle. Ich kann nur hoffen, dass sie es nicht auf Quinn und Ben abgesehen hat.

Der Gurt meiner Tasche schneidet in meine Schulter, und Schweiß tritt mir auf die Oberlippe, als ich mich auf meinem noch immer schmerzenden Knöchel auf das sechsstöckige Backsteingebäude zubewege, in dem sich Gregs Maklerfirma befindet. Die frische Luft hat sich verflüchtigt, es ist drückend heiß geworden. Ich fühle mich bereits schweißfeucht und klebrig. An der Tür bleibe ich unschlüssig stehen. Vielleicht sollte ich versuchen, als Sozialarbeiterin aufzutreten, anstatt mich auf Nicole zu berufen, um mir Zutritt zu verschaffen, aber falls jemand im Haven House anruft, um mich zu überprüfen, gibt es Ärger.

Die Brünette am Empfang schaut auf und schenkt mir ein Lächeln. Jetzt oder nie – also nähere ich mich ihr und beobachte ihre Miene genau. Erkennt sie mich? Wird ihr Blick misstrauisch? Ich bin stets darauf vorbereitet, diesen verletzenden Gesichtsausdruck der Voreingenommenheit zu sehen, obwohl ich nicht ausschließen kann, dass ich es mir häufig nur einbilde.

»Kann ich Ihnen helfen?«

Ich blicke mich in dem Großraumbüro um. Links vom Empfang befindet sich ein Konferenzraum, dahinter Reihen um Reihen Arbeitsplätze, die mit Sichtschutzwänden abgetrennt sind. So gut wie jeder telefoniert oder tippt am Computer, die Atmosphäre ist aufgeladen und angespannt. Unwillkürlich muss ich an Ryan denken. Wie er spät nachts, den Kopf in den Händen, wütende Telefonate geführt und seinen Laptopbildschirm angebrüllt hat. Niemand hier gönnt mir einen Blick, so wenig wie Ryan mir gegen Ende seines Lebens noch einen Blick gegönnt hat.

»Ich würde gerne mit Greg Markham sprechen.« Meine Stimme kippt, und das Blut steigt mir in die Wangen.

Sie verengt leicht die Augen, und mir wird klar, dass sie mich für eine Reporterin hält. »Dürfte ich Ihren Namen wissen?«

»Morgan Kincaid.«

Ihr Blick fällt auf eine Zeitung auf ihrem Tisch. Sie lehnt sich ein Stück zurück. »Sie sind die Frau, die bei Nicole war, als sie gesprungen ist.«

Mein höfliches Lächeln entgleist. Ich spähe auf die Zeitung und sehe auf dem Titelblatt ein Foto von mir, wie ich am Montagabend mit Jessica die Polizei verlasse. Mein Gesicht ist kreidebleich, mein Kleid zerknittert und schmutzig, und die Kamera hat meine angstvolle Miene eingefangen, die von einem Außenstehenden leicht als schuldbewusst interpretiert werden kann.

»Wie schrecklich. Wir haben sie selten gesehen, höchstens mal beim Firmengrillfest am Ende des Sommers, aber sie war so eine entzückende Person.« Ihre Wangen färben sich rosa. »Wissen Sie, warum sie es getan hat?«

Ich bin entsetzt und angewidert zugleich von der kaum verhohlenen Sensationslust in ihrer Stimme. Genau das war immer meine Befürchtung – dass die Menschen Ryans Tat nur als deftige Story sehen würden, die vollkommen außer Acht lässt, dass es Angehörige gibt, die trauern und unter dem Verlust, dem Verrat und der Ausschlachtung durch die Medien leiden.

Es spielt keine Rolle, ermahne ich mich. Ich richte mich kerzengerade auf und blicke der Frau in die Augen. »Ich würde gerne mit Greg sprechen.«

Plötzlich ist ihre Stimme ein paar Grad abgekühlt. »Tut mir leid, aber er ist heute nicht im Haus, und ich weiß auch nicht, wann er zurückkommt. Wenn Sie mir Ihre Telefonnummer dalassen, wird seine Assistentin sich mit Ihnen in Verbindung setzen.« Sie zuckt die Achseln und senkt den Blick.

Womit sie mich praktisch hinauswirft. Was, wenn sie Martinez anruft, die dann wahrscheinlich Jessica kontaktiert? Was mache ich hier eigentlich? Jessica hat recht, ich bringe mich nur selbst in Schwierigkeiten. Ich sollte nach Hause gehen, dort bleiben und die Ermittlungen den Leuten überlassen, die etwas davon verstehen. Besiegt verlasse ich das Gebäude.

Draußen bleibe ich stehen. Meine Haut beginnt zu prickeln, aber es liegt weder an meinem Ekzem, noch an der drückenden Hitze. Es liegt an dem dunkelblauen Prius, der am Straßenrand parkt.

Im ersten Impuls will ich wegrennen, doch ich zwinge mich, direkt auf den Wagen zuzugehen. Ich habe es satt, Angst haben zu müssen, ich habe es satt, verfolgt zu werden und ein Opfer zu sein. Ich habe jedes Recht der Welt, durch die Straßen Chicagos zu laufen, ohne um mein Leben fürchten zu müssen. Mit geballten Fäusten und pochendem Knöchel marschiere ich auf das Auto zu und hämmere gegen die Scheibe an der Fahrerseite.

»Wer sind Sie?« Meine Stimme ist so laut, dass Passanten erschreckt das Weite suchen. »Was wollen Sie von mir?«

Das Fenster fährt herab, und ich sehe der Rothaarigen ins Gesicht. Es ist nicht Donna Taylor; zumindest sieht sie nicht so aus wie die Frau auf dem Foto, das Ben mir gezeigt hat. Ich habe diese Frau noch nie gesehen, aber falls sie versucht hat, uns zu überfahren, will ich jetzt verdammt noch mal wissen, warum. »Warum verfolgen Sie mich?«, fahre ich sie an.

Sie reißt schockiert die Augen auf und drückt auf eine Taste, und das Fenster fährt wieder hoch. Ohne nachzudenken, stecke ich meine Hand in den verbleibenden Spalt. Die Scheibe hält an.

»Ich hätte Ihnen die Hand abtrennen können«, schreit sie und fährt das Fenster wieder einen Zentimeter herab.

Ich bringe mein Gesicht so nah an den Spalt, wie ich kann. »Wer sind Sie?«

»Warum schreien Sie mich an?«

»Ich bin die Frau, die bei Nicole war, als sie gestorben ist. Und jetzt sagen Sie mir, warum Sie hinter mir her sind.«

»Bitte tun Sie mir nichts.« Sie hält die Hände hoch, als würde ich eine Waffe auf sie richten.

»Ich Ihnen etwas tun? *Sie* haben doch versucht, mich zu überfahren.«

»Ich habe keine Ahnung, wovon Sie sprechen. Ich arbeite hier. Welchen Grund sollte ich haben, Sie zu verfolgen? Was machen Sie überhaupt hier?«

»Haben Sie auch Nicole verfolgt so wie mich jetzt? Sind Sie bei mir eingebrochen?«

»Sie sind doch nicht bei Verstand. Greg Markham ist mein Chef. Ich bin Nicole nicht einmal begegnet. Und jetzt gehen Sie.« Ihre Worte sollen vermutlich energisch klingen, aber ihre Stimme bebt.

Entweder hat sie wirklich Angst vor mir, oder sie ist eine gute Schauspielerin. Ich muss mich zusammenreißen, um nicht ins Fenster zu greifen und sie zu schütteln, bis ihre Zähne klappern. »Ich gehe nirgendwohin, bis Sie mir die Wahrheit sagen. Wie kann ein Vater sein Kind einfach so im Stich lassen? Die Mutter stirbt, und Greg Markham ist auf und davon?« Ich stütze mich gegen das Autodach und beuge mich noch weiter vor. »Was ist das für ein Mensch, der so was tut? Und was hat er Nicole angetan?«

Sie lässt den Motor aufheulen, tritt aufs Gas und braust mit quietschenden Reifen davon. Ich verliere das Gleichgewicht, stürze und spüre ein heftiges Brennen an meinem Bein, wo der Wagen mich gestreift hat.

Ich stemme mich hoch. Blut rinnt über mein Schienbein. Ich präge mir das Nummernschild ein – H57 3306 – und wiederhole die Kombination im Kopf, während ich mit pochendem Knöchel und brennendem Bein so schnell ich kann auf mein Auto zuhinke. Die vielen Baustellen behindern mein

Fortkommen, als ich die Verfolgung aufzunehmen versuche, und der Lärm der Presslufthämmer macht mich noch aggressiver.

Ich denke an das Video von der U-Bahn-Haltestelle. Vielleicht war *sie* dort.

Und jetzt entwischt sie mir.

20. KAPITEL

NICOLE

Nicole legte eine Hand auf Quinns Rücken im Babytrage-tuch und stieß mit der anderen den orangefarbenen Breathe-Hefter vom Küchentisch. Die einzelnen Hochglanzseiten für die Trenchcoat-Kollektion segelten zu Boden. Nicht ein-mal eine so simple Aufgabe brachte sie zustande. Tessa hatte sie gebeten, sich die Entwürfe wenigstens anzusehen und dann mit Lucinda zu skypen. Das war vor vier Tagen gewesen.

»Komm, ich gehe mit Quinn ein Weilchen spazieren, sorge dafür, dass sie frische Luft bekommt und einschläft, und du schaltest dich in Ruhe zur Konferenz dazu. Bitte, Nicole.« Tessa hatte ihr den Ordner in die Hand gedrückt. »Lucinda hat erzählt, dass sie dich getroffen hat und du furchtbar aus-gesehen hättest. ›Nicht wiederzuerkennen‹ war der Aus-druck, den sie benutzt hat. Und du wärst regelrecht wegge-laufen, behauptet sie.«

Nicole konnte das Haus nicht verlassen, und sie konnte auf keinen Fall zulassen, dass Tessa mit Quinn hinausging, solange Donna auf der Lauer liegen mochte. Aber sie hatte Tessa versprochen, wenigstens darüber nachzudenken.

Nun allerdings ignorierte sie Tessas Nachrichten genauso wie die ständigen Anrufe der Vorstandsmitglieder. Vom Regal über der Spüle nahm sie die Flasche mit den Tabletten. Sie hatte den Nachschub, den Ben ihr mitgebracht hatte, bereits eingefüllt. Als sie zwei Tabletten herausnahm, griff Quinn danach. Die Flasche flog ihr aus der Hand, und die Pillen sprangen über den Boden.

»Nein!« Hastig wickelte Nicole ihre Tochter aus dem Tragetuch und legte sie in die Wippe, dann kroch sie auf Händen und Knien durch die Küche, um die Tabletten aufzusammeln. Es durfte ihr keine durch die Lappen gehen. Sie online nachzubestellen war nicht möglich, doch sie würde unter keinen Umständen wieder den Arzt aufsuchen – nie und nimmer.

Weil sie keine Sekunde länger warten konnte, schluckte sie eine Tablette, ohne Staub und Dreck abzuwischen, doch ihre Kehle war wie ausgedörrt, und das Medikament blieb stecken. Fasziniert beobachtete Quinn, wie ihre Mutter röchelte und hustete, bis sie das Medikament endlich heruntergewürgt hatte. Erschöpft lehnte Nicole sich gegen den Unterschrank.

Nichts war so, wie es sich gehörte, aber sie wusste nicht, wie sie die Dinge ins Lot bringen sollte. Dass ihre Tochter sie so sah, war jedenfalls ein Unding. Nicole rappelte sich auf, wankte zur Schublade und glättete die Post-it-Zettelchen, die sie dort hineingestopft hatte. Sie musste sie erneut in einer Reihe vor sich sehen, doch am besten dort, wo Tessa sie nicht entdecken würde, wenn sie das nächste Mal vorbeikam. Die Vorratskammer – Tessa ging nie dort hinein.

Sie öffnete die Tür und klebte die Zettel an die Wand zu ihrer Linken. Dann nahm sie Quinn aus der Wippe, wickelte sie wieder in das Tragetuch und strich ihr über die seidigen Haare, bis ihr Atem wieder ruhiger ging.

»Schau, Quinnie, wir kriegen das schon hin«, flüsterte sie und zeigte auf die Zettel. »Wir stellen uns ein rotes Licht vor und erden uns im Hier und Jetzt.« Ihr fielen weitere Stichwörter ein, die sie auf die Post-its schrieb und in der Reihe anordnete, und so arbeitete sie versunken, bis sie spürte, dass Quinns Body nass war.

Ihre Tochter brauchte frische Windeln. »Du sollst die beste Mommy der Welt haben. Die stärkste, die es gibt.« Ihre Kehle verschloss sich, und sie rang um Luft.

Vielleicht sollte sie Tessa doch bitten, eine Weile bei ihnen zu bleiben und ihr zu helfen, bis sie sich wieder gefangen hatte?

Aber dann machte sie sich mit tiefer Traurigkeit bewusst, dass sie das nicht auch noch von ihrer Freundin verlangen konnte, auch wenn sie es selbst angeboten hatte. Schließlich hatte Tessa ein eigenes Leben. Schon jetzt trug sie für Nicole einen großen Teil der Last bei Breathe, denn sie erledigte nicht nur ihren Job, sondern gab auch noch alles, damit der Vorstand nichts von Nicoles Schwierigkeiten mitbekam. Dafür war sie ihrer Freundin immens dankbar. Hatte sie das überhaupt verdient?

Quinn brauchte ein Bad. Sie trug ihre Tochter nach oben ins Badezimmer, kniete sich auf das Treppchen an der Wanne, drehte die Wasserhähne aus gebürstetem Nickel auf und ließ warmes Wasser ein. Dann zog sie dem Baby und sich die schmutzigen Sachen aus, nahm ein Glas, hielt es unter den Hahn und trank es in großen Schlucken aus. Ihr Mund fühlte sich noch immer staubtrocken an, und sie trank zwei weitere Gläser Wasser, während Quinn fröhlich vor sich hin brabbelte. Das allein zählte, rief sie sich in Erinnerung. Auch wenn sie selbst aus dem Gleichgewicht geraten war – ihrer Tochter ging es gut, und nichts anderes war wichtig.

»Wir müssen uns dringend waschen, Quinn. Sauberkeit kommt gleich nach Gottesfurcht.« Vielleicht mussten Quinn und sie sich taufen lassen. Wiedergeboren werden.

Mit Quinn auf ihrem Bauch legte Nicole sich in die Wanne und sank tiefer und tiefer in die wohltuende Wärme, bis ihre Ohren unter Wasser waren. Es war still und friedlich hier, und sie fühlte sich so sicher und geborgen, wie schon lange nicht mehr. Am liebsten wäre sie nie wieder aufgetaucht. Sie schloss die Augen.

Wasser schwappte über den Rand, als sie jäh hochschoss und Quinn fest an ihren glitschigen Bauch presste. Das Kind spuckte und schrie. »O Gott, mein Baby, es tut mir so leid«, stieß sie schluchzend hervor. »Mommy ist eingeschlafen. Das wollte ich nicht, bitte glaub mir, es tut mir so leid!« Es konnten nur wenige Sekunden gewesen sein, und doch hätte Quinn ertrinken können.

Um Atem ringend, drehte sie das Wasser ab und wiegte ihre Tochter. Ihr Magen krampfte sich zusammen. Sie durfte gar nicht daran denken, was hätte geschehen können! »Ich pass auf dich auf, mein Schatz«, flüsterte sie. »Ich passe immer auf dich auf.«

Scham, Schuld und Selbsthass schlugen über ihr zusammen, als sie aus der Wanne stieg und Quinn in ein flauschiges Handtuch wickelte. Sie schaffte es gerade noch, ihre Tochter auf den Boden zu legen, ehe sie sich auch schon vor die Toilette kniete und erbrach. Als nichts mehr kam, wischte sie sich den Mund ab. Ohne sich selbst ein Handtuch zu nehmen, trug sie ihre Tochter ins Schlafzimmer, wo sie sie wickelte und ihr ein hübsches Jeanskleidchen anzog. Dann brachte sie sie ins Wohnzimmer und legte sie in die Wippe, wo ihre Tochter prompt einschlief.

Einen Moment lang streichelte Nicole die Wange ihrer Tochter. Sie war so wunderschön, so rein, dass Nicoles ganzes Wesen von Liebe geflutet wurde.

Erst jetzt bemerkte sie, dass sie fror, und wickelte sich in die violette Fleece-Decke, die auf der Couch lag.

Sie musste unbedingt etwas unternehmen, um die Angst und die Schuldgefühle einzudämmen. Vielleicht sollte sie Donna anrufen und um Vergebung bitten – Donnas zweites Chakra öffnen –, damit sie beide endlich frei sein konnten. Ihr Telefon lag auf dem Couchtisch. Entschlossen griff sie danach und gab die Nummer ein, die sich in ihre Erinnerung gebrannt hatte. Und war regelrecht enttäuscht, als sich nicht einmal ein Anrufbeantworter meldete.

Mit der flachen Hand schlug sie sich auf die Stirn. »Denk nach. Wie können wir sie finden?« Sie schloss die Augen und rief sich die warmen Sommerabende in Erinnerung, wenn Amandas Vater von der Arbeit nach Hause kam und unter Donnas Protestschreien das jauchzende Kind in die Luft geworfen hatte. Damals hatte Nicole immer mit Vater und Kind mitlachen müssen. Sie konnte sich nicht erinnern, wo er gearbeitet hatte, aber dass er Buchhalter gewesen war, wusste sie noch. Sie googelte »Flynn Taylor«, bis die vielen Links auf dem Bildschirm ineinander verschwammen, doch schließlich fand sie ihn. Sie rieb sich die Augen und wählte.

»Flynn hier.« Sie erkannte die heisere Stimme wieder. »Hallo? Wer ist da?«

»Nicole«, flüsterte sie.

»Wer?«

»Nicole Layton.«

Auf der anderen Seite der Leitung herrschte absolute Stille.

»Hasst Donna mich immer noch?«, fragte sie.

Wieder blieb es eine lange Zeit still. »Ich weiß nicht, was du willst, Nicole«, sagte er schließlich. »Warum rufst du mich an?« Seine Stimme war unterkühlt, tonlos.

Der Kloß in ihrer Kehle war dick wie ein Stein, aber sie zwang sich zu sprechen. »Ich habe ein Kind bekommen, und jetzt passieren schreckliche Dinge. Bitte sag Donna, dass sie aufhören soll. Das muss aufhören.«

Am anderen Ende der Leitung war ein Rascheln zu hören, dann wurde eine Tür geschlossen. »Hör mal, ich weiß nicht, warum du mich nach all den Jahren anrufst, aber ich will nichts von dir wissen, okay? Donna geht es gut. Sie hat sich wieder gefangen, und wir sind längst nicht mehr zusammen. Ich bin mit jemand anders verheiratet und habe zwei Kinder. Und ich möchte von dir nicht an das Kind erinnert werden, das ich verloren habe. Lass uns in Ruhe, Nicole.«

»Donna und du seid geschieden?«

»Nicht, dass es dich etwas angeht, aber – ja.«

»Donna hat mir Amandas Babydecke geschickt.« Nicole brach in Tränen aus.

Sein Seufzen klang leidend. »Ganz sicher nicht. Ich habe Amandas Sachen vor neunzehn Jahren weggegeben, Nicole.«

Beinahe wäre ihr das Telefon aus der Hand gerutscht. Die Decke im Karton war Amandas gewesen. Das wusste sie genau.

»Hallo? Hallo?«

Sie hörte, wie er auflegte, und die Leitung war tot.

Sie sprang auf, rannte zum Eingang und blickte in den Garderobenschrank, in den sie den Karton mit der Decke geschoben hatte.

Er war nicht mehr da.

21. KAPITEL

MORGAN

Im Auto wische ich mir das Blut ab, unter dem eine böse, gut acht Zentimeter lange Schramme zum Vorschein kommt. Zum Glück ist sie nicht tief genug, um genäht werden zu müssen, denn ich will nur noch nach Hause. Es gibt anscheinend zwei Rothaarige – Donna und Gregs Angestellte –, die Nicoles Leben zerstört haben könnten und vielleicht mich und Quinn aus dem Weg zu räumen versuchen. Meine Hände sind so feucht und zittrig, dass mir der Zündschlüssel mehrmals aus den Fingern gleitet. Das Adrenalin ist abgeebbt, geblieben ist nur die Angst. Ich weiß noch immer nicht, in welcher Verbindung ich zu Nicole stehe, und ich habe nichts, rein gar nichts, was ich Martinez präsentieren könnte. Ich stehe wieder am Anfang. Schließlich rufe ich Jessica an.

»Ich bin mir jetzt sicher, dass ich in Gefahr bin«, platzt es aus mir heraus. »Und ich denke, ich habe den Prius gefunden, der mich verfolgt hat. Die Frau, die ihn fährt, behauptet, dass Greg Markham ihr Vorgesetzter ist. Ich wollte sie zur Rede stellen, aber sie hat Gas gegeben und ist geflüchtet und hat mich dabei gestreift. Was soll ich jetzt machen?« Ich

202

rede so schnell, dass ich kaum Luft bekomme, und rassele am Schluss die Zahlenkombination vom Nummernschild herunter.

»Moment, Moment. Beruhigen Sie sich. Sind Sie verletzt?«

Jessicas Ruhe tut mir gut. »Alles okay. Aber finden Sie bitte heraus, wer diese Frau ist. Ich habe Angst!«

Was eine glatte Untertreibung ist. Ich bin hysterisch vor Angst.

»Morgan, wo genau sind Sie?«

»Ich bin …« *Mist.* Ich beiße mir auf den Daumennagel und murmele: »Da, wo Greg Markham arbeitet. Blythe & Browne.«

»Sagen Sie mir nicht, dass Sie mit ihm gesprochen haben.«

Ihre Stimme klingt kalt. Aber das hier ist mein Leben, meine Entscheidung. Ich bereue es nicht.

»Er war nicht da.«

»Sie schaffen Motive, Morgan. Wie soll ich beweisen, dass Sie und Nicole sich nie zuvor begegnet waren, wenn Sie nichts Besseres zu tun haben, als zuerst ihren Bruder aufzuspüren und dann zu ihrem Ehemann zu laufen? Mit anderen Worten – versuchen Sie eigentlich mit aller Macht, sich verhaften zu lassen?«

»Ich muss herausfinden, warum sie ausgerechnet mich ausgesucht hat, Jessica. Ich muss meinen Namen reinwaschen.«

»Ich verstehe ja, dass Sie Angst haben, aber ich versuche bereits alles, um die Verbindung zwischen Ihnen und Nicole zu finden. Übrigens fährt Donna Taylor einen schwarzen

203

Chevy Impala, Baujahr 2010, was bedeutet, dass sie vermutlich nicht in dem Prius saß, der Sie verfolgt hat. Barry recherchiert aber noch, und ich gebe ihm durch, was Sie über die Rothaarige gesagt haben, die Sie eben getroffen haben.«

Gut. Sie ist dran. Mehr will ich ja gar nicht. Ich brauche Hilfe, denn mir fehlen zu viele Teile vom Puzzle, um handeln zu können.

»Überlassen Sie das uns, Morgan«, sagt Jessica. »Wir überprüfen diese neue Rothaarige, okay? Und Sie fahren jetzt bitte nach Hause.« Ihr strenger Ton duldet keinen Widerspruch.

»Mach ich«, antworte ich. »Versprochen.«

Meine Hände hören endlich zu zittern auf, und ich stecke den Schlüssel ins Zündschloss. Doch dann überkommt mich plötzlich pure Verzweiflung. Was bin ich nur für eine Idiotin, dass ich vagen Spuren hinterherhetze, um ein Rätsel zu lösen, dass ich nicht begreife? Ausnahmsweise weiß ich, dass ich gut daran tue, Jessicas Rat zu befolgen und nach Hause zu fahren.

Niemand verfolgt mich auf dem Heimweg, und dafür bin ich dankbar. In der Wohnung reinige und desinfiziere ich die Wunde am Bein, ziehe eine schwarze Leggings und ein pinkes T-Shirt an, bestelle einen fettigen Burger mit Pommes Frites und esse ihn auf der Couch bei heruntergelassenen Jalousien. Mein Knöchel und mein Schienbein pochen. Ich weiß, dass ich es lassen sollte, aber ich gehe online und scrolle durch die Mitarbeiterliste von Blythe & Browne, bis ich ein Foto der Frau im Prius entdecke. Melissa Jenkins.

Gregs Assistentin. Sie ist jung, Mitte zwanzig, schätze ich, und hat schulterlanges welliges rotes Haar. Sie ist erst seit drei Monaten bei ihrem jetzigen Arbeitgeber.

Die Artikel, die ich über Nicole finde, deuten darauf hin, dass sie vor Quinns Geburt eine starke, selbstbewusste Frau war, die ihr Leben unter Kontrolle hatte. Hat ihr Absturz etwas mit der Einstellung von Melissa als Gregs Assistentin zu tun? Aber ich bin zu erledigt, um weiter zu recherchieren oder das Video vom Bahnsteig erneut anzusehen, daher lege ich mich auf die Couch. Es ist erst sieben Uhr abends, aber ich will nur schlafen.

Ein Geräusch weckt mich. Ich schrecke hoch und schreie auf, als mir der Schmerz vom Knöchel ins Bein schießt. Es ist stockfinster, und ich taste nach meinem Handy. Drei Uhr morgens. Ich habe acht Stunden wie eine Tote geschlafen.

Meine Augen gewöhnen sich an die Dunkelheit. Vorsichtig stehe ich auf und schalte das Licht im Flur ein.

Auf dem Boden liegt ein Din-A4-Umschlag ohne Adresse, ohne Briefmarke. Jemand muss ihn unter der Wohnungstür durchgeschoben haben. Ich spähe durch den Spion, doch der Korridor draußen ist leer. Ich hebe den Brief auf und kehre zur Couch zurück. Ich habe Angst, hineinzusehen.

Doch dann nehme ich meinen Mut zusammen und hole ein Bündel Papiere heraus. Es ist der Adoptionsantrag, der aus meiner Schublade gestohlen wurde. Auf der letzten Seite ganz unten steht in roter Schrift eine Botschaft.

Finger weg von Quinn. Du kannst sie nicht beschützen.

Die Seiten rutschen mir aus der Hand. Ich haste zur Tür, reiße sie auf und blicke den Flur auf und ab. Aber da ist niemand. Wer immer den Umschlag gebracht hat, ist längst weg. Ich gehe wieder hinein und schließe die Tür ab. Reglos wie eine Statue stehe ich da und bewege nur die Augen, um meinen Wohnbereich abzusuchen.

»Niemand hier«, flüstere ich, wie um es mir selbst zu versichern. »Ich bin sicher.«

Mein Handy klingelt. Ich blicke aufs Display. Ben. Meine Hände zittern so stark, dass ich fast daran scheitere, den Anruf anzunehmen.

»Was ist los?«, frage ich, sobald die Verbindung steht.

»Sie müssen herkommen – jetzt sofort. Quinn ist in Gefahr!

22. KAPITEL

NICOLE

»Nic, mach die Tür auf, oder ich breche sie auf«, brüllte Tessa durch den Briefschlitz. »Ich bin vielleicht klein, aber du weißt, was ich kann!«

Zu jedem anderen Zeitpunkt ihres Lebens hätte Nicole vielleicht gelacht. Nun wäre sie vor Erleichterung beinahe in Tränen ausgebrochen. Tessa würde sich um sie kümmern.

Sie packte die Armlehne der Couch und stemmte sich hoch, musste jedoch den Kopf senken, bis der Schwindel vorbeiging. Mit schmerzenden Armen hob sie Quinn aus der Wippe. Sie konnte ihre Tochter nicht länger mit sich herumtragen, auch das Tragetuch half nicht mehr. Nicole hatte kaum noch Energie, die Treppe hinaufzusteigen. Sie hatte die Fenster im unteren Stockwerk überall mit schwarzen Seidenlaken verhängt, sodass ihr Haus die Finsternis in ihrem Inneren spiegelte.

Es war der dreißigste Juli. Morgen war ihr Mutterschaftsurlaub vorbei.

Sie öffnete die Tür.

»Na endlich.« Tessa betrachtete sie stirnrunzelnd. »Du bist weiß wie ein Laken.«

Nicole nickte. »Ich fühle mich nicht besonders gut.«

Tessa marschierte an ihr vorbei in die Küche. Nicole folgte ihr und sah zu, wie ihre Freundin wortlos das schmutzige Geschirr auf den Arbeitsflächen einsammelte, es in die Geschirrspülmaschine räumte und das Gerät einschaltete. Sie holte Milch, einen Laib Brot und Apfelsinen aus der Tasche. Als sie den Kühlschrank öffnete, fuhr sie zurück.

»Nic, hast du in letzter Zeit überhaupt etwas gegessen? Seit Tagen rufe ich dich an und schreibe dir. Ich hätte doch einkaufen können.« Sie roch an der Milch, verzog das Gesicht und goss sie in den Abfluss. Der saure Geruch breitete sich in der Küche aus.

Nicole hatte keine Ahnung, wann sie zuletzt Lebensmittel für sich bestellt hatte. Weil sie kaum Hunger hatte, vergaß sie meistens zu essen. Das Einzige, was zählte, war Quinns Wohlergehen. Als ihre Tochter nun mit den speckigen Beinen in die Luft trat, musste Nicole lächeln. Wenn Quinn glücklich war, war auch Nicole glücklich.

Tessa steckte zwei Scheiben Brot in den Toaster. Aus einer zweiten Tasche holte sie erst zwei Pakete Biowindeln, dann einen Strauß prächtiger gelber Rosen, den sie in eine Vase stellte und sie mit Wasser auffüllte.

Dann kam sie zu Nicole zurück, strich ihr sanft über die Wange und fuhr ihr mit dem Daumen über den Mundwinkel. »Trinkst du genug? Du musst unbedingt mehr trinken.«

Unwillkürlich berührte Nicole ihre aufgesprungenen Lippen. »Ich versuch's, wirklich. Aber Quinn bekommt genug, keine Angst. Sie sieht gut aus, nicht wahr? Gesund und munter. Ich kann kaum glauben, dass sie schon fast sechs Wochen alt ist.«

Würde ihre Tochter sechs Monate alt werden? Sechs Jahre, wie Amanda es verwehrt geblieben war?

Tessa kitzelte dem Baby den Bauch, und Quinn blinzelte vergnügt. »Sie sieht prächtig aus. Aber du nicht. Hast du inzwischen mit Lucinda gesprochen?«

Ich sehe Dinge, die womöglich gar nicht da sind, hätte Nicole am liebsten gesagt. *Dinge, die auftauchen und wieder verschwinden, und ich habe keine Ahnung, was hier vor sich geht.* Aber natürlich behielt sie es für sich. »Ich habe noch mit niemandem gesprochen außer dir«, antwortete sie. »Und Ben, als er hier war.«

Tessa zog die Nase kraus. Sie nahm Nicole Quinn aus dem Arm und legte sie in die Wippe. »Lass sie bitte eine Minute dort liegen, und hör mir zu. Hör mir einfach nur zu.«

Nicole nickte und setzte sich auf einen Küchenstuhl, ein Auge stets bei ihrer Tochter, die fasziniert auf das Äffchen blickte, das vom Tragegriff herabbaumelte.

Tessa setzte sich neben ihr. »Wie war's eigentlich mit Ben?«

»Nicht gut. Ich will keinen Kontakt mehr mit ihm, und das habe ich ihm auch gesagt. Doch jetzt, da Greg fort ist, weiß ich nicht, ob es das Richtige ist. Schließlich hat Quinn sonst keine Familie mehr.« Und obwohl ihre beste Freundin bei ihr war, fühlte sich Nicole mit einem Mal einsamer denn je. Es gab so viele Geheimnisse zu bewahren. Ihr fiel ein Artikel über Bens Krankenhaus ein, den sie vor einer Weile gesehen hatte. »Ich glaube, er wollte Geld für seine

Einrichtung.« Das war eine glatte Lüge, und etwas in ihr brannte, als sie es aussprach. »Sie ist von der Schließung bedroht.«

Tessa zog die Beine unter sich. »Er ist nicht wegen dir und Quinn gekommen? Sondern wegen einer Spende?«

»Ich weiß nicht. Jedenfalls will ich ihn nicht mehr sehen. Wir haben uns nie besonders gut verstanden. Das wird sich jetzt wohl auch nicht ändern.«

»Ohne Männer ist man sowieso besser dran.« Tessa hielt inne. »Greg hat sich noch immer nicht gemeldet?«

»Nein. Kein einziges Mal. Ich versteh es nicht, Tess. Ich war sein Ein und Alles, und nun ist es, als würde ich – als würden *wir* – für ihn überhaupt nicht mehr existieren.« Sie sah Tessa scharf an. »Hast du etwa mit ihm gesprochen?«

»Nein. Natürlich nicht.«

Sofort bereute Nicole die Frage. »Tut mir leid, das war nicht fair. Ich wollte dich nicht anfahren.«

»Schon okay. Aber du brauchst ihn nicht. Du hast ja mich.« Sie holte ihr Telefon aus ihrer Handtasche. »Aber, Nicki, wir müssen wirklich über die Arbeit sprechen.«

Die Küche drehte sich, aber Nicole schaffte es, sich aufrecht zu halten.

»Du musst wissen, was vor sich geht. Und du musst morgen ins Büro kommen. Angeblich wird hinter geschlossenen Türen geredet. Wichtige Investoren springen uns ab. Das ist gar nicht gut, und ich mache mir Sorgen.«

In Nicoles Ohren rauschte es. Ihr Anwalt, Rick Looms, hatte zahllose Male angerufen, ebenso wie alle Vorstandsmitglieder, aber sie hatte die Anrufe nie entgegengenommen und Lucindas immer schärfer formulierte Nachrichten und E-Mails standhaft ignoriert. Sie massierte sich die Schläfen, um das schwammige Gefühl loszuwerden, doch sie konnte sich einfach nicht konzentrieren.

Tessa reichte Nicole ihr Handy. Sie hatte die Seite von *Page Six* aufgerufen:

Einer anonymen Quelle zufolge ist Markham in keinem guten gesundheitlichen Zustand und verlässt das Haus nicht mehr. Seit sie vor der Geburt ihrer Tochter in Absprache mit dem Vorstand ihren sechswöchigen unbezahlten Mutterschaftsurlaub angetreten hat, ist sie nicht mehr in der Öffentlichkeit gesehen worden. Sollte Markham nicht bis zum 31. Juli als CEO zu Breathe zurückkehren, könnte sie laut Vertrag aus dem Unternehmen, das sie selbst gegründet hat, gedrängt werden.

Darauf hatte Lucinda also angespielt. »Steckt Lucinda dahinter?«

Tessa stieß den Atem aus. »Du denkst, sie will dich auf die Art loswerden?«

»Warum nicht? Das, was sie will, ist zum Greifen nah. Sie kann ihre eigene Geschäftsführerin einstellen – oder es selbst werden.«

Sie und Lucinda lagen seit Jahren miteinander im Clinch. Lucinda hatte noch vor einem Jahr versucht, Nicole zu überstimmen, als sie sich geweigert hatte, Karoleggings ins Programm zu nehmen, die denen ihres größten Konkurrenten zu ähnlich sahen. Doch Nicole würde niemals eine Nachahmerin sein. Sie war eine Anführerin. Eine Innovatorin.

Tessa betrachtete sie nachdenklich. »Jedenfalls sieht es nicht gut aus. Wenn du morgen nicht wieder an deinem Schreibtisch sitzt, hat der Vorstand eine Handhabe, dich als CEO abzusetzen. Das darf nicht passieren, siehst du das nicht? Wir können nicht zulassen, dass man dir Breathe wegnimmt.«

Plötzlich fühlte Nicole sich zutiefst erschöpft. Hilflos schloss sie die Augen. Allein der Gedanke, sich zur Arbeit anzuziehen, raubte ihr jegliche Energie. Sie konnte nicht. Sie konnte im Augenblick unmöglich bei Breathe auftauchen. Aber sie konnte doch auch nicht tatenlos zusehen, wie man Quinn und ihr die Firma, die sie gegründet und zu einem regelrechten Imperium ausgebaut hatte, entriss.

Falls Lucinda versuchte, ihre Absetzung voranzutreiben, musste sie sich zur Wehr setzen. Sie kämpfte die aufsteigenden Tränen nieder. Wäre sie mit dem Unternehmen nur nie an die Börse gegangen. Sie hatte sich von dem Prestige und dem gesteigerten Imagewert, den eine Umwandlung in eine Aktiengesellschaft mit sich brachte, blenden lassen. Im Gegenzug für die Zusicherung, dass sie Geschäftsführerin blieb, hatte sie für ihre sechzehn Prozent Anteile eine Rückkaufsklausel unterschrieben. Falls der Vorstand sie rauswarf, konnte sie alles verlieren.

»Keine von den Angestellten will das, glaub mir«, fuhr Tessa fort. »Und ich schon gar nicht. Ich könnte mir keine bessere Vorgesetzte vorstellen.«

Zum ersten Mal kam Nicole in den Sinn, dass ihr Rückzug sich nicht nur auf Quinn, sie selbst und Breathe auswirkte.

Auch Tessa war davon betroffen. Tessa hatte kein Stimmrecht. Wie die anderen Angestellten auch konnte sie maximal zehn Prozent Anteile erwerben. Nicole hatte nur noch einen einzigen Tag Zeit, Lucinda und den gesamten Vorstand davon abzuhalten, sie auszubooten.

Sie musste etwas unternehmen. Sie wollte nicht so weiterleben – in einer Zwangsjacke aus Furcht, lähmender Müdigkeit und mysteriösen Vorfällen. Dennoch fragte sie sich, ob sie sich nicht alles nur einbildete.

Streng verbannte sie den Gedanken aus ihrem Bewusstsein. Frauen brauchten inneres Gleichgewicht. *Sie* brauchte ein inneres Gleichgewicht. Sie hatte sich schon einmal neu erfunden – sie konnte es wieder schaffen. Und da sie jahrelang nur das Unternehmen gekannt hatte, würde ihr der Vorstand wohl keinen Urlaub abschlagen. Er stand ihr zu.

»Tess, tust du mir einen Gefallen?«

»Natürlich.« Tessa klang schon nicht mehr ganz so deprimiert.

»Kannst du Lucinda sagen, dass ich den mir zustehenden Urlaub nehme?«

Tessa schwieg einen Moment. »Wie lange?«

»Eine Woche.«

»Du versprichst aber, dass du in einer Woche zurückkehrst? Dass du am Montag ins Büro kommst? Den siebten August?«

Der siebte August – was sonst. Dieses Datum würde sie wohl ewig verfolgen. Dass Tessa sich an seine schicksalhafte Bedeutung erinnerte, war jedoch unwahrscheinlich.

Nicole packte die Tischkante, um das Zittern ihrer Hände zu überspielen. »Ja«, antwortete sie. »Am siebten August bin ich zurück.«

23. KAPITEL

MORGAN

Quinn ist in Gefahr!

Ich stopfe das Adoptionsformular wieder in den Umschlag, greife nach Tasche und Handy und stürze hinaus. Ich werde Jessica anrufen, sobald ich kann – sobald ich mich vergewissert habe, dass dem Kind nichts geschehen ist.

Ich brause die West Evergreen Avenue entlang, die bis auf die geparkten Wagen am Rand leer ist. Zum Glück, denn ich bin derart aufgewühlt, dass ich Angst habe, einen Unfall zu verursachen.

Und dann bin ich da, schiebe den Hebel in die Parkposition und laufe mit dem Handy in der Hand Bens Auffahrt hinauf, ohne auf den Schmerz in Knöchel und Schienbein zu achten. Ben muss mich kommen gehört haben, denn die Außenbeleuchtung geht an, und er reißt die Tür auf.

Er trägt ein graues T-Shirt und eine karierte Pyjamahose, und seine Augen sind schreckgeweitet.

»Ist mit Quinn alles okay?«, frage ich mit schriller Stimme.

»Sie ist unversehrt. Aber ich muss Ihnen etwas zeigen.«

Ich zittere so stark, dass ich mich an der Wand neben dem Eingang abstützen muss.

Bens Blick sucht die Straße hinter mir ab. »Ist Ihnen jemand gefolgt?«

»Ich glaube nicht.«

Er nickt, bittet mich mit einer Geste hinein und verriegelt die Tür hinter uns.

»Quinn schläft oben in meinem Zimmer. Setzen wir uns auf die Couch, damit ich Ihnen erklären kann, was passiert ist. Ich bin, ehrlich gesagt, im Moment ziemlich durcheinander.«

Als wir das Wohnzimmer betreten, fällt mir sofort auf, wie trist es hier aussieht. Wandfarbe, Holzboden, selbst Couchtisch und das TV-Möbel – alles ist in Braunbeige gehalten. Der Raum ist tadellos sauber und aufgeräumt, wirkt jedoch eintönig, und es fehlt jegliche persönliche Note. Der einzige Farbtupfer ist die rosafarbene Wiege vor dem Erkerfenster.

Ich setze mich, und er tut es mir nach. Dann nimmt er sein Handy vom Couchtisch und hält es mir hin. »Jemand hat mir das hier mit Guerilla-Mail geschickt.« Mit einer fahrigen Bewegung schiebt er sich das Haar aus der Stirn. »Solche E-Mails lassen sich nicht zurückverfolgen.«

Es ist ein Foto, das in diesem Wohnzimmer gemacht worden ist. In der Wiege unter dem Erkerfenster liegt ein Baby mit dem Gesicht nach unten. Ich schnappe nach Luft und springe auf. Mit wenigen Schritten bin ich bei der Wiege und blicke hinein. Eine Puppe.

Erschüttert fahre ich zu Ben herum. »Mein Gott, das ist ja furchtbar. Was …? Ich … Ich verstehe das nicht.«

Er blickt in Richtung Küche, dann wieder zu mir. Die

Furcht in seinen Augen wirkt echt. »Ich glaube, jemand hat eingebrochen, als Quinn und ich oben schliefen. Ich bin wach geworden, als mein Handy sich meldete, und habe dieses furchtbare Foto gesehen. Ich kam runter, fand die Puppe und rief Sie sofort an. Und kurz bevor Sie hier ankamen, entdeckte ich, dass die Hintertür offen war. Herrgott.«

»Können Sie Quinn holen? Bitte! Ich muss mich vergewissern, dass es ihr gut geht.«

Ben läuft die Treppe hinauf. Ich hole die Puppe aus der Wiege und lasse sie auf den Couchtisch fallen. Langsam setzte ich mich wieder. Mir ist kalt.

Ben kehrt mit der schlafenden Quinn zurück, und als er sich niederlässt, kann ich nicht anders. Ich strecke den Arm aus und streichle über ihr unfassbar weiches Haar. Ein kleiner nervöser Laut entwischt mir.

»Könnte ich vielleicht ein Glas Wasser haben? Das … Das alles ist ziemlich viel für eine Nacht. «

Er seufzt, steht auf, geht durch die Fenstertüren, die Wohnzimmer und Esszimmer trennen, und verschwindet im hinteren Teil des Hauses, wo ich die Küche vermute.

Ich nutze die Gelegenheit, um den braunen Umschlag aus meiner Tasche zu holen. Ich ziehe das Adoptionsformular hervor und blättere erneut zur letzten Seite.

Finger weg von Quinn. Du kannst sie nicht beschützen.

Ben muss diese Nachricht sehen, um zu begreifen, dass jemand mit mir seine Spielchen treibt.

Er kehrt mit einem großen Glas Wasser zurück, in das er sogar zwei Eiswürfel getan hat. Er gibt es mir, setzt sich, legt ein Bein auf sein Knie und rückt die noch immer schlafende Quinn in seinen großen Armen zurecht.

Ich reiche ihm die Papiere. »Das wurde vorhin unter meiner Tür durchgeschoben. Kurz bevor Sie mich angerufen haben.«

Er nimmt die Unterlagen und neigt den Kopf. Seine Haare fallen ihm ins Gesicht, sodass ich seine Miene nicht sehen kann.

Ich warte nicht, bis er zu Ende gelesen hat. »Ich muss unbedingt herausfinden, wer bei mir war und weiß, wo ich wohne. Denn ich habe das Gefühl, dass dieser Jemand uns eine Falle zu stellen versucht.« Seine Brust hebt und senkt sich, und am liebsten würde ich ihn berühren und ihm versichern, dass ich ein aufrichtiger Mensch bin und nichts Böses im Schilde führt. »Ben, man hat bei mir eingebrochen und nur dieses Formular entwendet.«

Ben blickt verständnislos auf die Papiere herab.

»Nach Ryans Tod hatte ich eine Weile den Wunsch, ein Kind zu adoptieren. Aber dann ist auch mein Vater gestorben, der sich als Einziger für mich ausgesprochen hätte, und irgendwie dachte ich wohl, dass ich als Mutter doch nicht geeignet wäre, also habe ich mich letztlich nicht beworben.«

Eigentlich müsste es mir peinlich sein, es laut auszusprechen, weil es etwas Pathetisches hat, doch mir ist, als fiele eine Last von mir ab, die mir nicht bewusst gewesen ist. »Blättern Sie zur letzten Seite.«

Er tut es, dann richtet er den Blick seiner äußerst blauen Augen auf mich. Er ist blass geworden. »*Du kannst kein Baby beschützen.* Das klingt sehr stark nach den Briefen, die Donna Nicole jahrelang geschickt hatte. ›Du solltest sie beschützen.‹« Er lässt das Formular auf die Couch fallen, legt sich Quinn in den Schoß und stützt den Kopf in die Hände. »Das ist doch verrückt.« Angestrengt reibt er sich die Stirn. »Ich verstehe nur nicht, welche Rolle Sie in dieser ganzen Sache spielen, Morgan.«

»Ich wünschte, ich könnte das beantworten«, sage ich. »Vielleicht will jemand Zweifel zwischen uns säen. Aber mir geht es nur um Quinns Sicherheit, bitte glauben Sie mir.«

Er blickt mich mit müden Augen an. »Mir auch.«

Ich beschließe, ihm noch mehr zu erzählen. »Meine Anwältin hat mir ein Video geschickt, das jemand auf dem Bahnsteig aufgenommen hat, als Nicole …«

Bens Gesicht wird noch eine Spur blasser. »Nicoles Tod ist auf Video?«

Zu spät begreife ich, wie schrecklich das Wissen für ihn sein muss. »Es wurde aus dem Netz genommen. Es tut mir leid. Ich wollte nicht …«

»Ich will's nicht sehen. Ganz sicher nicht.«

Ich will es ihm auch nicht zeigen. Er könnte sehen, was Martinez zu sehen glaubt – dass nämlich ich Nicole gestoßen haben könnte.

»Ich glaube zwar nicht, dass sie auch auf dem Bahnsteig war, aber Gregs Assistentin hat rote Haare und fährt einen dunkelblauen Prius.«

Er runzelt die Stirn und blickt auf Quinn herab. »Gregs Assistentin? Was hat sie denn damit zu tun?«

Ich erzähle ihm, dass ich mit Greg bei seiner Arbeitsstelle sprechen wollte und Melissa Jenkins draußen in dem Prius zur Rede gestellt habe. Ich ziehe die Leggings hoch und zeige ihm die Schramme auf meinem Schienbein.

»Wollen Sie damit sagen, dass Gregs Assistentin versucht hat, uns zu überfahren, Sie verfolgt und bei mir eingebrochen hat, um mir diese gruselige Puppe in die Wiege zu legen?« Sein Tonfall ist ungläubig, als klinge die Vorstellung grotesk, und das tut es ja auch, aber schließlich haben wir nur diese Hinweise, um sie zu einem Gesamtbild zusammenzusetzen.

»Vielleicht spielt jemand mit uns, wie er mit Nicole gespielt hat.«

»Aber wieso?« Er streicht Quinn über das Köpfchen. »Hören Sie, es ist spät, und ich muss schlafen, wenn ich morgen funktionieren will. Ich kann sowieso nicht mehr klar denken. Ich bin es gewöhnt, die Nächte durchzuarbeiten, aber die vergangenen zwei Tage waren – anstrengend. Und ehrlich gesagt, will ich mich jetzt nicht mit der Polizei auseinandersetzen. Es ist ja nicht so, als würde Martinez Anstalten machen, uns zu schützen. Wenn ich das richtig sehe, versucht sie im Augenblick uns beide gegeneinander auszuspielen.«

»Das stimmt.« Mir kommt der Gedanke, dass Martinez vielleicht auch Ben als Verdächtigen betrachtet, spreche ihn jedoch nicht aus. Wir haben eine gewisse Einigkeit erreicht, und die will ich nicht zerstören.

220

»Also rufe ich Martinez morgen früh als Erstes an und erzähle ihr, was geschehen ist. Es dürfte zwar nicht gut sein, wenn sie Sie hier vorfindet, aber mir wäre es dennoch lieber, wenn Sie nicht mehr nach Hause fahren. Vielleicht hat man Sie ja erneut verfolgt und wartet jetzt draußen auf Sie. Sie können hier schlafen, wenn sie wollen.« Er wird rot.

Und ich ebenfalls. Auch ich will jetzt nicht zu mir nach Hause fahren, denn sicher fühle ich mich dort nicht. Aber was wäre denn, wenn Martinez mir morgen früh hier begegnet? Dann kommt mir der Gedanke, dass die Person, die Ben das Foto geschickt hat, vielleicht genau das bewirken wollte – dass die Polizei mich bei ihm erwischt. Aber wie Ben schon sagte: Es ist genauso möglich, dass jemand mir draußen auflauert. Als mich plötzlich bleierne Müdigkeit überkommt, treffe ich eine Entscheidung. Ich kann nur hoffen, dass ich sie nicht bereue. »Ich würde gerne bleiben. Ich verschwinde, sobald ich aufwache.«

Er nickt, geht hinaus und kehrt mit Kissen und Decke wieder. »Ist das okay?«

»Wunderbar, danke.«

Er wirft das Bettzeug auf die Couch und schenkt mir ein zögerndes Lächeln. »Eine völlig verrückte Situation. Ich schließe alle Türen und Fenster ab und stelle die Alarmanlage ein. Versuchen Sie, ein bisschen zu schlafen.«

»Sie auch«, sage ich und warte, bis er mit Quinn nach oben verschwunden ist. Erst dann lasse ich mich auf die Couch fallen und ziehe die Decke bis unters Kinn. Wenig später bin ich schon eingeschlafen.

Als ich die Augen aufschlage, weiß ich im ersten Moment nicht, wo ich bin. Ich blicke mich in dem braunbeigen Wohnzimmer um und erinnere mich. Bens Haus. Der Umschlag, der unter meiner Tür durchgeschoben wurde. Die E-Mail an Ben. Die Puppe.

Ich setze mich auf und reibe mir den Schlaf aus den Augen. Mein Mund fühlt sich pelzig an, aber natürlich habe ich keine Zahnbürste dabei. Aus der Küche dringt das Klappern von Tellern und Quinns Brabbeln. Kaffeeduft zieht durch den Flur. Mein Magen beginnt zu knurren.

Ich falte die Decke ordentlich und lege sie über eine Armlehne, dann husche ich in die Gästetoilette, die ich neben dem Eingang entdecke. Ich pinkele, wasche mir mein Gesicht mit kaltem Wasser, fasse meine Haare am Hinterkopf zu einem Pferdeschwanz zusammen und greife gerade nach der Klinke, als es an Bens Eingangstür klopft.

Ich erstarre.

Lautlos drücke ich die Tür einen winzigen Spalt auf und beobachte, wie Ben mit Quinn auf dem Arm öffnet und einen Mann hereinlässt.

Greg Markham.

»Ich würde meine Tochter jetzt gerne zurückhaben«, sagt er.

Und hilflos muss ich zusehen, wie Quinns Vater Ben das Kind aus den Armen nimmt.

24. KAPITEL

NICOLE

Offenbar zufrieden mit Nicoles Versprechen, am siebten August an ihren Schreibtisch bei Breathe zurückzukehren, verabschiedete Tessa sich und bot an, später mit etwas zu essen zurückzukehren. Nachdem Nicole Quinns Windel gewechselt hatte, erhaschte sie im Foyer einen Blick auf ihr Spiegelbild. Ihr Bauch hing schlaff herab, und auf ihren Wangen hatten sich rote Pickelchen ausgebreitet; sie konnte ihren Anblick kaum ertragen.

Als sie damals Amandas kalten kleinen Körper im Arm gehalten hatte, hatte Nicole auch sterben wollen. Doch die entsetzliche Angst dieser allerersten Panikattacke, das Gefühl, keine Luft mehr zu bekommen, hatte ihr deutlich gemacht, wie sehr sie tatsächlich am Leben hing.

Nun lebte sie für Quinn. Doch mit einer überforderten, paranoiden Mutter eingesperrt in einem Haus zu sein, das eher einem Verlies glich, war kein Leben für ihre Tochter. Sie hatte eine Woche Zeit, zu Breathe zurückzukehren. Etwas musste geschehen.

Nicole hob Quinn in die Trage, ging ins Wohnzimmer und nahm ihr Notebook vom Couchtisch. Sie stellte es auf

den großen Mahagoni-Esstisch, der fast gänzlich mit Spuck-
tüchern und benutzten Taschentüchern bedeckt war, ließ
sich auf einem der weich gepolsterten Ebenholzstühle nieder, klappte den Rechner auf und fuhr ihn hoch. Sie konnte
nur beten, dass Google einmal mehr die Antwort auf alles
hatte.

Zuerst suchte sie nach den Symptomen einer postnatalen Depression, auch Wochenbettdepression genannt: ex-
treme Reizbarkeit, häufiges Weinen, Ängste, übermäßige
Sorge um das Kind, Hoffnungslosigkeit, Schuldgefühle. Ja,
das alles traf unbedingt auf sie zu. Vielleicht hatte Tessa ja
recht. Vielleicht gab es Abhilfe für ihren Zustand.

Als sie Quinn einen Blick zuwarf, lächelte ihre Tochter
sie an. »Mommy bringt das wieder in Ordnung, Schätzchen.
Wir schaffen das schon.« Quinn stopfte ihr Fäustchen in den
Mund, ohne ihre Mutter aus den Augen zu lassen.

Nicole klickte sich durch die PPD-Foren. Fast alle Frauen
beklagten, dass sie keine Nähe zu ihrem Baby aufbauen
konnten, und wie schwer es war, einen Moment für sich
selbst zu ergattern. Doch das waren Erfahrungen, die Nicole
nicht nachvollziehen konnte. Sie wollte Quinn ständig bei
sich haben, und sie fühlte sich mit ihr verbunden wie mit
niemandem sonst auf dieser Welt.

Als Nächstes gab sie »Paranoia« in die Suchmaske ein.
Der erste Link, der aufpoppte, gehörte zu einer anderen Art
der postnatalen Krisen – die Psychose. Konnte es das sein?
Mit zitternder Hand scrollte sie durch die Symptome. Ja, das
war durchaus denkbar, aber wenn dem so war, dann war
es schlimm. Sie konnte doch niemandem sagen, dass sie

psychisch krank war. Man würde ihr sofort Quinn abnehmen. Sie würde nie mehr zu Breathe zurückkehren. Sie
würde alles verlieren.

Sie legte einen Finger auf die Powertaste, doch ehe sie
drückte, entdeckte sie plötzlich einen Link zu *Maybe Mommy*,
einer Community von Frauen, die Kinder wollten, aber aus
verschiedenen Gründen keine haben konnten. Nicole wurde
die Kehle eng. Wie grausam, sich etwas sehnlichst zu wünschen und es doch nie zu bekommen! Geistesabwesend
streichelte sie Quinns weiches Haar, während sie las.

*Ich habe drei Fehlgeburten hinter mir. Noch einmal ertrage ich
einen solchen Verlust nicht.*

*Seit sieben Jahren versuche ich, ein Baby zu bekommen. Nach vier
gescheiterten Versuchen mit künstlicher Befruchtung gebe ich
jetzt auf.*

*Leute, bitte, bitte, drückt mir alle Daumen. Ich bin wieder auf
Clomifen, um mich für die zweite Runde IVF an den Start zu
bringen!*

Nicole war erschüttert. Für sie war es so leicht gewesen,
schwanger zu werden. Sie hatte es nicht einmal darauf an-
legen müssen. Auf *Maybe Mommy* beschrieben Hunderte
von Posts die Misere eines unerfüllten Kinderwunsches,
doch einer sprach Nicole besonders an. Er stammte von
einer Frau, die sich »Chicago Tristesse« nannte.

Ich bin gerade dreiundvierzig geworden und noch immer nicht Mutter. Dabei könnte ich einem Kind alles bieten – Liebe, Wärme, Sicherheit. Lässt eine Adoptionsagentur auch alleinstehende Frauen zu? Gott, ich wünsche mir so sehr ein Baby. Aber welche Chance habe ich schon?

Eine Frau wie Chicago Tristesse hätte ein Baby verdient. Wen kümmerte es schon, ob sie alleinstehend war? Quinn hatte zwar beide Elternteile, aber der eine kümmerte sich nur um sich selbst, und der andere war nicht zurechnungsfähig. Tränen tropften auf die Tastatur, aber sie hätte nicht sagen können, ob sie mit der kinderlosen Frau oder vor allem mit sich selbst Mitleid hatte.

Sie scrollte zurück zu früheren Posts von Tristesse, die alle innerhalb derselben drei Tage vor etwa einem halben Jahr geschrieben worden waren und sich so aufrichtig, so nachvollziehbar lasen. Die Frau war verwitwet; ihr Mann hatte sich offenbar etwas zuschulden kommen lassen, und obwohl sie nicht auf Details einging, spürte man, dass sie sich für seine Taten mitverantwortlich fühlte und sich jetzt vor allem nur ein Kind wünschte, dem sie ihre ganze Liebe schenken konnte. Und das Beste: Sie lebte hier in Chicago wie Nicole.

Begeisterung – ein Gefühl, das sie beinahe vergessen hatte – strömte durch ihre kalten Knochen wie wunderbar warmes Wasser.

Sie entdeckte einen Icon, mit dem man den Forumsteilnehmern eine persönliche Nachricht schicken konnte.

Nicole klickte »Chicago Tristesse« an und begann zu tippen.

25. KAPITEL

MORGAN

Schockiert beobachte ich durch den Türspalt, wie Greg Quinn ungeschickt auf den Arm nimmt. Als das Baby zu schreien beginnt, zeichnet sich auf seinem Gesicht eine wilde Mischung verschiedener Gefühle ab – Bestürzung, Furcht und Resignation. Was ich jedoch nicht entdecken kann, ist Liebe. Und das bricht mir das Herz.

Ich trete aus der Gästetoilette. Prompt wenden sich beide Männer mir zu.

»Oh, tut mir leid«, sagt Greg. »Mir war nicht klar, dass noch jemand hier war. Ich wusste gar nicht, dass du – mit jemandem zusammen bist.«

»Bin ich auch nicht«, antwortet Ben.

»Aha. Wer sind Sie also?«, fragt Greg mit einem gewissen Vergnügen.

»Eine – eine Freundin. Morgan Kincaid.« Ich strecke ihm die Hand entgegen.

Mit Quinn auf dem Arm gelingt es ihm nicht, meine Hand zu schütteln – als hätte er grundsätzlich keine Ahnung, wie man ein Baby hält. Allerdings bin ich mir nicht sicher, ob er meine Hand überhaupt noch ergreifen will, denn ich kann seiner Miene ansehen, dass ihm nun dämmert, wer ich bin.

»Morgan Kincaid?«, fragt er. »Moment mal … Sie waren mit meiner Frau am Bahnsteig, richtig? Sie haben ihr das Kind abgenommen.«

»Ich kannte Ihre Frau nicht. Ich kann Ihnen auch nicht sagen, wie sie auf mich gekommen ist.«

»Ach nein? Detective Martinez hat mir alles über Sie erzählt«, fährt er mich wütend an. »Über den Betrug, bei dem Sie und Ihr Mann im großen Stil Gelder veruntreut haben. Haben Sie meine Frau manipuliert, um an ihr Geld zu kommen?«

Und wie bei einem Lego-Bausatz setzen sich die einzelnen Teile plötzlich zu einem Ganzen zusammen. Hat Martinez nicht extra darauf hingewiesen, dass die Person, die als Vormund eingesetzt wird, auch Zugriff auf Quinns Vermögen hat? Ganz offenbar wollte Nicole es weder Greg noch Ben anvertrauen.

Ich bleibe stumm. Greg wendet sich mit ruhigerer Stimme erneut an Ben. »Dank dir noch mal, dass du auf Quinn aufgepasst hast. Du kannst dir ja vorstellen, dass ich am Boden zerstört war. Ich kann noch immer nicht fassen, dass Nicole nicht mehr am Leben ist.«

Dunkle Ringe liegen unter seinen Augen, und ein Bartschatten überzieht seine Kiefer. Vielleicht täusche ich mich gründlich. Vielleicht trauert er aufrichtig.

Ben scheint zu einem ähnlichen Schluss zu kommen. »Es tut mir so leid, Greg. Mit Nicole, meine ich.«

»Mir auch.« Gregs Stimme bricht.

Einen Moment lang herrscht unbehagliches Schweigen. Die beiden Männer benehmen sich, als würden sie sich kaum kennen.

Schließlich streckt Ben die Hand aus und legt sie leicht auf Quinns Rücken. »Ich hab mich so gut wie möglich um sie gekümmert.«

Greg nickt. Er hält Quinn inzwischen ein Stück von sich weg, als wolle er zu engen Kontakt vermeiden. Merkt er nicht, dass sie eingeschlafen ist?

»Ich weiß nicht, wie viel du von Nicole mitbekommen hast, bevor sie …« Er blickt hinab auf seine Hand, die kein Ehering schmückt. »Nachdem Quinn auf der Welt war, hat sie sich so drastisch verändert, dass ich sie nicht mehr wiedererkannt habe. Ich wollte eine Haushaltshilfe einstellen, aber sie ließ es nicht zu, und irgendwann war ihre Paranoia nicht mehr zu ertragen. Doch sie lehnte jegliche Hilfe ab. Ich konnte nicht länger tatenlos zusehen, wie sie vor die Hunde ging – ich musste gehen. Aber ich habe sie geliebt; ich hätte nie gewollt, dass es ihr schlecht geht.«

Gregs Lippen erschlaffen, als würde die Reue ihn niederdrücken. Früher, als Therapeutin, rühmte ich mich, sehr gut zwischen den Zeilen lesen zu können. Doch jetzt habe ich absolut keine Ahnung, was echt ist und was nicht. Ich weiß allerdings, dass das hier ein Moment ist, den ich nutzen muss.

»Haben Sie Ihrer Assistentin aufgetragen, mich zu beschatten?«, frage ich ohne Umschweife. »Sie fährt einen Prius. Jemand hat versucht, uns umzubringen, wussten Sie das?«

Zu meiner Überraschung fängt Greg an zu lachen. »Wieso

sollte ich Melissa mit so etwas beauftragen? Sie hat mir übrigens erzählt, dass *Sie* sie bedroht haben. Und was machen Sie eigentlich in aller Herrgottsfrühe bei Nicoles Bruder, wenn Sie doch angeblich mit uns und der ganzen Geschichte nichts zu tun haben? Wer sind Sie wirklich? Wir kennen Sie ja nicht einmal.«

Ben verschränkt die Arme vor der Brust. »Hör zu, Greg, tatsächlich glaube ich nicht, dass Morgan etwas damit zu tun hatte. Irgendjemand ist hinter uns her, und es passieren merkwürdige Dinge. Ich liebe Quinn. Ich will nicht, dass ihr etwas passiert.«

Überrascht werfe ich ihm einen Blick zu. Ob er weiß, wie viel es mir bedeutet, dass er mich Greg gegenüber in Schutz nimmt?

Gregs Gesicht rötet sich. »Sag mal, bist du blind?« Er deutet mit dem Kinn auf mich. »Noch mal: Was macht diese Frau hier? Am besten konzentrierst du dich darauf. Quinn ist nicht in Gefahr. Dafür sorge ich schon.«

Ben lässt sich nicht aus dem Konzept bringen. »Wir denken, dass Nicole sich in Gefahr wähnte. Hat sie dir gegenüber je eine Donna oder Amanda Taylor erwähnt?«

Greg schüttelt den Kopf. »Noch nie von gehört. Wer soll das sein?« Er fährt fort, als spiele es keine Rolle. »Ich kannte Nicole nur als ehrgeizige, energiegeladene Frau. Aber nach Quinns Geburt war nichts mehr davon zu spüren.«

»Und du hast sie einfach allein gelassen? Eine verzweifelte Mutter, die nicht weiterwusste, und ein Neugeborenes – dein eigenes Kind?«

»Ausgerechnet du fragst mich das? Wo bist *du* denn ihr

230

ganzes Leben über gewesen, hm?« Ben sieht aus, als habe man ihm einen Hieb in die Eingeweide versetzt, doch Greg spricht unbeirrt weiter. »Wir werden uns wohl mit der Tatsache abfinden müssen, dass Nicole vor den Zug gesprungen ist. Sie war offenbar schwer depressiv. Aber wieso du dich ausgerechnet mit einer Fremden anfreundest, die zufällig zur selben Zeit auf demselben Bahnsteig war, ist mir ein Rätsel. Was macht sie hier? In deinem Haus, während du dich um meine Tochter kümmerst? Was will sie wirklich?«

Heißer Zorn kocht in mir hoch, doch um Quinns willen ringe ich ihn nieder. »Mr. Markham, irgendwas stimmt hier nicht, es passieren merkwürdige Dinge.« Ich mustere ihn genau. »Quinn ist in Gefahr. Und vielleicht sind Sie es auch.«

Greg richtet sich kerzengerade auf. »Wollen Sie mir drohen?«

»Unsinn!«, fauche ich ihn an. »Ich will Ihnen nur klarmachen, dass jemand versucht, mir und Ben und offenbar auch Quinn etwas anzutun.«

Mit einem Mal wacht Quinn auf und beginnt zu schreien. Sie verschluckt sich, hustet, schreit noch lauter und zappelt und windet sich im Arm ihres Vaters. Ungeschickt versucht Greg, sie festzuhalten. Es ist deutlich zu erkennen, dass er keine Ahnung hat, wie er mit dem Kind umgehen soll, und ich kann es kaum ertragen.

»Ich will diese Frau nie wieder in Quinns Nähe wissen. Ich bin ihr Vater und werde mich um sie kümmern. Ich habe ein Haus auf der North Astor Street gemietet, dort sind wir ab jetzt zu finden.«

Ben steigt das Blut in die Wangen, doch er sagt nichts. Und auch ich verkneife mir jegliche Bemerkung; wenn ich jetzt den Mund aufmache, hilft das keinem.

Ich werfe einen letzten Blick auf Quinn und versuche, mir das seidige Haar, die blauen Augen und die glatten, weichen Wangen einzuprägen.

Greg öffnet die Tür, und Ben verabschiedet ihn. Ich trete an das große Erkerfenster und schaue von dort aus zu, wie Greg Quinn in einen roten BMW legt.

Und dann bemerke ich sie. Ihr rotes Haar.

Auf der Beifahrerseite sitzt Melissa Jenkins.

26. KAPITEL

NICOLE

Mutterseelenallein: Was du durchgemacht hast, klingt schrecklich. Es tut mir so leid für dich.

Nicole klickte auf »Senden«.
Es dauerte nur zwei Minuten, bis es »Ping« machte.
Neue Nachricht.
Freudige Überraschung mischte sich mit einer unbestimmten Furcht. Mit zitternden Fingern klickte sie auf die Nachricht.

Chicago Tristesse: Danke. Am liebsten würde ich die Vergangenheit ausradieren. Kennst du das Gefühl?

Nicole stockte der Atem. Ob sie das Gefühl kannte? Seit Amandas Tod wünschte sie sich nichts mehr als das.

Mutterseelenallein: Kann man wohl sagen. Ich

Nicole brach ab. Wie viel sollte sie dieser Fremden verraten?

Sie löschte die Wörter und begann von Neuem.

Es ist furchtbar, wenn das Umfeld einem die Schuld an etwas gibt, das man nicht zu verantworten hat. Was ist mit deinem Mann passiert? Und mein aufrichtiges Beileid übrigens.

Chicago Tristesse: Ich spreche nicht gerne darüber. Ich möchte lieber wieder nach vorne sehen. Neu anfangen. Wieder glücklich werden. Ein Kind würde meinem Leben einen Sinn geben.

Mutterseelenallein: Ich wünschte, ich könnte das auch so sehen. Aber ich kann mir gar nicht vorstellen, je wieder glücklich zu sein. Ich habe immer Angst. Und es gibt niemandem, mit dem ich wirklich darüber sprechen könnte – der mich versteht.

Chicago Tristesse: Ich bin hier, wenn du reden willst. Es ist schlimm, wenn man niemanden hat, mit dem man sich austauschen kann. Und wie es sich anfühlt, immer Angst zu haben, weiß ich nur zu gut, glaub mir.

Nicole brauchte einen Moment, um das intensive Gefühl in ihrer Brust einzuordnen. Es war Erleichterung – jene Entlastung, die man verspürt, wenn man sich auf Anhieb mit einer anderen Person verbunden fühlt. Schon jetzt half diese namenlose Frau aus Chicago ihr dabei, sich wieder etwas wie sie selbst zu fühlen. Nein, sie hatte keine Psychose. Sie brauchte nur ein wenig Verständnis.

In diesem Moment klopfte es an der Tür. Gleichzeitig meldete ihr Telefon eine eingehende Nachricht von Tessa.

Ich bin wieder da.

Mist. Nicole konnte ihr schlecht erklären, dass sie sich mit einer Fremden schrieb, von der sie sich – zumindest im Augenblick – eher verstanden fühlte als von ihr. Sie wollte ihre Freundin nicht kränken. Rigoros klappte sie den Laptop zu und stand auf, um Tessa zu öffnen.

Tessa hatte zwei Tüten in den Händen und ein breites Grinsen im Gesicht. »Ich hab uns etwas zu essen mitgebracht. Und gute Neuigkeiten.« Sie betrachtete Nicole eingehender. »Du siehst besser aus. Du hast ein wenig Farbe im Gesicht.«

Nicole nickte, als Tessa eintrat und die Tür schloss. »Das Wissen, dass ich noch eine Woche länger Zeit habe, hat mir einiges an Druck genommen.« Sie folgte Tessa, die die Küche ansteuerte. Quinn, die noch immer in der Trage saß, streckte ihr Ärmchen aus und patschte Nicole ins Gesicht.

Tessa stellte die Tüten auf die Arbeitsfläche, schaltete den Wasserkocher an und lehnte sich an die Küchentheke. »Ich habe Lucinda auf deinen Urlaub angesprochen. Sie hält wenig davon, dass du erst am siebten August zurückkehren willst.«

Nicole spürte, wie Ärger in ihr aufstieg. Sah Tessa denn nicht, dass sie sich Mühe gab? Und zusätzlicher Druck nur kontraproduktiv war? »Danke, Tess. Ich rede morgen selbst mit ihr. Aber du meintest, es gäbe gute Neuigkeiten?«

Tessa stieß sich von der Küchentheke ab und streckte die Arme nach Quinn aus. Nicole reichte sie ihr, obwohl es ihr eigentlich nicht behagte. Ihre Tochter im Arm zu halten tröstete sie.

Tessa küsste Quinn auf die Nasenspitze. »Allerdings. Ich probiere gerade für eine postnatale Linie mit verschiedenen Ölen herum. Ich hätte natürlich sofort daran denken müssen, aber da du nicht da bist, hatte ich ziemlich viel zu tun.«

Nicole stieg vor Scham das Blut in die Wangen. Ihr momentanes Unvermögen, Leistung zu erbringen, schadete allen.

»Ich mache dir keine Vorwürfe«, sagte Tessa hastig. »Du musst dich um dich selbst kümmern, damit du Quinn gut versorgen kannst. Jedenfalls können Lavendel, Jasmin, Ylang-Ylang, Sandelholz, Bergamotte und Rosenduft Symptome einer Wochenbettdepression lindern. Diese Stimmungsbeeinträchtigungen kommen viel häufiger vor, als man denkt, und ich glaube, dass es sich gut verkaufen würde. Lucinda war jedenfalls begeistert von der Idee. Und dann ist mir etwas eingefallen.«

Wenn es doch nur so einfach wäre! Ein simples Öl, und alle Probleme sind gelöst. Aber nun, da sie Chicago Tristesse gefunden hatte, gab es wenigstens jemanden, mit dem sie reden konnte. Nicole musste sich nur wieder an den Computer setzen, dann würde es ihr bestimmt bald wieder gut genug gehen, um zu Breathe zurückzukehren. Dazu musste Tessa allerdings erst einmal wieder gehen.

»Nicki, hörst du mir zu? Das hier ist wichtig.«

Sie zwang sich, sich auf ihre Freundin zu konzentrieren. Tessa hatte schon so viel für sie getan; es war nicht fair, sie wie die zweite Wahl zu behandeln. »Klar. Entschuldige.«

Tessa drehte Quinn auf ihrem Arm, sodass sie ihrer Mutter zugewandt war. »Hör zu. Wenn dein Arzt dir offiziell eine psychische Erkrankung diagnostiziert, wird alles gut. Du kannst dich vorübergehend krankschreiben lassen, ohne dass die Geschäftsführung eine Handhabe hat. Man kann dich vertreten lassen, nicht aber aus dem Vorstand entfernen. Und wenn publik wird, dass du eine psychische Störung nicht nur mit Medikamenten, sondern auch mit Yoga und Aromatherapie bekämpfst, dann kann das für Breathe großartige Publicity bedeuten.«

Sie sollte sich eine psychische Krankheit diagnostizieren lassen? War Tessa verrückt geworden? Sie musste sich doch darüber im Klaren sein, dass man ihr unter Umständen das Sorgerecht für Quinn entzog. Nein, ihr ging es gut. Sie würde es auf ihre Art machen. Ja, sie war momentan seelisch ein wenig labil, aber dafür gab es einen guten Grund: Schließlich wollte jemand Quinn etwas antun.

Sie nahm Tessa ihre Tochter ab. »Ich lasse mich nicht krankschreiben, und ich gehe auch nicht zum Arzt. Ich will einfach nur ein paar Tage mehr Zeit. Ich habe für Breathe immer alles gegeben – jetzt können sie mir ruhig einen kurzen Urlaub gönnen.«

»Nicole, für Depressionen muss man sich nicht schämen. Das sagen wir unseren Followern ständig, und das ist doch genau das, wofür Breathe steht: zu akzeptieren, wenn man Hilfe braucht, und wieder zu sich selbst zu finden. Wovor hast du denn solche Angst?«

Wenn ich es dir bloß sagen könnte, dachte sie. Aber sie wusste, dass man ihr nicht glauben würde.

»Zum Beispiel vor Greg«, antwortete sie deshalb, und das war nicht einmal gelogen. »Ich habe Angst, dass Greg mir Quinn wegnimmt, wenn bei mir eine postnatale Depression diagnostiziert wird.«

Tessa zog eine Braue hoch. »Er hat sich seit Wochen nicht einmal die Mühe gemacht, Quinn zu besuchen.« Der Wasserkessel pfiff, und Tessa goss Wasser in zwei Becher mit Eukalyptus. »Pass auf, ich will dich zu nichts drängen, was dir nicht behagt. Ich mache mir einfach nur Sorgen um dich, Nicki – du bist mir wichtig.«

Sofort bekam Nicole Gewissensbisse. »Ich brauche einfach nur ein bisschen Zeit, um wieder zu mir zu kommen, okay? Es wird besser, versprochen.«

Tessa brachte ihr den Becher. Nicole nippte halbherzig daran und fuhr zurück. Fast hätte sie sich verbrüht. Der Tee war noch kochend heiß.

»Du musst unbedingt mit Lucinda sprechen«, sagte Tessa ohne Überleitung.

»Mach ich«, antwortete sie. »Morgen.«

Tessa hob ihre Tasse an die Lippen, trank einen Schluck und schenkte Nicole ein mildes Lächeln.

Doch statt in den nächsten Tagen Lucinda oder Tessa anzurufen, schrieb Nicole Nachrichten an Tristesse. Neben dem täglichen Baden von Quinn, die Wasser liebte, und dem gemeinsamen Kuscheln, wenn sie ihre Tochter in den Schlaf wiegte, war Chicago Tristesse das Highlight ihres Tages.

Sie erzählten sich gegenseitig von ihren Verlusten und Schuldgefühlen aus der Vergangenheit und freundeten sich darüber an. Nicole erzählte nichts von Donna und Amanda, weil sie es nicht über sich brachte, ihre Namen auszu-

238

schreiben, aber sie sprachen über ihre Eltern. Tristesses Vater war erst kürzlich verstorben, und ihre Mutter und sie hatten sich entfremdet. Nicole wollte nicht darüber reden, wie ihre Eltern gestorben waren, konnte aber Tristesses Schmerz nur allzu gut nachempfinden. Ihre Gespräche wurden immer intensiver. Tristesses Mutter war Nicoles Vater in vielerlei Hinsicht ähnlich – ihr Erziehungsstil war geprägt gewesen von Vorverurteilungen, Schuldzuweisungen und einem eklatanten Mangel an Verständnis für die Persönlichkeit ihrer Kinder. Irgendwann gab Tristesse zu, dass ihr Mann ein Betrüger gewesen war, der viele Leute um ihr Geld gebracht und schließlich Selbstmord begangen hatte. Nicole empfand tiefes Mitgefühl für diese Frau. Sie arbeitete als Sozialarbeiterin in einer Einrichtung für misshandelte Frauen und deren Kinder und tat so vieles Gutes, und doch war sie allein.

Sie waren Freundinnen geworden. Echte Freundinnen, die sich in der virtuellen Realität begegnet waren. Sie akzeptierten einander vorurteilsfrei.

Chicago Tristesse: Du bist anscheinend die Einzige, mit der ich in letzter Zeit wirklich reden kann. Danke.

Mutterseelenallein: So geht es mir auch.

Doch Nicole wollte mehr. Mit Quinn im Tragetuch vor der Brust legte sie die Fingerspitzen unterm Kinn aneinander und schloss einen Moment lang die Augen. Dann tippte sie erneut.

Mutterseelenallein: Wie heißt du eigentlich wirklich?

Sie wartete auf die drei Punkte, die die Antwort von Tristesse ankündigten, aber sie blieben aus. Sie bewegte den Cursor über den Namen der Frau. Sie war offline.

»Bitte komm zurück«, flüsterte Nicole, ohne den Bildschirm aus den Augen zu lassen. Furcht breitete sich in ihr aus, während sie wartete. Doch Tristesse antwortete nicht.

Je länger Nicole vor dem Bildschirm saß, umso stärker sehnte sie sich nach der inneren Wärme, die sie dank dieser Frau verspürt hatte, sehnte sich nach ihrer Freundlichkeit, ihrem Verständnis. Sie musste sie in der wahren Welt ausfindig machen. Wollte sie kennenlernen. Von Angesicht zu Angesicht mit ihr reden.

Mit den wenigen Informationen, die Tristesse ihr gegeben hatte, recherchierte Nicole im Internet, gab verschiedene Begriffe ein, suchte in Zeitungsarchiven und verfolgte Links, die sie in die richtige Richtung führen mochten. Sie suchte nach Frauenhäusern in Chicago und versuchte es sogar in Adoptionsforen. Und als sie in die Suchmaske »Betrug, Unterschlagung, Ehefrau Sozialarbeiterin, Chicago, Selbstmord« eingab, fand sie etwas.

Hedgefonds-Manager Ryan Galloway begeht Selbstmord

Der Artikel umriss den Finanzbetrug des Mannes und seinen tragischen Tod ein halbes Jahr zuvor. Die Unterzeile lautete:

Er hinterlässt seine Frau, die Sozialarbeiterin Morgan Kincaid. Das Paar hatte keine Kinder.

War das »Tristesse«, mit der Nicole sich so innig verbunden fühlte?

Nun erinnerte sie sich auch wieder an den Fall. Ein ehemaliges Vorstandsmitglied von Breathe hatte seine Anteile in Ryan Galloways Hedgefonds investiert und alles verloren. Sie gab »Morgan Kincaid, Sozialarbeiterin« ein, aber es gab keine Treffer. Sie scrollte weiter und weiter, bis sie auf eine hässliche Schlagzeile stieß.

Statt Gold-Coast-Villa: Mutmaßliche Betrugskomplizin Morgan Kincaid backt kleine Brötchen.

Dazu Fotos von einem heruntergekommenen Backsteingebäude und Morgan Kincaid, die mit gesenktem Kopf auf dem Weg ins Haus war. Sie hatte die Schultern nach vorne gezogen; der Rücken war rund, als wolle sie sich möglichst klein machen.

Morgan hatte wirklich alles verloren. Nicole verstand sie.

Quinn begann an ihrer Schulter zu nuckeln.

»Oh, Schätzchen, es tut mir leid. Du hast Hunger, nicht wahr? Ich gebe dir deine Milch, und dann bringen wir alles in Ordnung. Mommy macht, dass alles gut wird.«

Nicole verschüttete die Hälfte der Milch, ehe sich genug in der Flasche befand, um sie Quinn zu geben, die gierig trank.

Nicole schmiegte das Kind an ihre Brust. »Mommy hat dich so lieb.«

Eine barsche Stimme erklang in ihrem Kopf.

Dann hättest du sie nicht hungern lassen sollen.

Das war unverantwortlich.

Rabenmutter.

Sie presste die Hände an die Schläfen und schüttelte den Kopf, um die Stimme loszuwerden, doch es half nichts. Sie beschwor Morgans Chat-Nachrichten vor ihrem geistigen Auge herauf. Ein glücklicher Zufall. Kismet.

Nicole betrat die Vorratskammer und fügte der Wand, die inzwischen voller violetter Zettel war, neue Post-its hinzu.

Frauenhaus. Witwe. Morgan Kincaid. Hilfe.

Morgan Kincaid war Sozialarbeiterin. Sie hatte ihr angeboten, zuzuhören, wenn Nicole reden musste. Sie waren bereits auf einer innigen Ebene miteinander verbunden. Wenn Nicole mit ihr persönlich sprechen, wenn sie jemandem das Herz ausschütten konnte, der sie wirklich verstand, dann konnte sie auch ihr Herzchakra reinigen und endlich die Mutter sein, die ihre Tochter brauchte.

Quinn wäre in Sicherheit. Und Nicole endlich wieder frei.

27. KAPITEL

MORGAN

Ich kann nicht fassen, dass Quinn uns weggenommen wurde. Warum ausgerechnet jetzt? Was will Greg wirklich? Und kann ich Ben trauen? All diese Gedanken wirbeln durch mein Bewusstsein, während Ben sich schwer auf die Couch fallen lässt. Er wirkt erschöpft und niedergeschlagen.

Ich folge ihm und setze mich zögernd neben ihn. »Ben?«

Er wirft mir einen Seitenblick zu. »Das war's wohl. Ich habe keine Chance, Quinn zurückzuholen, und Sie werden es ganz sicher auch nicht können. Sie sind verdächtig, verdammt noch mal.« Er zieht sein Telefon aus der Tasche, und ehe ich fragen kann, wen er anrufen will, höre ich schon Martinez' heisere Stimme in der Leitung.

»Greg war eben hier und hat Quinn abgeholt. Haben Sie *ihn* eigentlich mal überprüft? Ich meine, seine Frau stirbt, aber er ist nicht erreichbar. Er bittet mich über seine Assistentin, Quinn zu nehmen, und dann kommt er ganz plötzlich vorbei, um seine Tochter doch zu holen?«

Die beiden tauschen sich in knappen Worten aus. Ich kann

nur wenig von dem verstehen, was sie sagt, aber dass sie über meine Anwesenheit nicht entzückt ist, ist eindeutig.

»Ich weiß, dass es sein Recht ist, seine Tochter zu holen. Nein … Sie verstehen nicht … Allerdings! … Sie wird bedroht und ich auch, und Sie scheinen das überhaupt nicht ernst zu nehmen. Man hat uns ein Foto geschickt …«

Ich höre Martinez reden, ohne einzelne Worte ausmachen zu können. Ben versucht, sie zu unterbrechen, schafft es aber nicht. Plötzlich legt er auf und lässt die Hand mit dem Handy sinken. Er ist aschfahl.

»Was ist los?«, frage ich alarmiert.

Er schleudert sein Telefon zu Boden. »Sie hat mich gerade beschuldigt, selbst in die Sache verwickelt zu sein. Es sei verdächtig, dass ich Sie in mein Haus lasse. Wahrscheinlich sei *ich* hinter dem Geld meiner Schwester her.«

Ich stehe auf. Mir fehlen die Worte. »Es … Es tut mir so leid.«

Er schaut zu mir auf. »Meine Schwester ist tot, und sie glaubt, ich will nur ihr Geld.«

Dass Martinez vorschnell Schlüsse zieht und verdächtigt, wer immer ihr gerade in den Kram passt, kommt mir bekannt vor.

»Ich weiß, wie Sie sich fühlen«, sage ich.

»Kann ich mir vorstellen.« Er fährt sich mit den Fingern durchs Haar. »Wissen Sie, was das Schlimmste an der Sache ist? Ich wollte ihr von dem Foto und der Nachricht an Sie erzählen, aber sie hörte einfach nicht zu. Als wollte sie es nicht wissen. Das ist doch nicht in Ordnung. Irgendetwas läuft hier absolut falsch.«

Ich blicke in meinen Schoß. Nichts davon überrascht mich. Es ist wie ein Déjà-vu, nur dass ich von außen zusehe, wie es einem anderen geschieht.

»Ben«, sage ich. »Melissa saß in Gregs Wagen. Und vielleicht steckt tatsächlich sie hinter all dem. Aber wir wissen es nicht, und ich begreife es auch nicht. Aber wir haben die Nachricht, diese Drohung, und sie verweist auf Donna. Wegen Melissa können wir nicht viel unternehmen – wir wissen ja nicht einmal, wo sie wohnt. Aber wir könnten uns mit Donna unterhalten. Persönlich. Und sie vielleicht aus der Reserve locken.«

»Ohne Martinez etwas davon zu sagen? Morgan …«

»Hören Sie, was haben wir denn schon zu verlieren? Quinn ist bei Greg. Ich bin definitiv verdächtig, und wie es aussieht, sind Sie es auch. Martinez steht nicht auf unserer Seite. Wenn wir nicht auf uns und Quinn aufpassen, wer dann?«

Ich suche die Adresse von Donnas Online-Versandhandel heraus, unter der sie auch wohnt, und Ben gibt die Daten in sein Navigationsgerät ein. Kenosha, Wisconsin, ist ungefähr eineinhalb Autostunden von hier entfernt, und wir machen uns auf den Weg.

Wir haben beschlossen, seinen Wagen zu nehmen; dadurch ist das Risiko, dass uns jemand folgt, etwas geringer. Dennoch blicken wir beide immer wieder in Rück- und Seitenspiegel, ob in einem Auto hinter uns vielleicht eine Rothaarige sitzt. Falls Donna tatsächlich hinter der ganzen Sache steckt, könnte es bald vorbei sein. Oder wir begeben uns in direkte Gefahr.

Während er sich auf die Straße und den Verkehr konzentriert, habe ich die Möglichkeit, ihn mir genauer anzusehen. Er ist eher drahtig als muskulös; als Junge war er wahrscheinlich die typische Bohnenstange. Ich weiß, dass er in Bezug auf Nicole viele Schuldgefühle mit sich herumschleppt, aber er spricht sie nicht an. Auch über Quinn reden wir nicht, doch ich bin sicher, dass er sich genauso um sie sorgt wie ich.

Er schaltet das Radio ein, und ich lasse mich von Coldplays »Yellow« tragen, bis er das Wort ergreift.

»Ich kann noch immer nicht fassen, dass Martinez wirklich glaubt, ich hätte meiner Schwester aus reiner Geldgier etwas antun können.«

Ich seufze. »Das ist das klassische Motiv. Ich weiß sozusagen aus erster Hand, wie gefährlich Geldgier sein kann. Wie weit manch einer zu gehen bereit ist.«

Zum ersten Mal seit langer Zeit entspanne ich mich ein wenig; zwischen uns hat sich eine angenehme Vertrautheit eingestellt. Er scheint genauso zu empfinden, denn plötzlich fragt er:

»Warum hast du Ryan geheiratet?«.

»Weil ich ihn geliebt habe«, antworte ich zu meiner eigenen Überraschung. »Eine einfache Erklärung für eine sehr komplexe Emotion.« Vor meinem geistigen Auge sehe ich Ryans spitzbübisch-schiefes Grinsen; damals hatte es mich wirklich schwer erwischt. »Mein Vater war selbständiger Installateur, meine Mutter Krankenschwester. Geplant war, dass sie in ein paar Jahren in den Ruhestand gehen würde. Meine Eltern konnten zwar mit der Rente meiner Mutter

246

rechnen, würden mit ihrem Geld aber gut haushalten müssen. Ryan war der Finanzberater unserer Bank. Er half ihnen, und er hörte mir zu. Er wickelte mich um den Finger, wie nur Soziopathen es können. Er fand alles, was mich betraf, faszinierend. Meinen Job als Sozialarbeiterin, meine Vorliebe für alberne Komödien. Ich half ihm, mit einer gemeinnützigen Stiftung seinen Hedgefonds ins Leben zu rufen. Ziemlich dumm von mir.«

»Oder einfach nur ein Zeichen, dass du ihm vertraut hast.«

»Was auf dasselbe hinausläuft.«

»Meinst du?«

Ich muss lächeln, und er lächelt zurück. Er sieht wirklich gut aus. Alleinstehend, keine Ex-Frau, keine Kinder. Keine Freundin, kein Freund. Er ist allein wie ich.

Ich lenke das Gespräch auf ihn. »Warum bist du Single?«

Er fährt auf die Interstate 90 nach Westen, die uns zur 94 Richtung Milwaukee bringen wird. Sein Blick ist auf die Straße gerichtet. »Ich bin die ganze Zeit im Krankenhaus. Für Privatleben bleibt einfach keine Zeit.«

»Willst du denn eine Familie?«

Er wirft mir einen Blick zu. »Willst du noch eine?«

»Eine Frage mit einer Gegenfrage kontern? Geschickt.« Ich zögere, beschließe dann jedoch, aufrichtig zu antworten. »Ja, ich will immer noch eine Familie.«

Es ist angenehm, mit Ben im Auto zu sitzen. Es gefällt mir, wie geduldig er andere Autofahrer vor sich einscheren lässt, ohne aggressiv oder auch nur ungeduldig zu werden.

An einer roten Ampel wendet er sich mir zu und hält

247

meinen Blick fest. »Versprichst du, dass du Nicole nichts angetan hast?«

Ich nicke. »Ich verspreche es. Versprichst du, mir nichts vorzuenthalten, was ich wissen müsste?«

»Wenn ich überhaupt etwas wüsste, wärst du die Erste, die es erfährt.«

Bens Worte klingen aufrichtig, als finge er an, sich auf mich zu verlassen. Und plötzlich wird mir bewusst, dass ich etwas für ihn empfinde, was ich jedoch nicht in Worte fassen kann. Aber was, wenn er nicht der ist, der er zu sein vorgibt? Wenn ich erneut in eine Falle tappe, werde ich mich bestimmt nie wieder davon erholen. *Bitte sei der gute Mensch, für den ich dich halte*, bete ich stumm.

Der Verkehrsfluss verlangsamt sich, dann stehen wir. »Immer wenn man denkt, dass man gerade gut vorankommt …«, brummt er. Dann wendet er sich erneut mir zu, und diesmal ist sein Blick ernst und ruhig. »Ich kenne dich nicht sehr gut, Morgan, aber anscheinend bist du ein ziemlich selbstloser Mensch, der sich um andere kümmert. Meine Mutter war auch so. Sie gab jedem das Gefühl, geborgen zu sein und geliebt zu werden. Du warst für Nicole da, als sie dich brauchte. Es hätte jeder sein können, aber ich bin froh, dass *du* dort warst.« Er grinst und sieht wieder nach vorne. »Ryan war ein Idiot.«

Ich lache, aber es schwingt ein wenig Trauer mit. »Ich leider auch. Ich frage mich noch immer, ob ich ihn hätte retten können, wenn ich auf mein Bauchgefühl gehört hätte.«

»Man kann niemanden retten, der nicht gerettet werden will.« Das dunkle Haar fällt ihm ins Gesicht, als er den Kopf schüttelt. »Vielleicht sollte ich das selbst beherzigen. Und, ja, ich habe mir immer vorgestellt, Frau und Kinder zu haben, aber meine Arbeit frisst wirklich all meine Zeit und Energie, und die letzten Frauen, mit denen ich zusammen war, hatten es irgendwann satt, mitten in der Nacht von meinem Pager geweckt zu werden.« Er wirft mir einen Blick zu. »Fehlt er dir?«

Ich ziehe die Nase kraus. »Schwer zu beantworten. Mir fehlt der Mann, in den ich mich ursprünglich verliebt habe. Der, der mich im Stich gelassen und verraten hat, dagegen nicht.« Plötzlich ist mir mein Geständnis peinlich. »Nicht zu fassen, dass ich dir das alles erzählt habe.«

»Ich bin auch überrascht, über was wir alles reden.« Er reibt sich seinen Bartschatten. »Dabei habe ich Frauen noch nie verstanden.«

Er wirft mir einen raschen Blick zu, dann blickt er wieder auf die Straße. Der kurze Stau hat sich aufgelöst, und wir kommen endlich wieder voran.

Ich falte die Hände im Schoß, weil ich nicht weiß, was ich damit machen soll. Ich würde ihn gerne berühren, aber das kann ich nicht. »Glaubst du, dass Greg sich um Quinn kümmert? Richtig, meine ich? Gibt er ihr genug zu trinken? Tröstet er sie, wenn sie weint? Sorgt er dafür, dass sie richtig schläft?«

Er umfasst das Lenkrad fester. »Er scheint mir nicht gerade der fürsorgliche Typ zu sein. Aber er ist ihr Vater, also wird er es wohl tun, oder?«

»Ich hoffe es sehr.« Ich stoße einen tiefen Seufzer aus. »Kannst du ihn vielleicht anrufen? Dich nach Quinn erkundigen?«

»Ja, sicher. Daran habe ich auch schon gedacht. Ich mache es, sobald wir da sind.« Er verzieht das Gesicht. »Was machen wir eigentlich, wenn wir Donna gefunden haben? Zur Rede stellen? Was, wenn sie gefährlich ist?«

»Ich habe Pfefferspray dabei.«

Er lacht laut auf, und der Knoten in meinen Eingeweiden lockert sich etwas. Ich schließe meine Augen, weil ich plötzlich nicht mehr denken will, nicht mehr denken kann. Ich bin so erschöpft vom Schlafmangel, von der Angst und der Anspannung der vergangenen Tage, dass ich einschlafe und erst wieder aufwache, als der Wagen bremst und ich nach vorne rucke. Ein paar Meter voraus ist durch ein Kiefernwäldchen ein kleines Haus mit weißer Aluverkleidung zu sehen.

»Sind wir da?« Ich blicke auf die Uhr am Armaturenbrett. Es ist kurz nach Mittag an einem Werktag; möglicherweise ist Donna gar nicht zu Hause. Und nun, da wir angekommen sind, bin ich gar nicht mehr sicher, dass ich ihr begegnen will. Ich habe Angst.

Ben nickt und legt die Hand an den Türgriff. »Jedenfalls bin ich froh, dass du dich ein bisschen ausruhen konntest.«

»Ich war furchtbar müde. Danke, dass du mich hast schlafen lassen.«

Seine Ohren werden rot. »Bist du so weit?«

Ich nicke und taste nach dem Pfefferspray in meiner Tasche. Nicht zum ersten Mal frage ich mich, wie mein Leben eine solche Entwicklung nehmen konnte. Ich umfasse die kleine Spraydose, und wir gehen die kiesbedeckte Auffahrt hinauf. Ein schwarzer Chevy Impala steht vor dem Haus, das aus der Nähe ziemlich heruntergekommen wirkt. Wenn mir etwas geschieht, würde Ben dann um Quinn kämpfen? Ja, ich glaube, das würde er.

»Wir schauen einfach, ob sie da ist, und reden mit ihr«, sagt er.

Ich gehe hinter Ben einen schmalen, gepflasterten Weg zu der Veranda hinauf, an der die graue Farbe abblättert. Mein Knöchel tut noch weh, aber ich hinke nicht mehr. Am Geländer hängen drei orangefarbene Pflanzkästen mit bunten Blumen, die dem ansonsten tristen kleinen Haus einen Hauch Fröhlichkeit verleihen. Der Himmel ist blau und klar, die Gegend idyllisch und friedlich, und doch jagt mein Herz in dumpfer Vorahnung.

Vor der Tür bleibt Ben stehen. »Klopfen wir?«

Ich hole tief Luft und nicke, obwohl ich innerlich vor Angst erstarrt bin. Sein Klopfen klingt laut in der Stille der Straße. Nichts geschieht. Er klopft wieder, und eine blecherne Stimme ruft: »Komme.«

Wir warten volle zwei Minuten. Als wir Schritte im Haus hören, sehen wir einander an, bis sich die Tür öffnet. Und da steht sie, in Fleisch und Blut – Donna. Abgemagert und blass. Wie eine Bedrohung sieht sie nicht aus. Auffällig ist jedoch ihr dickes, welliges, leuchtend rotes Haar, das im Augenblick ungepflegt und verfilzt aussieht. Ja, sie könnte die Frau im Prius sein. Aber ich kann mir diese zerbrechliche, ausgemergelte Frau einfach nicht als die Person vorstellen, die uns zu überfahren versucht hat.

Donnas Hand am Türrahmen zittert. Sie klappt den Mund auf, bringt jedoch keinen Ton hervor.

Ben rührt sich nicht. Ich mache einen behutsamen Schritt voran, um sie nicht zu erschrecken. »Ms. Taylor, ich bin Morgan Kincaid. An Ben werden Sie sich erinnern, auch wenn es schon eine Weile her ist.« Die beiden sehen einander an.

»Sie sind Nicoles Bruder. Sie kamen, um sie abzuholen, nachdem Amanda – gestorben war.«

»Ja«, sagt er und senkt den Blick.

»Ben und ich wollten Ihnen ein, zwei Fragen stellen, wenn Sie nichts dagegen haben.«

Sie erbebt, als würde ich ihr Angst einjagen. »Was wollen Sie?« Ihre Hand wandert zu ihrer erschlafften Kehle. »Sind Sie Reporterin?« Tränen treten in ihre Augen, als sie wieder zu Ben sieht.

Ehe ich noch ein Wort sagen kann, macht sie Anstalten, die Tür zu schließen, und rasch stelle ich einen Fuß auf die Schwelle. »Warten Sie bitte. Wir möchten nur mit Ihnen reden. Ein Kind ist in Gefahr.«

Es funktioniert. Der Druck auf der Tür lässt nach. Sie zögert einen Moment, dann öffnet sie die Tür wieder und bedeutet uns, einzutreten.

28. KAPITEL

NICOLE

Es war halb sieben Uhr morgens. Nicole war die ganze Nacht auf gewesen und hatte über Quinns Schlaf gewacht. Längst war sie aus dem Schlafzimmer ausgezogen. Es erinnerte sie an Greg, von dem sie geglaubt hatte, dass er sie über alles liebte und ein großartiger Vater sein würde. Wie sehr man sich doch täuschen konnte! Inzwischen schlief sie auf der Couch, Quinn immer höchstens eine Armeslänge von ihr entfernt.

Tessa war im Gästezimmer; sie hatte hier übernachtet. Sie hatte sofort begeistert zugesagt, als Nicole sie gebeten hatte, ein paar Stunden auf ihre Tochter aufzupassen, damit sie sich einen Tag Wellness gönnen konnte. Die Lüge war notwendig gewesen, damit Nicole das Haus ohne Quinn verlassen konnte, was für sie einen echten Wendepunkt bedeutete, das war ihr durchaus bewusst. Sie hatte Angst, aber sie stand enorm unter Druck. Sie musste Morgan Kincaid aufsuchen und persönlich mit ihr reden. Zwar hatte die Frau ihr nicht mehr zurückgeschrieben, aber sie hatte ihr Hilfe angeboten, und die brauchte Nicole dringend. Sie musste unbedingt mit jemandem reden, dem sie rückhaltlos vertrauen konnte. Der sie und das, was sie umtrieb, verstand.

Doch nun, da der Zeitpunkt näher rückte, rückten auch die üblichen Ängste näher. Sie konnte das Haus doch unmöglich ohne ihr Kind verlassen. Was hatte sie sich nur dabei gedacht? Was, wenn Donna kam, während Nicole nicht da war? Wenn Quinn zu atmen aufhörte und Tessa gerade nicht hinsah? Sie nahm ihre Tochter auf den Arm und drückte sie so fest, dass sie zu weinen begann.

»Warte, ich nehme sie«, sagte Tessa und betrat das Wohnzimmer. Ihr Einteiler von Breathe war mit Wasser gesprenkelt; sie spülte gerade Geschirr.

Es tat Nicole gut, Tessa hierzuhaben, aber es tat ihr auch unheimlich leid, dass Quinn in der Nacht oft geschrien und ihre Freundin geweckt hatte. Tessa sah erschöpft aus. War sie wirklich fit genug, um den ganzen Tag auf Quinn aufzupassen?

Zum Glück hatte sich die seltsame Missstimmung von Tessas letztem Besuch gelegt. Tessa erwähnte die Arbeit nicht mehr, und dafür war Nicole ihr dankbar. Dennoch spürte Nicole eine Distanz zwischen ihnen, die noch nie da gewesen war, aber vermutlich ging diese von ihr selbst aus. Tessa wirkte so gelassen und hilfsbereit, wie sie es immer schon gewesen war.

»Du musst nicht aufräumen, während ich unterwegs bin.« Nicole umklammerte Quinn unwillkürlich fester; sie wollte sie noch nicht abgeben. »Ich stelle nachher die Spülmaschine an. Pass du einfach nur auf Quinn auf.«

»Das macht mir nichts aus. Komm, gib sie mir.« Quinn

streckte das Ärmchen aus und packte ihren Zopf, und Tessa lachte. »Siehst du? Sie mag mich. Und sie sagt dir gerade, dass du sie ruhig ein Weilchen bei mir lassen darfst.«

Widerstrebend reichte Nicole ihr das Baby und konnte sich nur mühsam davon abhalten, ihre Freundin zu ermahnen, das Köpfchen besser zu stützen.

»Alles ist gut, Nicki. Ich habe gerade meine Erste-Hilfe-Kenntnisse aufgefrischt, und ich kann eine Windel wechseln. Und du hast schließlich schon einen Termin im Peninsula gemacht. Du weißt doch, wie herrlich der Spa-Bereich ist. Nutz den Tag bloß aus. Es wäre ein Jammer, sich bloß eine Massage zu gönnen.«

Warum bestand Tessa nur so darauf, dass sie möglichst lange wegblieb? Oder versuchte sie, etwas aus Nicole herauszukriegen? Aber als sie ihr prüfend ins Gesicht sah, konnte sie nichts als ihre übliche Freundlichkeit entdecken, und sie schämte sich. Ihr schlechtes Gewissen machte sie paranoid – als wäre sie das nicht ohnehin schon.

Obwohl sich Nicole mit möglichst vielen Violettschattierungen umgab, war es ihr nie gelungen, ihr Stirnchakra auszubalancieren, das Zentrum des reinen Bewusstseins. Aber wenn sie erst einmal mit Morgan gesprochen hatte, würde sie gewiss wieder in der Lage sein, ihre Umgebung so wahrzunehmen, wie sie wirklich war.

Sie blickte auf die Uhr. Wenn sie jetzt losfuhr, konnte sie Morgan abfangen, ehe sie zur Arbeit ging. Sie würde sich ihr vorstellen, sie würden sich unterhalten, sich bekannt machen, Vertraulichkeiten austauschen. Nicole war zuversichtlich, dass sie schnell spüren würde, ob diese Frau wirklich die warmherzige, mütterliche Person war, als die sie sich online dargestellt hatte.

Nicole streichelte Quinns samtweiche Wange. »Ich weiß nicht, ob ich sie wirklich hierlassen soll.«

Tessa bedachte sie mit einem Blick, den sie bei ihrer besten Freundin noch nie erlebt hatte. Hart, unnachgiebig, fast kalt. »Du musst aber. Wenn nicht, lasse ich dich einweisen.«

Nicole öffnete den Mund zum Protest, besann sich dann aber. Tessa liebte sie und wollte nur ihr Bestes. Und sie hatte ja recht.

Sie würde gehen.

Sie horchte in sich hinein. Normalerweise überfiel sie am Morgen kurz nach dem Aufwachen stets eine bleierne Müdigkeit, die sie lähmte, doch heute fühlte sie sich wach und relativ frisch. Dabei hatte sie ihr Xanax nicht genommen; war es möglich, dass sie es gar nicht mehr brauchte?

Nachdem sie erst ihre Tochter auf die Wange geküsst hatte, dann Tessa, verließ Nicole ihr Haus, und zwar zum ersten Mal seit der Geburt ihrer Tochter allein.

Auf der Schwelle blickte sie nach links und nach rechts. Niemand zu sehen.

Bis zu ihrem Auto war es nicht weit.

Sie setzte sich in Bewegung und konzentrierte sich auf ihre Schritte. Mit Morgans Hilfe würde sie sich aus ihrer Misere befreien und endlich die Mutter werden, die ihre Tochter brauchte.

29. KAPITEL

MORGAN

Donna geht voran in ein Wohnzimmer, das von einem schokoladenbraunen Wildledersofa beherrscht wird. Nirgendwo hängen Fotos an den Wänden, wie bei Ben fehlt auch hier jeder persönliche Touch. Beide haben sich in einer fast sterilen Atmosphäre eingerichtet, die es Außenstehenden schwer macht, sie als Mensch einzuschätzen.

Ben und ich stehen unentschlossen im Raum, meine Hand liegt noch immer um das Pfefferspray. So zerbrechlich Donna auch wirken mag, Nicole ist tot, und wir wissen nicht, welche Rolle sie dabei gespielt hat.

»Haben Sie meiner Schwester etwas angetan?«, fragt Ben ohne Umschweife.

Donnas Augen füllen sich mit Tränen. »Ich wollte doch nicht, dass sie stirbt.«

Ich erwarte, dass Ben fortfährt, doch er bleibt stumm.

Schließlich ergreife ich das Wort. »Die Polizei glaubt, dass jemand hinter ihr her war, und wir haben ebenfalls Grund zu der Annahme. Waren Sie es, die sie bedrängt hat? Die uns verfolgt?«

Donna schlägt die Hände vors Gesicht. Ihre Schultern

beben, aber es ist kein Laut zu hören. Hilflos stehe ich da. Mir ist übel.

»Donna? Was haben Sie getan?«, fragt Ben.

Sie nimmt die Hände vom Gesicht und sieht ihn an. »Vor ein paar Monaten rief mich eine Reporterin an, die eine Story über Breathe und Nicole schreiben wollte. Sie kam her, weil sie etwas über Nicoles Vergangenheit herausgefunden hatte und mir Fragen dazu stellen wollte. Ich hatte den Artikel über ihre Schwangerschaft in der *Tribune* gelesen und konnte es kaum glauben. Ich war außer mir. Mein Baby war tot, aber sie sollte eins haben dürfen?« Tränen rinnen ihr über die Wangen. »Niemand wollte mehr mit mir über Amanda reden. Nicht einmal Flynn, ihr Vater. Das alles sei vergangen, ich müsse sie ruhen lassen, sagte er immer wieder. Aber wie denn? Wie kann eine Mutter ihr Baby vergessen? Ich war so froh, als diese Reporterin kam und mir zuhörte, dass ich ihr alles über den Tag, an dem Amanda starb, erzählte. Auch, dass ich immer den Verdacht hatte, dass Nicole unberechenbar ist und mein kleines Mädchen umgebracht hat.« Sie blinzelte, und neue Tränen flossen.

Meine Gedanken beginnen zu jagen. »Bitte sprechen Sie weiter.«

»Sie hörte mir zu. Und war so unheimlich verständnisvoll. Endlich glaubte mir jemand. Sie kam auch noch einmal wieder. Sie wollte die Story einreichen, brauchte aber noch etwas, was den Lesern Amanda näherbrachte. Ich zeigte ihr einige Kleidchen, die ich versteckt hatte, als mein Mann damals gegen meinen Willen alle Sachen und Spielzeuge weggegeben hatte. Ich lieh der Reporterin auch Amandas

Babydecke und das wunderschöne Schmetterlingsmobile, das Amanda so geliebt hatte, damit sie die Sachen fotografieren und in den Artikel einbauen können würde.« Ihre Stimme bricht, und sie stützt sich an der Couchlehne ab, um sich zu stabilisieren.

Ben und ich sehen einander an.

»Sie haben meiner Schwester jahrelang Drohbriefe geschrieben, nicht wahr?«

Ihre Miene verhärtet sich. »Ja. Ich wollte einfach, dass sie endlich zugibt, was sie getan hat. Ich wollte, dass sie sich genauso elend und verängstigt fühlte wie ich nach Amandas Tod. Aber irgendwann habe ich es aufgegeben.« Sie zerrt an dem Kragen ihres weißen T-Shirts. »Den letzten Brief habe ich vor fünf Jahren geschickt.«

Ich habe mit den unterschiedlichsten Menschentypen gearbeitet. Ich kenne mich in der Psychologie aus. Vor uns steht eine gebrochene, desillusionierte Frau, die mit Vorsicht zu behandeln ist. Aber wir brauchen auch Antworten. »Waren Sie auf dem Bahnsteig, als Nicole starb?«, frage ich in neutralem Tonfall.

»Was? Nein!«, antwortet Donna. »Ja, ich habe ihr diese Briefe geschrieben, aber das war's. Ich werde ihr bestimmt keine Träne hinterherweinen, aber ich habe nichts mit ihrem Tod zu tun.«

Ben holt tief Luft. Glaubt er ihr? Ich tendiere dazu.

Mir kommt ein Gedanke. »Diese Reporterin, von der Sie erzählt haben. Wie hieß sie? Hat sie eine Nummer hinterlassen?«

»Na ja, das war etwas komisch«, gibt Donna zu. »Sie war

immer diejenige, die angerufen hat – eine Nummer hat sie mir nicht gegeben. Und den Artikel habe ich nirgendwo finden können.«

Wer ist diese Reporterin? Die Person, die mir gefolgt ist, die uns vor Nicoles Haus um ein Haar überfahren hätte? Hat sie auch versucht, an Nicole heranzukommen? Würde eine Journalistin wegen einer Story so weit gehen?

Ben wirft mir einen Blick zu, und ich kann seiner Miene ansehen, dass auch er zu begreifen beginnt.

»Sagen Sie«, wendet er sich an Donna. »Wie sah die Frau denn aus?«

Donna blickt von Ben zu mir und zurück zu Ben. »Sie war jung. Und sie hatte leuchtend rotes Haar, ähnlich wie meins.«

30. KAPITEL

NICOLE

Als Nicole die Tür ihres bordeauxroten Lexus GS350 aufzog, verspürte sie Beklemmung in der Brust. Sie setzte sich hinters Steuer und sank auf dem Lederpolster so tief ein, als wolle der Sitz sie verschlingen. *Schön wär's*, dachte sie, ermahnte sich aber sofort selbst. Sie war seit Langem nicht mehr so wach und konzentriert gewesen, sie würde sich nicht von ihren negativen Gedanken herunterziehen lassen.

Sie setzte zurück und fuhr wie auf Autopilot auf dem North Lakeshore Drive in Richtung North Michigan Avenue. Ihr Körper erinnerte sich an jedes Schlagloch auf der Fahrbahn, und die Busse und Transporter, die ihre üblichen Runden fuhren, beruhigten sie. Automatisch blickte sie in den Rückspiegel, um nach Quinn zu sehen, und trat mit Wucht auf die Bremse, als die Rückbank leer war. Hinter ihr wurde gehupt, und der Fahrer steckte den Kopf aus dem Fenster.

»Bist du irre, du blöde Kuh?«

Ja, bin ich, hätte Nicole am liebsten zurückgebrüllt. Der Mann umrundete sie und zeigte ihr im Vorbeifahren den Mittelfinger. Nicole rief sich in Erinnerung, dass sie Quinn zu Hause bei Tessa gelassen hatte. Ihre Tochter war in Sicherheit. Sie, Nicole, musste nur unfallfrei zur North Sheridan Road kommen und Morgan treffen.

Sie setzte den Blinker, um nach links auf die West Foster Avenue abzubiegen. Sie war nicht mehr weit entfernt. »Ich komme, Morgan«, sagte sie laut, während sie wieder in den Rückspiegel blickte. Dicht hinter ihr, fast an der Stoßstange, fuhr ein dunkelblauer Prius. Am Steuer saß eine Frau mit roten Haaren, auf dem Beifahrersitz konnte sie eine umgedrehte Babyschale erkennen.

O Gott, o mein Gott. War das Quinn da bei Donna? Sie bog ab, fuhr rechts ran und schaltete die Freisprechanlage an, um Tessa anzurufen. »Nimm ab, nimm ab, nimm ab!«, schrie sie in dem abgeschlossenen Raum ihres Autos, während hinter ihr ein Hupkonzert ertönte.

Der Prius brauste an ihr vorbei, ohne dass sie noch einen zweiten Blick ins Innere werfen konnte.

»Was ist los?«, erklang Tessas Stimme.

»Quinn! Ist sie bei dir? Ist alles okay?«

»Was? Ja, natürlich. Alles in Ordnung, sie schläft auf meinem Arm«, antwortete Tessa.

Nicole legte die Stirn ans Lenkrad. »Gott sei Dank.« Ihre Schultern entspannten sich.

Ihre Halluzinationen wurden jeden Tag schlimmer. Ihre Angst drohte sie zu verzehren. Was war sie bloß für eine Mutter? Plötzlich stellte sie fest, dass sie vor Morgans Wohnhaus stand. Was zum Teufel hatte sie sich dabei gedacht? Aber nun würde sie keinen Rückzieher machen.

»Bist du schon im Peninsula?«, fragte Tessa.

Sie hatte vergessen, dass Tessa noch in der Leitung war. »Ja. Klar. Ich bin gerade angekommen.« Das Gebäude wirkte schäbig, die Gehwege waren geborsten, doch auf dem schmalen Grasstreifen am Straßenrand blühten Petunien in leuchtenden Farben. Zwei Frauen mit Kinderwagen, neben denen Hunde hertrotteten, unterhielten sich fröhlich, als sie an ihr vorbeikamen. Vielleicht waren die Leute hier nicht gerade reich, aber was machte das schon? Das Viertel wirkte freundlich und gesellig und ließ Nicole an Grillabende und friedlich miteinander spielende Kinder denken. Nicole dagegen schaffte es nicht einmal, regelmäßig mit Quinn hinauszugehen. Was für eine Kindheit konnte sie ihrer Tochter schon bieten? Quinn brauchte ein Zuhause voller Liebe, Güte und Geborgenheit.

»Genieß jede Sekunde. Wir zwei hier machen das schon. Ich bin stolz auf dich, Nicole. Und Quinn auch. Ruf mich an, wenn du auf dem Heimweg bist, dann bestell ich uns etwas zu essen.«

Nicole legte auf und parkte den Wagen direkt vor der Eingangstür von Morgans Wohnhaus. Es kamen bereits Leute heraus, aber Morgan Kincaid war nicht dabei.

Was hast du getan?

Hörte Morgan diese Frage auch ständig in ihrem Kopf? Nicole wusste, dass Morgan zu Unrecht beschuldigt worden war. Sie war ein warmherziger Mensch, der seine Bedürfnisse immer hintenan stellte. Bestimmt war sie genau die Richtige, die ihr helfen würde, Quinn zu beschützen. Außerdem wünschte sie sich ein Kind.

In der Stille des Autos und zum ersten Mal seit Monaten

allein, lehnte Nicole sich zurück und musterte das Gebäude vor sich genau. Am makellos blauen Himmel stieg die Sonne auf, goldgelb wie das Schicksalschakra. Jetzt und hier war der Ort, wo sie sein sollte.

Eine Frau trat aus dem Gebäude. Ihr glattes, dunkles Haar hatte einen ähnlichen Farbton wie Nicoles, und ihr Gesicht war markant, wenn auch nicht im klassischen Sinne schön. Ihre Augen standen zu weit auseinander, und sogar aus der Distanz konnte Nicole die Krähenfüße erkennen.

Morgan Kincaid war vom Leben gezeichnet.

Regungslos beobachtete Nicole vom Fahrersitz aus, wie Morgan davonging. Eigentlich hatte sie mit ihr reden wollen, bevor sie das Haus verließ, aber nun war es zu spät. Nicole hatte keine Ahnung, ob sie genug Kraft besaß, ihr hinterherzulaufen. Zumal sie Morgan nicht erschrecken wollte. Was, wenn sie die Polizei rief?

Sie öffnete ihre Tür, stieg aus, ließ Morgan genügend Vorsprung, dass sie sich nicht verfolgt fühlen würde, und ging ihr hinterher. Morgan betrat die Haltestelle der Sheridan Red Line. Wollte sie zur Arbeit? Nicole folgte ihr zu den Gleisen hinunter.

Der nächste Zug wurde angekündigt. Nicole musste sich rasch entscheiden. Hinter Morgan stieg sie ein. Morgan setzte sich direkt neben die Tür, senkte den Kopf und zog das Haar über die Schulter nach vorne. Es war offensichtlich, dass sie ihr Gesicht verbergen wollte. Nicole setzte sich in sicherem Abstand und senkte ebenfalls den Kopf, sodass sie die andere aus dem Augenwinkel beobachten konnte. Wie traurig sie wirkte! Morgan litt und büßte noch immer für das, was ihr Mann getan hatte. Nicole konnte ihr Leid nachempfinden. Auch sie büßte jeden einzelnen Tag ihres Lebens.

Ein schriller Schrei erklang im vorderen Teil des Zugs, und Nicole fuhr zusammen. Es war ein Baby, das auf dem Arm der Mutter weinte. Morgan sah hinüber und lächelte, wandte aber schnell wieder die Augen ab, als könne sie den Anblick nicht ertragen.

Dann fuhr der Zug in die Haltestelle Grand/State ein. Morgan stand auf, Nicole tat es ihr nach. Sie stiegen aus, und Nicole ging hinter Morgan die West Grand Avenue entlang. Autos hupten, Bremsen kreischten, und Garagentore fuhren so laut auf und ab, dass ihr Herz wild hämmerte.

So viele Menschen, so viel Lärm – Nicole bekam kaum noch Luft. Plötzlich sehnte sie sich nach ihrem großen, offenen Haus und der Wärme Quinns, die im Tragetuch an ihrer Brust lag. Morgan wandte sich nach links auf den North LaSalle Drive und ließ eine Münze in den Becher eines Obdachlosen fallen. Sie plauderte einen Moment lang mit ihm, und der Mann lächelte.

Weiter ging's. Morgan bog auf die West Illinois Street ab, wo Verkehr und Menschenmenge deutlich nachließen. Nicole ließ sich etwas mehr zurückfallen. Wenn Morgan sich umdrehte, würde sie sie sofort sehen. Aber Nicole war noch nicht bereit, sich zu erkennen zu geben; nun, da sie ihr so nah war, wusste sie nicht, was sie sagen sollte. Also trottete sie weiter hinter der anderen her, unter einer Brücke durch und an ein paar Geschäften vorbei, bis Morgan an einem kleinen Haus anhielt, das etwas zurückgesetzt neben einer Kirche lag.

265

Nicole drängte sich an die Kirchenmauer, als Morgan den schmalen Kiesweg zum Haus ging. War das das Frauenhaus? Es gab kein Schild, niemand war zu sehen. Von ihrem Versteck aus sah sie zu, wie Morgan auf eine Klingel drückte. Plötzlich fuhr sie herum. Hatte sie gespürt, dass sie beobachtet wurde?

Nicole regte sich nicht. *Geh zu ihr – jetzt*, ermahnte sie sich. Aber sie hatte Kameras am Haus entdeckt, und ehe sie zu einer Entscheidung kommen konnte, zog Morgan die Tür auf und verschwand im Inneren.

Nicole lehnte sich mit dem Rücken an die Backsteinmauer der Kirche und blickte hinauf in den wolkenlosen Himmel. Quinn brauchte eine Mutter, die mehr zu bieten hatte als sie. Sie brauchte eine Kämpferin, eine, die die Welt ein Stück besser zu machen versuchte. Eine Frau mit einer tragischen Vergangenheit, für die sie nichts konnte. Die eine zweite Chance verdiente.

Und plötzlich wusste Nicole, was sie zu tun hatte. Wie sie Donna davon abhalten konnte, Quinn und ihr etwas anzutun, damit die Angst und das Elend ein für alle Male vorbei war. Es war wahrscheinlich das Beste und für alle Beteiligten sicherer, wenn Morgan zunächst nichts davon wusste.

Nicole musste verschwinden, damit Quinn neu beginnen konnte. Mit einer neuen Mutter.

Mit Morgan.

31. KAPITEL

MORGAN

Ben und ich lassen die weinende Donna auf der Couch sitzen und fahren zurück. Dass Donna Jahr für Jahr Briefe geschickt hatte, war hinterhältig, aber sie ist nicht diejenige, die mich verfolgt hat. Oder Quinn etwas antun will. Dessen bin ich mir sicher.

Ich werfe Ben auf dem Fahrersitz einen Blick zu. Seit wir eingestiegen sind, haben wir noch kein Wort gewechselt, und ich kann mir vorstellen, dass seine Gedanken genauso rasen wie meine. Wer ist diese Reporterin gewesen? Was wollte sie von Nicole? Und was will sie von uns? Ich habe nicht die geringste Ahnung, wie ich alle Informationen zusammenbringen soll, und Ben sieht aus, als könnte er im Stehen umfallen; auf seiner Stirn sind Falten zu sehen, die gestern ganz sicher noch nicht dort waren. »Sollten wir nicht eigentlich Martinez anrufen? Oder Jessica? Und ihnen alles erzählen?«

Er räuspert sich und klappt die Sonnenblende herunter. »Im Moment möchte ich eigentlich nur Greg anrufen und mich nach Quinn erkundigen.« Er nimmt eine Hand vom Lenkrad und reibt sich die Wange. »Ich weiß nicht, wie ich

267

mit Martinez umgehen soll. Entweder hält sie mich für einen Dummkopf, weil ich dir traue, oder sie verdächtig mich, meiner Schwester etwas angetan zu haben. Und sie hat selbst gesagt, dass Greg als leiblicher Vater selbstverständlich ein Recht auf seine Tochter hat. Im Augenblick kommt es mir vor, als seien wir auf uns allein gestellt. Und ich will nur noch aus Wisconsin raus. Das hat mir gereicht.«

Ich nicke. »Okay. Dann fahr einfach.«

Wir gelangen auf die I-94 in Richtung Chicago. Ich verliere mich in meinen Gedanken. Ben zupft an seinem blauen verschwitzten T-Shirt, um es zu lockern. Er wirkt so frustriert, wie ich mich fühle.

Er deutet mit dem Kopf auf sein Handy auf dem Armaturenbrett. »Wähl bitte Gregs Nummer an, aber sei still und lass mich reden. Wenn ich direkt nach Melissa frage oder er das Gefühl hat, dass ich ihn beschuldige, legt er garantiert einfach wieder auf. Wir müssen vorsichtig vorgehen.«

Er hat recht. Ich finde Gregs Namen, tippe auf die Nummer und dann auf den Lautsprecher. Es klingelt dreimal, ehe er abnimmt.

»Was willst du, Ben? Ich versuche gerade, Quinn zum Schlafen zu bringen.«

»Ich wollte nur hören, wie es ihr geht. Wie der Tag war.«

»Sie ist doch erst ein paar Stunden bei mir.« Er seufzt. »Alles in Ordnung. Ich kann jetzt gerade nicht gut reden.«

Man hört im Hintergrund eine weibliche Stimme murmeln.

Ich kann mich nicht zurückhalten. »Greg, ist das Melissa?«

»Ben, was soll das, verdammt? Was hast du nur mit dieser

Frau? Nein, das ist nicht Melissa, sondern eine Freundin von Nicole, okay? Es gibt Leute, die ihr sehr nahestanden und die sich kümmern. Wir brauchen Sie nicht, vielen Dank auch.«

Ben springt ein. »Welche Freundin denn?«

Greg zögert, dann sagt er: »Tessa.«

»Tessa?«, hakt Ben nach.

»Ja, Tessa, Nicoles beste Freundin und Mitarbeiterin. Tessa Ward. Und ich muss jetzt auflegen.«

»Warten Sie. Ist Tessa rothaarig?«, frage ich.

»Was? Nein«, fährt er mich an. »Sie ist blond. Was soll diese alberne Frage?« Im Hintergrund fängt Quinn an zu weinen.

Einen Moment später ist die Leitung tot. Wenn Nicole auch noch eine beste Freundin hatte, warum wollte sie dann mich als Vormund für Quinn einsetzen?

Die nächsten Minuten ist nichts zu hören außer dem Geräusch der Reifen auf dem Asphalt. Ohne mich anzusehen, ergreift Ben schließlich wieder das Wort. »Es gibt etwas, das ich dir noch nicht gesagt habe.«

Mein Herzschlag stolpert und jagt dann los.

»Nicole hatte einen guten Grund, von mir nichts mehr wissen zu wollen.« Er wechselt die Spur. »Als Breathe an die Börse ging, versuchte Donna noch einmal, sich an Nicole zu rächen. Sie strengte einen Zivilprozess wegen fahrlässiger Tötung an. Ich wurde von Donnas Anwältin befragt und gab zu, dass Nicole meiner Meinung nach in jüngeren Jahren ein ziemlich verantwortungsloser Mensch war. Das stimmt auch, heißt aber natürlich absolut nicht, dass sie an Amandas

Tod schuld war. Tatsächlich kam es auch zu keinem Prozess, weil der Fall verjährt war, aber der Schaden war getan. Nicole fand heraus, was ich gesagt hatte, und hat mir nie verziehen.«

Er wirft mir einen tieftraurigen Blick zu, dann konzentriert er sich wieder auf die Straße.

»Ich habe dir die Wahrheit gesagt, Morgan. Es war ein Fehler.«

Reue – seine und meine – drückt die Atmosphäre im Auto nieder.

»Es tut mir leid«, sage ich. »Es tut mir leid, dass Nicole und du keine Chance mehr hattet, euch auszusprechen. Es tut mir leid, dass ich nie hinterfragt habe, was mein Mann da tat. Ich hätte herausfinden können, wie es wirklich in ihm aussah. Und es tut mir auch leid, dass du das mit dem Antrag auf Vormundschaft erst von Martinez hören musstest. Ich hätte es dir unbedingt sofort sagen müssen. Aber ich habe nicht gewagt, daran zu glauben, dass du wirklich so bist, wie du auf mich gewirkt hast. Freundlich und gut nämlich.«

»So ging's mir auch.«

Ich sehe ihn an. »Ist das jetzt alles gewesen? Nun gibt es wirklich nichts mehr, was ich eigentlich wissen sollte?«

Sein Lächeln ist so aufrichtig, dass die Welt plötzlich wieder in Ordnung scheint – und sei es nur für einen kurzen Moment. »Nichts mehr.«

»Dann lass uns zusammenfassen, was wir bis jetzt wissen«, sage ich. »Also. Jemand verfolgt uns, aber wir wissen nicht, wer. Greg hat gesagt, dass er ein Haus auf der North Astor Street gemietet hat, richtig? Falls Melissa dahintersteckt und sie diejenige war, die sich als Reporterin ausgegeben hat, müssen wir sie zur Rede stellen.« Plötzlich fällt mir etwas ein, und ich schlage mir mit dem Handballen gegen die Stirn. »Ich bin so dämlich. Ich hätte Donna das Foto von Melissa auf der Firmenwebsite zeigen sollen.« Ich seufze. »Und was ist mit dieser Tessa? Die gerade bei Greg ist? Kennst du sie?«

Er setzt den Blinker und fährt auf die rechte Spur. »Sie ist mir vor Jahren bei Nicole begegnet. Aber dass ich sie kenne, kann ich nicht behaupten.«

Er will noch mehr sagen, doch mein Telefon klingelt. Es ist Jessica.

Ich nehme den Anruf an und stelle ihn auf Lautsprecher. Ich habe nichts mehr zu verbergen, und das ist ungeheuer erleichternd. »Hi«, sage ich.

»Wo sind Sie? Ich versuche die ganze Zeit schon, Sie zu erreichen, aber Sie gehen nicht dran. Ich war auch bei Ihnen zu Hause, aber entweder sind Sie nicht da oder verstecken sich vor mir.«

»Ich bin mit Ben zusammen in Kenosha gewesen, um mit Donna zu reden.«

»Sie sind *was*? Wieso?« Ihre Stimme klingt schrill und ungläubig.

Ich bringe sie auf den neusten Stand und erzähle von Greg, der Quinn abgeholt hat, von Melissa, von der rothaarigen Reporterin und Tessa Ward. Und ich erzähle ihr von dem Brief, der unter meiner Tür durchgeschoben worden ist, und der E-Mail mit dem scheußlichen Foto der Puppe in der Wiege.

»Guerilla-Mail ist nicht zurückzuverfolgen, das wissen Sie. Wir werden nur schwerlich beweisen können, dass nicht Sie das Foto an Ben geschickt haben.«

In ihrer Stimme schwingt etwas mit, das mir nicht gefällt. »Sie hören mir nicht zu. Wir müssen diese rothaarige Reporterin finden.«

»Wir? Meinen Sie nicht, dass Sie das mir überlassen sollten?« Sie seufzt entnervt. Aber das ist mir egal. Ich weiß, dass ich unschuldig bin. Ich habe nichts getan. »Wie lange wird es dauern, bis Sie wieder hier sind, Morgan? Nicoles Anwalt hat das Testament eröffnet. Jeder, der will, kann es jetzt einsehen. Und Martinez hat einen richterlichen Beschluss, um Ihren Computer und Ihr Handy zu beschlagnahmen und zu durchsuchen.«

Mein Magen zieht sich zusammen. »Mit welcher Begründung denn?«

»Die Autopsie ergab keine eindeutige Todesursache, und niemand will bezeugen, dass Sie Nicole nicht auf die Gleise gestoßen haben – jedenfalls hat sich bisher noch niemand gemeldet.«

»Aber ich hab's nicht getan«, sage ich barscher, als ich beabsichtigt hatte.

»Es ist nur eine Theorie. Wenn Martinez nicht belegen kann, dass Sie und Nicole schon vor dem siebten August etwas miteinander zu tun hatten, dann muss sie die Selbstmordtheorie akzeptieren oder in anderen Richtungen ermitteln. Aber wir müssen ihr Ihre Geräte überlassen. Die Spurensicherung hat Nicoles Rechner untersucht. Die Klebezettel mit Ihrem Namen in der Vorratskammer sprechen nicht unbedingt für Ihre Glaubwürdigkeit. Außerdem hat man einen GPS-Tracker unter ihrem Lexus gefunden und eine Spy-App auf ihrem Telefon und Notebook. Die Polizei muss eine Täterschaft von Ihrer Seite ausschließen können.«

Ich kann ihr Misstrauen hören; es hat sich in ihre Stimme geschlichen. Das sind alles andere als gute Nachrichten. Wer immer Nicole im Visier hatte, weiß vielleicht, wer ich bin.

»Überprüfen Sie Melissa Jenkins«, sage ich.

»Ich habe nicht genug, um weiterzumachen. Sie war mit Greg in New York, als Nicole starb, auf dem Bahnsteig kann sie also nicht gewesen sein. Seltsam ist allerdings eine andere Sache. Ich habe Bildmaterial zu dem Prius, der Sie auf dem Highway gerammt hat. Wir wissen ja schon, dass Donna einen schwarzen Chevy fährt. Aber das Nummernschild ist nicht das von Melissas Wagen. Der Prius auf der 41 ist in Nicoles Namen gemietet worden.«

Ich schaudere. Nicole ist tot, und ich bin noch immer in Gefahr. Und Quinn ebenfalls. »Sie meinen, dass jemand sich als sie ausgegeben hat?«

»Das muss ich noch herausfinden. Ich warte an Ihrer Wohnung. Wie lange brauchen Sie, um herzukommen?«

»Ungefähr eine Stunde.«

»Okay, bis dann also.«

Ich lege auf und wende mich Ben zu. »Hast du alles mitbekommen?«

»Ja«, sagt er. »Hab ich.«

Ungeordnet blitzen Bilder aus meiner Vergangenheit vor meinem geistigen Auge auf. Ryan, der sich auf ein Knie herablässt und mir einen Heiratsantrag macht. Der Anruf mitten in der Nacht, durch den ich vom Tod meines Vaters erfahre. Nicole, die mir Quinn in die Arme drückt, bevor sie springt. Ben, der zwischen Greg und mir steht und mich verteidigt.

Doch, er ist mein Verbündeter.

»Danke«, sage ich.

»Wofür?« Kleine Falten kräuseln sich in seinen Augenwinkeln.

»Dass du mir glaubst.«

Er lächelt, und der Rest der Fahrt verstreicht in kameradschaftlichem Schweigen. Durch seine Schwester und ein Baby, das uns beiden viel bedeutet, sind unsere Schicksale nun miteinander verwoben. Wenigstens eine gute Sache, die aus dieser verfahrenen Geschichte entstanden ist.

Schließlich kommen wir vor seinem Haus an, wo ich meinen Wagen stehen gelassen habe. Er stellt den Motor aus. Wir sehen einander an und lachen beide verlegen. Das ist doch alles völlig verrückt.

»Und jetzt?«, fragt er.

»Ich fahre zu mir und treffe mich dort mit Martinez und Jessica. Und du?«

»Tja, ich denke, ich warte einfach ab.«

»Klar«, sage ich, obwohl ich enttäuscht bin, denn ich habe mich an seine Gegenwart gewöhnt. Dennoch sind wir einander nichts schuldig, und ich kann mit dem, was vor mir liegt, allein fertigwerden.

Ich taste nach dem Türgriff. »Also. Ich sag dir Bescheid, wenn es etwas Neues gibt.«

Er nickt, beide Hände am Lenkrad. »Ich dir auch. Ich erkundige mich nachher noch einmal nach Quinn und bringe dich auf den neusten Stand.«

Ich steige aus, er ebenfalls. Ich sehe ihm nach, wie er im Haus verschwindet, und fühle mich seltsam leer.

Als ich bei mir zu Hause ankomme und den Wagen abstelle, warten Martinez' schwarze Limousine und Jessicas weißer Mercedes am Straßenrand davor. Die zwei Frauen, eine groß und schlank, die andere klein und kurvig, stehen auf dem Gehweg daneben. Als sie mich kommen sehen, unterbrechen sie ihr Gespräch.

Jessica streicht sich über das schwarze Haar. »Ich habe Detective Martinez darüber informiert, was Sie herausgefunden haben.«

Martinez' Miene ist ausdruckslos. Nimmt sie irgendetwas davon ernst? Kann ich davon ausgehen, dass sie die Spuren verfolgt?

Ohne Vorwarnung zieht Martinez ein gelbes Formular aus ihrer Aktentasche und hält es mir hin.

Über dem Text prangt groß und fett die Überschrift »Durchsuchungsbeschluss«.

Am liebsten würde ich ihr den Wisch aus der Hand schlagen. Wieder muss ich tun, was andere anordnen.

Sei stark, ermahne ich mich. *Du kannst das.*

Martinez erlaubt mir, meinen Laptop selbst aus der Wohnung zu holen, den ich ihr widerstrebend mitsamt meinem Handy überreiche. Sie trägt Latexhandschuhe, als sie die Geräte entgegennimmt, in Tüten steckt und sie fest versiegelt.

»Bitte, Detective Martinez. Ich fürchte wirklich, dass Quinn und ich in Gefahr sind. Und Ben ebenfalls.«

Sie klopft auf die Beweistüten. »Soziopathen sind hervorragende Lügner. Aber sie werden gefasst, weil sie sich für klüger als alle anderen halten.«

Und damit geht sie zu ihrem Auto und nimmt meine einzige Verbindung zu Ben mit.

Unwillkürlich reibe ich mir den Bauch, in dem sich ein Knoten gebildet zu haben scheint. Ich wende mich Jessica zu, die mit grimmiger Miene neben mir steht. »Was, wenn sie etwas findet, Jessica?«

»Wenn Sie nichts getan haben, müssen Sie sich deswegen doch keine Sorgen machen, nicht wahr?« Dass sie das als Frage formuliert, gefällt mir nicht.

»Ehe ich nicht weiß, welche Verbindung es zwischen mir und Nicole gibt, wird diese Sache für mich nicht aufhören.«

»Was im Augenblick aber nicht unsere Hauptsorge ist. Wir müssen Sie von jedem Verdacht, an Nicoles Tod beteiligt gewesen zu sein, reinwaschen.« Sie legt mir eine Hand auf den Arm. »Manchmal kriegt man eben nicht alle Antworten, die man sucht, das wissen Sie.«

Sie drückt meinen Arm, dann steigt sie in ihren Mercedes und fährt davon. Ich setze mich auf den Bordstein vor meinem Haus. Es gibt einen Menschen, den ich nur zu gerne kennenlernen möchte. Nicoles »beste Freundin«, Tessa Ward.

Falls jemand etwas weiß, dann sie. Vielleicht hat sie tatsächlich all die Antworten, die ich brauche, um meine Unschuld zu beweisen.

Ich muss sie nur finden.

Ich marschiere in den nächstbesten T-Mobile-Laden, kaufe ein billiges Wegwerfhandy und bitte den Verkäufer, für mich nach der Geschäftsadresse von Breathe zu sehen. Dann schicke ich Jessica und Ben meine neue Nummer; seine kann ich bereits auswendig. Jessica schreibt mir sofort eine Bestätigung zurück. Ben meldet sich nicht.

Ich brauche fünfundzwanzig Minuten, um zur Ecke West Armitage Avenue und North Halsted Street zu gelangen, wo sich sowohl Firmensitz als auch Flagshipstore von Breathe befinden, und einen Parkplatz zu suchen. Ich fürchte mich davor, Nicoles Freundin gegenüberzutreten. »Du kannst das«, mache ich mir flüsternd Mut. »Für Quinn. Und für dich selbst.«

Meine Hände sind klamm, als ich das kurze Stück zurückgehe und die Eingangstüren zu dem Geschäft aufdrücke, das Nicole einst gehörte – das Nicole erschaffen hat. Mein Mut fällt plötzlich in sich zusammen, und ich muss mich an einem Kleiderständer abstützen, weil mir schwindelig wird. Zum ersten Mal fühle ich mich Nicole nah.

Im Laden mit seinen beruhigend helltürkisen Wänden und dem Duft ätherischer Öle wimmelt es nur so von Kundinnen und Personal. Ich entdecke aber keinen Eingang zur Firmenzentrale, daher trete ich wieder hinaus und durch die Türen des Nebengebäudes. In der Eingangshalle schaue ich vier Etagen hinauf, die durch gläserne Geländer begrenzt sind. Durch das Oberlicht scheint die Sonne bis hinab auf den Bambusboden im Erdgeschoss. Am Empfang steht ein Mann vom Sicherheitsdienst, und ich bin sicher, dass überall Kameras angebracht sind.

»Ich möchte gerne zu Tessa Ward«, sage ich so zuversichtlich, wie ich kann.

»Ihr Name, bitte?«

Jetzt gilt es. »Morgan Kincaid.«

Er tätigt einen Anruf, dann sagt er: »Kommen Sie bitte«, und hält eine Karte vor die Taste zum vierten Stock.

Ich bin drin.

Der Fahrstuhl öffnet sich, und ich trete hinaus in einen eleganten Empfangsbereich. An den hellblauen Wänden hängen gerahmte Fotos von Männern und Frauen in diversen Yogaposen an schneeweißen Stränden oder vor atemberaubenden Sonnenuntergängen. Einen Moment lang wünsche ich mir, dass Ben hier wäre.

Eine Minute später kommt mir eine zarte, junge Frau mit weißblondem Haar und rot geränderten Augen entgegen. Sie kann keine eins sechzig groß sein; sie reicht mir kaum bis zur Schulter.

Sie hält mir ihre Hand hin, und ich ergreife sie. Ihre Haut ist weich und kühl, der Griff fest. »Ich bin Tessa Ward.«

»Danke, dass Sie sich Zeit für mich nehmen. Ich bin … Ich hab nicht …« Ich stolpere über meine Worte. Ihre gelassene Ausstrahlung wirft mich aus der Bahn.

»Gehen wir in mein Büro.«

Während ich ihr folge, versuche ich mich automatisch kleiner zu machen, damit ich sie nicht überrage. Sie deutet auf zwei leuchtend orangefarbene Stühle in einem Raum, in dem überall Sportkleidung hängt und Öl-Fläschchen und Cremetuben ein ganzes Regal füllen.

Ich setze mich und begutachte sie verstohlen auf

Anzeichen von Wut oder Hass, aber ihre Miene ist gefasst, auch wenn ihr Kummer sich in den dunklen Ringen unter den Augen abzeichnet.

Unwillkürlich fange ich an, mich am Hals zu kratzen. »Verzeihen Sie, dass ich einfach so reinplatze. Sie wissen ja offenbar schon, wer ich bin.«

»Die Frau vom Bahnsteig. Sie haben vorhin bei Greg angerufen.«

Ich blicke zu Boden. Wie viel mag Greg ihr erzählt haben? »Ja. Die bin ich. Hören Sie, ich kannte Nicole gar nicht. Und ich weiß, es ist merkwürdig, einfach herzukommen, aber ich brauche dringend Antworten. Nicole hatte große Angst, bevor sie sprang. Sehr, sehr große Angst.«

Ich schaue ihr in die Augen, weil ich hoffe, die Wahrheit darin zu erkennen, doch ich kann ihren Blick nicht deuten.

Sie geht nicht auf mein Gestammel ein. »Möchten Sie einen Tee?«, fragt sie stattdessen. »Wir haben eine wunderbare Kräuterteekomposition, die ich zusammengestellt habe, als Nicole krank war. Sie befindet sich zwar noch in der Entwicklungsphase, aber heute haben wir beschlossen, dass sie unter dem Namen ›Nicole‹ auf den Markt kommen wird.«

Diese Frau war ihre beste Freundin, und mir ist klar, dass sie in tiefer Trauer sein muss. Mir ist plötzlich zum Weinen, aber ich kämpfe die Tränen nieder. »Eine wundervolle Idee«, sage ich, »und danke für das Angebot, aber ich brauche nichts.« Mir fällt es schwer, die richtigen Worte zu finden. »Es tut mir so leid, was mit Nicole geschehen ist«, bringe ich schließlich hervor und wünschte, ich hätte es als Erstes gesagt.

»Danke, Morgan. Ich habe keine Familie, und sie hat mir sehr viel bedeutet. Ich kann noch immer nicht glauben, dass sie tot ist.« Sie streicht mit der Hand über die Glasscheibe auf ihrem Schreibtisch. »Aber erklären Sie mir bitte etwas. Wenn Sie sie nicht kannten, warum wollte sie Ihnen dann Quinn überlassen?«

Also weiß sie von dem Testament. Ihre Frage hatte keinen boshaften Unterton, aber sie sitzt dennoch. »Ich habe absolut keine Ahnung.«

Sie spielt mit dem Ende ihres langen, geflochtenen Zopfes. »Ich weiß, wer Sie sind – wie jeder, der die Nachrichten verfolgt. Aber Nicole hat Sie nie erwähnt. Dennoch hat sie Sie mir vorgezogen. Das ist nicht wegzudiskutieren.«

Warum hat Nicole nicht diese Frau dazu auserkoren, sich um ihr Kind zu kümmern? Sicher, sie ist jung, wahrscheinlich noch keine dreißig, aber sie wirkt sehr souverän. Ich werfe einen Blick auf die gelbgrüne Uhr mit der Lotusblume im Zentrum. Die Minuten verstreichen unaufhaltsam. Und Quinn ist immer noch bei Greg und Melissa.

»Verzeihen Sie, aber was denken *Sie*? Aus welchem Grund könnte Nicole das getan haben? Mich und nicht Sie als Vormund zu bestimmen, meine ich?«

Sie verzieht das Gesicht, und ich schäme mich, dass ich die Frage so direkt formuliert habe.

Tessa atmet tief aus. »Sie wusste, dass ich keine Kinder haben will.«

Eine Frau aus dem Empfangsbereich bringt Papiere und geht wieder. Telefone klingeln unablässig, und vor dem

Büro gehen Leute hin und her, aber Tessa ist gänzlich auf mich konzentriert.

»Nicole hat mir einen Zettel mit einem Namen zugesteckt, bevor sie mir Quinn übergeben hat«, setze ich erneut an. »Bevor sie gesprungen ist.«

Tessa blinzelt. »Was für ein Name?«

»Amanda.«

Tessa nickt. »Ah ja. Das Baby, das in ihrer Obhut gestorben ist. Sie hat mir einmal davon erzählt, wollte dann aber nie wieder darüber reden. Jetzt weiß ich, dass ich sie dazu hätte ermutigen müssen. Ich hätte begreifen müssen, dass es sich nicht nur um eine schlichte Wochenbettdepression handelte.« Ihre Hände beginnen zu zittern, und sie faltet sie im Schoß.

Ich muss einfach weiterfragen. »Ich habe etwas über Gregs Assistentin, Melissa Jenkins, erfahren. Sie fährt einen dunkelblauen Prius. Jemand hat versucht, mich zu überfahren, und ich dachte, sie sei es gewesen, aber meine Anwältin sagt, dass es nicht ihr Auto war. Dennoch bin ich mir nicht sicher, ob sie nicht doch etwas damit zu tun hat. Kennen Sie sie?«

Tessas Augen weiten sich. »Nicole glaubte, dass Greg eine Affäre mit ihr hatte. Aber um ehrlich zu sein, ich bin davon ausgegangen, dass sie es sich nur eingebildet hat.« Sie zieht die Brauen zusammen. »Ich wohne auf der North Vine, nicht weit von hier, und ich gehe gerne zu Fuß nach Hause, vor allem im Sommer. Neulich hatte ich den Eindruck, dass mir ein blauer Wagen folgte. Darin saß jemand mit einer großen Sonnenbrille. Es könnte Melissa gewesen sein. Aber warum sollte sie mir folgen?«

Ich zucke die Achseln. »Ich wünschte, ich wüsste es. Ich habe Nicole nicht vom Bahnsteig gestoßen. Aber ich glaube, dass jemand es so aussehen lassen will. Jemand hat versucht, Quinn und mich umzubringen.«

Ihr ohnehin schon blasses Gesicht verliert jegliche Farbe. Ihr Entsetzen scheint echt.

»Auch Ben«, füge ich leise hinzu.

»Ben?«, fragt sie. Plötzlich ist die Atmosphäre angespannt.

»Ja, Nicoles Bruder. Sie kennen ihn?«

Tessas Gesicht verhärtet sich. »Morgan, Sie wissen aber, dass Nicole nichts mehr von ihrem Bruder wissen wollte, oder? Die beiden waren zerstritten.«

»Ja. Ben hat es mir gesagt.«

»Hat er Ihnen auch gesagt, dass er Nicole den Tablettennachschub gebracht hat? Nach Hause, meine ich?« Tessa hält meinen Blick fest. »Kurz vor ihrem Tod erzählte Nicole mir, dass sie Ben vor die Tür gesetzt hätte und ihn nie wieder sehen wollte. Er könnte etwas damit zu tun haben. Es ist kein Geheimnis, dass sein Krankenhaus in finanziellen Schwierigkeiten steckt.«

Meine Hände beginnen zu zittern. Die Wände des Gebäudes scheinen näher zu rücken. War ich zu naiv? Ist alles, wovon ich ausgegangen bin, falsch?

»Das kann ich einfach nicht glauben. Nicoles Tod hat ihn wirklich erschüttert. Und ich habe ihn mit Quinn erlebt. Er hat genauso viel Angst um sie wie ich.« In meinen Ohren beginnt es zu rauschen. Ich erinnere mich an den Zeitungsartikel, in dem es um die bevorstehende Schließung von Bens Krankenhaus ging. Kann er die Puppe in die Wiege

282

gelegt und sich selbst das Foto geschickt haben, um mich von seiner Spur abzulenken?

Tessa steht auf und lehnt sich gegen den Tisch. »In ihrem Testament hat Nicole Ben das Geld vermacht, das er wollte, und das ist nicht eben wenig. Ausgerechnet ihrem Bruder, den sie nicht wiedersehen wollte, soll sie ein Vermögen vermacht haben?«

Mir wird schlecht. Eisige Kälte breitet sich in meinen Gliedern aus. Warum hat er mir nichts von dem Geld gesagt? Ich habe ihm so vieles erzählt, von Ryan, von meinen Ängsten, meinen Sorgen – und er? Wahrscheinlich hat er längst einen Antrag auf das alleinige Sorgerecht für Quinn gestellt.

So viele Gedanken schießen mir durch den Kopf, während ich wie angewurzelt dasitze und meine Übelkeit niederkämpfe. Ich habe Angst, und ich bin wütend. Auf mich selbst. Habe ich mich schon wieder von einem Mann täuschen lassen?

»Ben und Melissa kennen sich«, fährt Tessa fort. »Vielleicht ist er gar nicht der selbstlose Arzt, als der er sich nach außen hin präsentiert.«

»Was soll das heißen?«, frage ich lauter als beabsichtigt.

»Nur, dass …« Sie bricht ab und schreibt etwas auf einen Zettel. »Man kann Leuten nicht in den Kopf schauen, nicht wahr?« Sie reicht mir das Stück Papier. »Meine Handynummer. Sie können mich jederzeit anrufen. Aber halten Sie sich von Ben fern. Und wenn mir noch etwas einfällt, wie ich Ihnen helfen kann, melde ich mich.«

»Danke.« Ich hole ein Stück Papier aus meiner Handtasche, kritzele meine neue Nummer darauf, und reiche es ihr.

Dann verabschiede ich mich von Nicoles bester Freundin und verlasse das Gebäude. Meine Gefühle sind in Aufruhr, meine Gedanken ein einziges Chaos. Ich habe zwei Möglichkeiten – entweder Ben zur Rede stellen oder Melissa.

Erleichtert, dass dieses Telefon nicht mit einem Namen verbunden ist, rufe ich bei Blythe & Browne an. An der Zentrale wird abgenommen. »Hi. Ich wollte wissen, ob Greg und Melissa heute da sind«, frage ich so beiläufig wie möglich.

»Nein, tut mir leid. Kann ich etwas ausrichten?«

»Nein, vielen Dank«, sage ich. »Ich versuch's einfach ein andermal.« Und damit lege ich auf.

Ich weiß, wo ich die beiden finden kann. North Astor Street, wo Greg laut eigener Aussage wohnt. Ich will dieser Frau noch einmal entgegentreten – der Frau, die sich möglicherweise mit Ben zusammengetan hat, um mich zu vernichten.

Mein Herz hämmert wild, als ich wieder in meinen Wagen einsteige, losfahre und mich auf die US-41 einfädele, auf der die Autos Stoßstange an Stoßstange vorwärtsschleichen. Immer wieder kehren meine Gedanken zu Ben zurück. Würde er so etwas wirklich tun? Kann es sein?

Die Verkehrsdichte lässt etwas nach, und ich ordne mich rechts ein, um die Ausfahrt LaSalle Drive/North Avenue zu nehmen. Der Himmel hat sich zugezogen, als würde sich ein Gewitter zusammenbrauen.

Die North Astor Street liegt nun direkt vor mir und ist nicht besonders lang. Aber sie ist nur in eine Richtung befahrbar, also wende ich, fahre vom nördlichen Ende herein und parke.

Die Gegend ist fast unheimlich still; hier scheinen hauptsächlich Berufstätige zu wohnen. Weit und breit ist kein Mensch zu sehen. Ich steige aus, gehe die Straße entlang und spähe in jedes ebenerdige Fenster, an das ich herankomme. Wenn mich jemand ertappt, gibt es Ärger, aber was soll's. Ich stecke schon jetzt in solchen Schwierigkeiten, dass es mir nichts mehr ausmacht.

Dann sehe ich vor mir einen dunkelblauen Prius. Ich blinzele. Das Nummernschild ist nicht das von dem Prius vor Gregs Firma, das ich mir gemerkt habe. Ich höre Schritte hinter mir. Ehe ich mich umdrehen kann, legt sich eine Hand über meinen Mund. Gleichzeitig kracht etwas auf meinen Schädel nieder.

Und alles wird schwarz.

32. KAPITEL

NICOLE

Im Haus war es still, als Nicole eintrat. Und auch in Nicole herrschte Stille, wohltuende Stille in Seele und Körper, zum ersten Mal, seit langer, langer Zeit. Keine hektischen, versprengten Gedanken, keine wild hämmernde Panik. Sie wusste jetzt, wie sie ihre Probleme lösen konnte; sie hatte sich entschieden. Und es fühlte sich gut an.

»Nicki?«, rief Tessa. »Wir sind im Wohnzimmer.«

Quinn schlief friedlich auf Tessas Arm. Eines Tages, wenn Tessa etwas älter und erfahrener war, würde sie gewiss eine großartige Mutter abgeben. Aber im Augenblick war das nichts für sie, was Nicole respektierte.

Nicole griff nach Quinn, die die Augen aufschlug und ihre Mutter anstrahlte. »Hallo, mein Schätzchen«, sagte Nicole, und Liebe flutete ihr Herz.

»Wie war die Massage?«, fragte Tessa.

Nicole ließ ihr Baby auf dem Arm hüpfen. »Eine echte Wohltat. Ich fühle mich wie umgewandelt.«

»Das freut mich«, sagte Tessa. »Du siehst auch verändert aus. Ausgeruht. Quinn war übrigens ganz lieb.« Auf der Couch lag ein Buch. Es war *Gute Nacht, lieber Mond*, was Nicole als

286

Kind geliebt hatte. Ihr Vater hatte ihr immer daraus vorgelesen, und gemeinsam hatten sie dem Mond und den Sternen draußen vor dem Fenster gute Nacht gewünscht. Einen Moment lang wurde ihr die Kehle eng.

»Komm in die Küche. Ich habe uns etwas von dem neuen vegetarischen Laden bestellt, von dem Lucinda immer so schwärmt.«

Nicole folgte Tessa in die Küche und atmete tief den zitronig-frischen Duft ein. Es war, als seien all ihre Sinne plötzlich geschärft. Tessa hatte natürlich aufgeräumt und geputzt. Das schmutzige Geschirr war verschwunden, und alle Oberflächen glänzten. Dieses Haus, in das sie so viel Zeit und Geld investiert hatte, damit es zu Gregs und ihrer Lebensphilosophie passte. Was bedeutete ihr das alles noch? Nichts, stellte sie fest. Sie gehörte nicht mehr hierher.

Mit Quinn auf dem Arm zog Nicole Tessa an sich und drückte sie fest. Als sie sich losmachte, sah Tessa sie erschrocken an. »Wofür war das denn?«, fragte sie.

»Du bist ein Engel«, sagte Nicole. »Du bist eine so tolle Freundin, und ich habe mich eigentlich noch nie richtig dafür bedankt. Auch in der Arbeit warst du immer meine rechte Hand. Du hast mich sogar bei meinen Panikattacken unterstützt und dein Versprechen gehalten, niemandem davon zu erzählen.« Sie brach ab und schluckte schwer. »Du bist meine beste Freundin, Tessa. Das wollte ich dir nur noch einmal sagen.«

Tessa trat näher und wischte ihr behutsam eine Träne von der Wange. »Hey, das ist doch selbstverständlich unter Freunden, Nicki. Herrje, du wirst doch nie gefühlsduselig.

Die Massage muss wirklich der Wahnsinn gewesen sein.«
Sie lachte, und ihr schönes Gesicht leuchtete auf. »Im Übrigen
würde ich für die Menschen, die mir wichtig sind, alles tun.«

Nicht lange danach verabschiedete Tessa sich, und Nicole
schloss die Tür hinter ihr in dem Wissen, dass sie ihre Freundin zum letzten Mal gesehen hatte. Der Duft von Sandelholz, der Tessa stets anhaftete, hing noch in der Luft, als sie
den Alarm scharf stellte, die Tür verriegelte und sie fünfmal
überprüfte. Sie musste Donna – und ihre eigene Furcht – so
lange in Schach halten, bis sie ihren Plan in die Tat umge-
setzt hatte. Sie drückte ihre Tochter an die Brust und sandte
ihr all ihre Liebe, ihre Hoffnungen und Träume.

Doch noch war es nicht so weit. Noch nicht. Zuerst musste
sie alles legal und wasserdicht machen. Auf der Couch wartete sie, bis ihr Anwalt, Rick, ihr eine Nachricht schrieb, dass
er draußen vor der Tür stand. Sie hatte ihn gebeten, nicht zu
klingeln, damit er nicht versehentlich Quinn weckte, sollte
sie gerade eingeschlafen sein. *Wecke niemals ein schlafendes
Baby,* dachte sie, und Tränen liefen ihr über die Wangen.

Hastig wischte sie sie weg und ließ Rick herein.

Er stutzte, als er sie sah. »Sie sehen erschöpft aus«, bemerkte er mit seiner tiefen, rumpelnden Stimme. »Aber das
wundert mich natürlich nicht. Meine Frau sieht auch immer
noch erschöpft aus, und unsere Jungs sind schon auf dem
College.«

Nicole schenkte ihm ein Lächeln und hoffte, dass er nicht
merkte, wie aufgesetzt es war. Doch wie gewöhnlich kam
Rick direkt zur Sache. Sie setzten sich an den Esstisch, wo

er die Papiere und Formulare aus seiner weichen, braunen Lederaktentasche holte.

»Wie ich ja schon am Telefon sagte, ist es mir jetzt, da ich Mutter bin, einfach wichtig, meine Angelegenheiten in Ordnung zu wissen.«

»Natürlich«, entgegnete er. »Das ist in der Tat sehr klug. Viele Leute vergessen das, aber gerade wenn man Kinder hat, sollte man gut abgesichert sein, auch wenn wir selbstverständlich davon ausgehen, dass es nie zum Ernstfall kommt.«

»So sehe ich das auch«, stimmte sie ihm zu. »Wenn alles geregelt ist, kann ich beruhigt sein, dass für Quinn gesorgt ist, was immer auch geschieht.«

»Die Kleine ist übrigens wirklich niedlich«, sagte Rick und lächelte Quinn auf Nicoles Armen zu. »Sie sagten am Telefon, dass Sie einen neuen Vormund und Treuhänder für Quinns Anteile bestellen möchten. Aber sind Sie denn sicher, dass Greg nicht dagegen vorgehen wird? Sie sind ja nicht geschieden oder offiziell getrennt lebend.«

Sie strich mit einem Finger über Quinns Wange. »Er hat uns verlassen, weil er das Kind nicht wollte. Ich habe nichts dagegen, wenn er sie besucht, aber ich will nicht, dass er Entscheidungen für sie trifft oder ihre Finanzen verwaltet.«

Rick zog seine dichten Brauen hoch. »Wie Sie meinen. Und Ihre Freundin Morgan Kincaid ist gewillt, diese Verpflichtung zu übernehmen, sollte die Notwendigkeit bestehen?«

Nicole nickte.

Sie hatte ihre Nachbarin Mary als Zeugin für die Unterschrift hinzugebeten, und Rick hatte eingewilligt, zweiter

Zeuge zu sein. Die Formalitäten waren rasch erledigt, und Mary ging wieder nach Hause. Nicole schaffte es sogar, ihr Lächeln beizubehalten, bis Rick seine Papiere in die Tasche zurückgeschoben und sich verabschiedet hatte.

Es war getan.

Weil sie heftige Stiche in der Brust verspürte, schluckte sie zwei Tabletten und zwang sich, sich vor den Computer zu setzen. Ihre Hände zitterten, als sie eine Nachricht tippte und inständig hoffte, dass Morgan verstand, was sie auszudrücken versuchte.

Mutterseelenallein: Du solltest unbedingt ein Kind haben. Du bist ein guter, warmherziger Mensch. Eines Tages wirst du eine wunderbare Mutter sein. Daran glaube ich fest aus tiefstem Herzen.

Sie starrte auf den Bildschirm und wartete auf eine Reaktion. Doch auch eine Stunde später war noch keine Antwort gekommen. Quinn war an ihrer Schulter eingeschlafen. Ein kleiner Seufzer entwischte dem Kind, und sein warmer Atem kitzelte Nicole.

»Ich liebe dich, Quinn. Mehr als alles andere auf dieser Welt. Mehr als mich selbst«, flüsterte sie. »Ich liebe dich so sehr, dass ich dich gehen lassen muss.«

33. KAPITEL

MORGAN

Ich liege auf der Seite mit der Wange auf hartem Untergrund. Als ich den Kopf bewege, schießt ein scharfer Schmerz durch meinen Schädel. Ich setze mich vorsichtig auf, meine Sicht ist verschwommen. Automatisch betaste ich meinen Hinterkopf, wo sich eine walnussgroße Beule gebildet hat. Ich betrachte meine Finger. Blut.

Endlich passen sich meine Augen an die Dunkelheit an. Ich befinde mich in einem Haus oder einer Wohnung, und nach Couch und Fernseher zu urteilen in einem Wohnzimmer. Im Nebenraum höre ich eine Bewegung, dann ein seltsames Geräusch wie ein plötzlicher Windstoß und hastige Schritte. Als ich aufblicke, sehe ich durch den Durchgang gerade noch jemanden mit roten Haaren durch eine Hintertür verschwinden, die hinter der Gestalt zufällt. Über dem Fernseher hängt eine Uhr. Zwei Uhr nachts.

Wo zum Teufel bin ich? Und wer ist gerade hinausgerannt?

Ich will mich erheben, doch ich bin noch benommen, und mein Körper macht nicht mit. Plötzlich nehme ich einen beißenden Geruch wahr, meine Augen beginnen zu brennen, und erst mit einiger Verzögerung begreife ich, was los ist: Es brennt! Rauch dringt aus der Küche, aus der die Rothaarige gerade geflohen ist. Und dann entdecke ich durch die wabernden Schwaden am Fuß einer Treppe eine reglose Gestalt bäuchlings am Boden liegen. Der Rauch wird immer dichter, und ich krieche auf allen vieren hinüber. Es ist ein Mann. Ich drehe seinen Kopf, damit ich ihm ins Gesicht sehen kann.

»Greg!« Rauch füllt meine Lungen, und ich huste. Meine Augen tränen. Er regt sich nicht, und ich taste am Hals nach seinem Puls. Es pocht. Und jetzt fällt es mir wieder ein. Das hier muss Gregs Haus sein. Aber warum liegt er bewusstlos auf dem Boden? Und wo ist Quinn?

Mein Puls rast, und ich versuche, Greg zu mir zu ziehen, aber er ist zu schwer. »Quinn! Wo ist Quinn?«, brülle ich ihn an, doch mein Hals verschließt sich vor dem dichten Rauch.

Ich halte mir eine Hand vor den Mund und lasse mich bäuchlings auf den Boden herab, als mir wieder einfällt, was meine Eltern mir als Kind eingebläut haben: Unten bleiben, Rauch steigt auf. Flammen lodern aus dem angrenzenden Zimmer. Uns läuft die Zeit davon. Mit den Ellenbogen ziehe ich mich vorwärts zur Treppe. Ich muss in den ersten Stock. Wahrscheinlich ist Quinn dort oben.

Das Feuer frisst sich knackend und zischend voran. Die Hitze treibt mir den Schweiß auf die Stirn, der mir in die Augen rinnt, sodass ich kaum noch sehen kann. Ich packe das Treppengeländer, ziehe mich daran hoch und erklimme die Stufen, so schnell ich kann. »Quinn! Quinn!«, rufe ich aus purer Verzweiflung. Durch den dichten Rauch ist kaum noch etwas zu erkennen.

»Wir müssen hier raus!«, brüllt jemand. Ben! Aber ich kann ihn nicht sehen.

»Wo ist Quinn?«, schreie ich zurück.

»Weiß ich nicht! Wir müssen hier raus!«

In der Küche explodiert etwas, und ein Balken kracht zu Boden. Greg liegt noch dort unten! Flammen lecken an den Wänden, und ich mache kehrt und renne wieder hinunter. Mit einer Kraft, die ich mir niemals zugetraut hätte, ziehe ich an Gregs Bein. Plötzlich wird er leichter, und ich erkenne, dass Ben seine Arme gepackt hat. Zusammen schleppen wir ihn durch den Rauch vom Feuer weg. Wir finden die Haustür, reißen sie auf und zerren Greg hinaus ins Gras.

In der Ferne heulen Sirenen.

Selbst hier draußen habe ich Mühe, Luft zu holen. Ich schaue auf und sehe Ben, der vornübergebeugt um Atem ringt. Sofort setze ich mich wieder in Bewegung und renne ins Haus zurück. Doch die Flammen schlagen mir entgegen, und ich weiß, dass ich nicht weit kommen werde. Dennoch kann ich nicht ohne Quinn gehen. Ich kann sie nicht sterben lassen. Wieder lasse ich mich zu Boden fallen und robbe voran.

Aus dem Nichts packt mich ein Arm und hievt mich hoch, als würde ich nichts wiegen. Jemand wirft mich über die Schulter, und erst als er mich draußen im Gras ablegt, wird mir klar, dass es Ben war. Er ruft mich, schreit meinen Namen, wieder und wieder, und hinter ihm stürmen zwei Feuerwehrleute mit Wasserschläuchen zum Haus.

»Kriegst du Luft?«, fragt Ben.

»Ja, alles okay«, bringe ich hustend und spuckend hervor, als auch schon ein Notfallsanitäter naht und mir eine

Sauerstoffmaske aufs Gesicht drückt. Ich schlage seine Hand weg. »Wo ist Quinn?«

Im ersten Stock birst ein Fenster, Flammen schlagen heraus. Immer mehr Feuerwehrleute rennen an uns vorbei. »Im Haus ist ein Baby!«, schreie ich gegen den Lärm an. »Sie müssen es retten!«

»Wir wissen Bescheid, Ma'am. Die Männer tun, was sie können.«

Mein Blick schnellt zu Ben, dessen Gesicht rußverschmiert ist. Mein Herz zerbirst in tausend Teile.

Der Sanitäter hält mir eine Tasche hin. »Ist das Ihre? Wie heißen Sie?«

»Morgan Kincaid.«

Ein weiterer Sanitäter tritt zu Ben, um ihn zu untersuchen, in ein paar Metern Entfernung beugen sich andere über Greg.

»Wir müssen diesen Mann ins Krankenhaus bringen. Er hat eine schwere Rauchvergiftung und Verbrennungen an Armen und Beinen. Wissen Sie, wer er ist?«

»Greg Markham«, sage ich. »Bitte, ich muss mit ihm reden.«

Ich dränge mich an dem Sanitäter vorbei, der mir hinterherruft.

»Ma'am, bitte. Das geht nicht.«

Aber ich bin schon bei Greg und lasse mich neben ihm zu Boden sinken. »Wo ist Quinn?«, frage ich.

Gregs Augen sind offen. Er erkennt mich. Stöhnend nimmt er die Sauerstoffmaske von seinem Mund. »Sie hat sie mitgenommen«, flüstert er.

»Was?«, frage ich, weil ich ihn kaum verstehe.

»Sie … Sie hat das alles getan. Und sie hat Quinn mitgenommen.«

Ben gesellt sich ebenfalls zu uns. »Greg«, fragt er. »Sprichst du von Melissa? Hat sie das getan?«

Er kann nicht atmen, nicht reden. Er stülpt sich wieder die Maske über Mund und Nase, schüttelt aber den Kopf.

Ben legt den Arm um mich, während ich hilflos schluchzend zusehe, wie die Feuerwehrleute das Feuer löschen, bis nur noch dicker schwarzer Rauch aufsteigt. Zwei Feuerwehrleute kommen mit einer Trage aus der Haustür.

Als sie sich nähern, erkenne ich die rothaarige Frau auf der Trage trotz Sauerstoffmaske. Es ist Melissa.

Mit wenigen Schritten bin ich bei ihr, Ben direkt hinter mir. »Wo ist Quinn?«, frage ich. »Ist sie noch drinnen?«

»Nein«, bringt sie hervor. Ihr Atem geht pfeifend. »Sie ist weg.«

»Was soll das heißen?« Nackte Angst breitet sich in mir aus. Doch ehe ich fragen kann, was das heißen soll, verliert Melissa das Bewusstsein.

Quinn ist verschwunden, und Ben und ich liegen auf Tragen im überfüllten Korridor der Notfallambulanz im Northwestern Memorial Hospital. Man hat uns Blut abgezapft und die Sauerstoffsättigung ermittelt, wie Ben mir erklärt hat, und jetzt warten wir darauf, geröntgt zu werden. Mein Kopf schmerzt höllisch, meine Lungen brennen, und mein Hals ist vom Rauch und dem vielen Weinen geschwollen. Meine Sorge um Quinn überlagert jedoch alles.

Ich nehme die Sauerstoffmaske ab. Reden tut weh, aber ich tue es dennoch. »Sag mir die Wahrheit«, verlange ich. »Tessa behauptet, du hättest Nicole unter Drogen gesetzt, um an ihr Geld für dein Krankenhaus zu kommen. Stimmt das? Die Möglichkeit dazu hättest du ja gehabt, als du ihr ihre Medikamente gebracht hast – es dürfte ein Leichtes für dich gewesen sein, sie auszutauschen. Hast du mich nur für deine Zwecke missbraucht?«

Ben fällt die Kinnlade herab. »Hast du nicht mehr alle Tassen im Schrank?«

»Warum hast du mir nichts davon gesagt, dass Nicole dir das Geld, das du so dringend für das Krankenhaus brauchtest, hinterlassen hat? Wann hast du davon erfahren?«

»Ich habe noch nie Geld von Nicole verlangt – wie kommst du bloß auf die Idee? Ich arbeite nicht ohne Grund in einem der ärmsten Viertel Chicagos. Ihr Anwalt rief mich am Tag nach ihrem Tod an, um es mir mitzuteilen. Mir ist beinahe schlecht geworden, als ich das hörte. Gott, wenn sie wirklich geglaubt hat, dass das das Einzige war, worum es mir ging … Dabei wollte ich doch einfach nur wieder mehr Kontakt zu ihr.« Er dreht den Kopf weg. »Meine Schwester ist tot, meine Nichte verschwunden. Was denn noch?«

Mein Zorn ebbt ab. Ich glaube, Tränen in seinen Augen glitzern zu sehen, und strecke die Hand aus, um seinen Arm zu berühren. »Du hast mir das Leben gerettet«, sage ich.

»Und du mir, als wir fast überfahren worden wären. Und du hast versucht, Quinn aus dem brennenden Haus zu holen. Es wird Zeit, dass wir einander vertrauen, denn anscheinend sind wir die Einzigen, auf die wir uns verlassen können.«

Nun fließen auch meine Tränen wieder, und er nimmt meine Hand und drückt sie. Ich drücke zurück. Quinn ist verschwunden. Gregs Worte kreisen unablässig in meinem Kopf. *Sie hat Quinn mitgenommen.* Wer? Und wo sind sie jetzt?

Wir schauen gleichzeitig auf, als Jessica, das Handy in der Hand, in einem blaurot gestreiften Kleid durch den Korridor auf uns zukommt. Vor uns bleibt sie stehen und betrachtet mich von Kopf bis Fuß. »Ich bin sofort losgefahren, als Sie mich angerufen haben, aber die Straßen waren voll. Sind Sie schon untersucht worden?«

Ich lasse Bens Hand los und hebe die Sauerstoffmaske an. »Bisher sind nur Tests gemacht worden. Weiß Martinez schon Bescheid? Hat man Quinn schon gefunden?«

»Martinez ist an der Brandstätte eingetroffen, als man Sie gerade abtransportiert hat. Die Ermittlungen sind im vollen Gang, aber noch gibt es keine klare Spur. Jedenfalls sind Sie nicht mehr verdächtig, Morgan.«

Ich traue meinen Ohren kaum.

»Und wir kennen jetzt auch ihre Verbindung zu Nicole. Sie haben in einem Forum namens *Maybe Mommy* von Ihrem Adoptionswunsch geschrieben, erinnern Sie sich? Nicole schrieb Ihnen persönlich, Sie haben damals auch geantwortet. Das Forensik-Team hat Nicoles Account und die Nachrichten auf der Festplatte ihres Computers gefunden. Sie dann mit Ihrem Laptop abzugleichen, war ein Leichtes. Ihr Username war ›Mutterseelenallein‹.«

O Gott. O mein Gott. Diese Website. Ich presse mir eine Hand auf die Brust und blicke zu Ben, dessen Augen sich weiten. Und endlich fügen sich alle Puzzleteile zusammen. *Mutterseelenallein.*

»Jetzt weiß ich es wieder«, sage ich. »Wir kannten uns nicht, hatten aber sofort einen Draht zueinander. Aber dass sie mir deshalb das Sorgerecht für Quinn überschrieben haben soll …? Außerdem war es eigentlich ein Forum für kinderlose Frauen. Ich wusste nicht einmal, dass sie hier in Chicago wohnte. Mein Gott, sie muss so einsam gewesen sein.« Das war ich auch. Dennoch wollte ich sie nicht an mich heranlassen.

»Tja, und jetzt kommt der merkwürdige Teil der Geschichte und der Grund, warum Sie nicht länger verdächtig sind. Am sechsten August bekam Nicole eine Nachricht von jemandem, der sich als Sie ausgab. Nicole schrieb, dass sie Ihnen ihr Kind überlassen wollte, und ›Chicago T‹ willigte ein. Sie würde Quinn sehr gerne nehmen und wolle sich mit Nicole am nächsten Tag unten in der Haltestelle Grand/State treffen. Nicole ist offenbar arglos davon ausgegangen, dass ›Chicago T‹ und ›Chicago Tristesse‹ ein und dieselbe Person waren.«

Nicole war in dem Sinne keine Fremde gewesen. Wir haben uns auf Anhieb verstanden, und ich mochte sie, obwohl ich ihr noch nie persönlich begegnet war. Und doch habe ich sie im Stich gelassen.

»O Gott, stimmt, sie hat versucht, zu mir Kontakt aufzunehmen. Sie wollte meinen Namen wissen. Aber wegen meiner Vergangenheit mit Ryan hat mich sofort die Angst gepackt, dass sie mir nicht mehr glauben würde, deshalb habe ich mich zurückgezogen. Wenn ich ihr geantwortet hätte, wäre sie vielleicht nicht …«

Ben legt mir sanft eine Hand an die Wange. »Morgan, nicht. Du bist nicht schuld. Dein Account wurde gehackt.«

Jessicas Telefon klingelt, und sie geht dran. Sie lauscht, dann hält sie es mir hin. »Martinez möchte mit Ihnen sprechen, Morgan.«

»Mit mir? Warum?« Ich schüttele den Kopf. »Ich will nicht mit ihr reden. Sie dreht immer alles so, als sei ich schuld. Ich will nicht.«

»Morgan, bitte. Es ist wichtig.«

Ben neben mir auf der Trage dreht sich auf die Seite und stützt sich auf. »Rede mit ihr. Ich bin hier, bei dir. Sie kann dir nichts.«

Schließlich nicke ich Jessica zu, nehme ihr Handy und schalte den Lautsprecher ein.

»Morgan, es tut mir leid, wie es gelaufen ist. Haben Sie oder Ben eine Ahnung, wohin Quinn gebracht worden sein kann?«

Ihre Entschuldigung, wenn auch äußerst knapp gehalten, wäre unter anderen Umständen eine echte Genugtuung, wenn ich nicht solche Angst um Quinn hätte. »Ich habe keine Ahnung. Ich weiß ja nicht einmal, wer sie mitgenommen hat. Greg hat nur von einer ›sie‹ gesprochen. Es muss sich um diese mysteriöse Reporterin handeln. Mir ist absolut schleierhaft, wieso sie Quinn mitgenommen hat. Bitte finden Sie sie. Schnell.«

»Moment mal«, sagt Ben. Seine Stimme ist kratzig. Er

winkt mir, damit ich das Telefon näher zu ihm halte. »Donna war diejenige, die uns von der rothaarigen Reporterin erzählt hat. Vielleicht stecken die beiden in Wirklichkeit unter einer Decke. Alle Fäden laufen bei Donna zusammen.«

»Ich habe eine kleine Rothaarige in Gregs Haus aus der Küchentür laufen sehen, ehe das Feuer auf die anderen Räume übergegriffen hat, und wir wissen ja jetzt, dass es nicht Melissa gewesen ist. Sie könnten wirklich bei Donna sein. In Kenosha.« Aufgeregt setze ich mich auf.

Ben gibt Martinez die Adresse. »Okay. Ich fahre jetzt dorthin. Sie beide bleiben, wo Sie sind.« Und damit legt sie auf.

Jessica steckt ihr Handy zurück in ihre Tasche. »Versprechen Sie mir, auf den Arzt zu warten. Mehr können Sie im Moment ohnehin nicht tun. Ich halte Sie auf dem Laufenden.«

Sie tätschelt mir kurz das Bein, dann ist auch sie fort.

Ben und ich bleiben zurück in der überfüllten Notfallambulanz inmitten von kranken und verletzten Menschen. Wir sind angeschlagen und mitgenommen, aber noch nicht am Ende. Falls wir Quinn jedoch nicht finden sollten …

Ich blicke ihn an. »Wir müssen hier raus, Ben.«

Er zieht sein Handy aus der Tasche. »Okay. Ich sorge dafür, dass wir ein bisschen schneller entlassen werden.«

Wir holen dieses Baby zurück, und wenn es das Letzte ist, was wir tun.

34. KAPITEL

NICOLE

»Du bist mein Sonnenschein, mein Ein und Alles.« Nicole saß mit der schlafenden Quinn auf der Couch und betrachtete sie. Die Tiffany-Lampe warf einen goldenen Schein auf das wunderschöne Gesicht. »Ich liebe dich, mein Baby, ich liebe dich so sehr. Und ich bringe dich an einen sicheren Ort, wo dir nichts geschehen kann.«

Ihr Baby wegzugeben war richtig. Aber es tat so furchtbar weh.

Der Vorstand hatte ihr einen formellen Brief geschrieben, darin ihren Rücktritt als CEO verlangt und ihr angeboten, ihre Anteile zurückzukaufen. Sie hatte den Brief in den Müll geworfen. Niemand würde ihrer Tochter Breathe wegnehmen.

Spätestens morgen würde jeder wissen, das Quinn ein Teil von Breathe war, dafür hatte Nicole gesorgt. Sie blickte auf Morgans Nachricht auf dem Display ihres Smartphones. Sie war gestern Abend überglücklich gewesen, endlich eine Reaktion erhalten zu haben.

Chicago T: Ich wünsche mir schon so lange ein Kind und nehme deins nur allzu gerne. Komm am Montag, den siebten August um 17.30 Uhr zum unteren Bahnsteig der Grand/State.
In tiefster Dankbarkeit
Morgan Kincaid

Nicole lächelte. Alles war vorbereitet.

Sie hatte etwas erreicht, was weit wichtiger war als ein Bekleidungs- und Wellnessimperium. Sie war eine echte Mutter geworden, und das war das Beste, was ihr je passiert war. Sie wusste nicht genau, was sie tun würde, sobald Quinn sicher in Morgans Armen lag, aber sie würde weggehen. Sich verstecken. Verschwinden. Nur das zählte.

Sie ließ ihre Tochter an ihrer Brust schlafen und betrachtete sie, bis sie erwachte. Anschließend füllte Nicole die kleine Wanne mit Wasser, wusch Quinn sanft und gründlich und massierte behutsam Shampoo in das seidig weiche Haar, das immer in Büscheln abstand. Ihre Tochter patschte fröhlich aufs Wasser, ohne zu ahnen, was geschehen würde. Quinn würde sich nicht daran erinnern können, aber Nicole versuchte dennoch, ihr in diesen letzten Momenten all die Liebe einzuflößen, die sie für sie empfand. Quinn bedeutete ihr alles.

Anders als die Tage der vergangenen Wochen verstrich dieser ungeheuer schnell, und schon war es Zeit zu gehen. Mit Quinn auf dem Arm ging sie in die Küche, um das Fläschchen für ihre Tochter zuzubereiten. Als sie an dem verchromten Toaster vorbeikam, erhaschte sie einen Blick auf ihr verzerrtes Abbild, das nicht besser hätte darstellen können, wie sie sich fühlte. Plötzlich kam ihr etwas in den Sinn: Was, wenn man sie in der Öffentlichkeit als Geschäftsführerin von Breathe erkannte? Sie durfte nicht riskieren, dass man sie aufzuhalten versuchte. Also legte sie ihre Tochter behutsam in die Wippe und holte die Schere aus dem Messerblock. Ohne zu zögern begann sie, die langen, schönen dunklen Haare, die sie seit ihrer Kindheit hegte und pflegte, abzuschneiden. Sie schnitt und kürzte, bis die Scherenblätter über ihre Kopfhaut schabten.

Nun sah sie nicht mehr wie Nicole Markham aus. Oder Nicole Layton.

Sie betrat die Vorratskammer und warf einen letzten Blick auf die Post-its, die darin klebten. Eine Wand von violetten Zetteln, die ihr kein bisschen Klarheit verschafft hatte.

Namenskärtchen. Rothaarige Frau. Fehlende Tabletten. Brief. Mobile. Tür. Kaputter Leuchter. Foto. Karton. SMS. Erschöpfung. Hilfe. Frauenhaus. Witwe. Morgan Kincaid.

Es war wie ein Zwang, die Reihe vervollständigen zu müssen, und sie fügte noch einen Zettel hinzu.

Mutter.

Es war der Jahrestag von Amandas Tod. Der letzte Tag, den sie ihre Tochter sehen würde.

Sie war bereit für den Abschied.

35. KAPITEL

MORGAN

Nachdem Ben und ich mit der Diagnose einer leichten Rauchvergiftung aus dem Krankenhaus entlassen worden sind, treten wir hinaus in helles Tageslicht. Wir beide sind vollkommen erledigt. Man hat uns geraten, uns auszuruhen, aber wir müssen Quinn finden. Dummerweise wissen wir beide nicht, was wir tun oder wohin wir gehen sollen. Mit einem Taxi fahren wir schweigend zu unseren Autos auf der North Astor Street. Von Gregs Haus stehen nur noch verkohlte Reste.

»Und jetzt?«, frage ich, weil ich nicht ertragen kann, untätig herumzusitzen.

Ben zuckt die Achseln. »Uns bleibt wohl nichts anderes übrig, als auf Martinez' und Jessicas Anruf zu warten.«

Wie aufs Stichwort klingelt sein Telefon, und wir beide zucken zusammen. Hastig zerrt er es aus der Hosentasche. »Martinez«, sagt er.

Mein Herz hämmert laut in meiner Brust.

»Detective, ich stelle Sie auf Lautsprecher«, verkündet Ben und hält meinen Blick fest.

»Ich war bei Donna, wir haben sie jedoch nicht angetroffen. Wir haben allerdings eine merkwürdige Art Schrein für Amanda und Nicole entdeckt. Auf dem Küchentisch lag ein Babykleidchen ausgebreitet neben lauter alten Zeitungsausschnitten über Amandas Fall. Die Haustür stand sperrangelweit offen, aber Donnas Chevy steht noch in der Auffahrt.«

Sie zögert. »Ich will Sie nicht beunruhigen, aber in der Diele war Blut zu sehen, als hätte ein Kampf stattgefunden.« Wieder macht sie eine Pause. »Hören Sie, wenn Ihnen irgendetwas einfällt, wohin Donna gegangen sein könnte – wir müssen schnell handeln.«

»Nein!«, schreie ich auf, wische mir aber sofort die Tränen weg. Dazu ist jetzt keine Zeit. Ich packe Bens Arm. »Wenn Donna Quinn entführt hat – wohin könnte sie geflohen sein?« Bevor er den Mund aufmacht, kommt mir die Erkenntnis. »Zu Nicole. Wenn Donna diejenige ist, die Nicoles Handy und Computer mit einer App ausspioniert hat, dann hatte sie auch Zugang zum Haus. Und es ist auch deshalb ein gutes Versteck, weil dort niemand mehr wohnt!«

»Okay, ich bin auf dem Weg, aber ich brauche eine Weile, um von Kenosha zurückzufahren. Ich versuche, einen Streifenwagen dorthin zu beordern, aber auch das kann dauern. Sie bleiben, wo Sie sind.« Und damit legt sie auf.

Mein Fuß tappt hektisch auf das Straßenpflaster. »Wir sind nur fünf Minuten mit dem Auto entfernt. Wir könnten zuerst dort sein.«

Ben zögert.

»Denk an Quinn.«

Wir springen in seinen Altima, brausen die West North

hinunter, jagen über Kreuzungen und Abzweigungen und biegen schließlich auf die North State ein. In dieser exklusiven Gegend klingt das Quietschen der Reifen erschreckend laut.

Mein Bein zittert, als wir in Nicoles Straße ankommen.

Ich löse meinen Gurt und greife nach dem Pfefferspray. Wir steigen aus und sprinten auf Nicoles Haus zu. Doch auf der Auffahrt packt Ben meinen Arm, ehe ich an der Tür bin.

»Warte. Wir müssen vorsichtig vorgehen. Wenn Donna mit Quinn dort drin ist, dürfen wir sie nicht erschrecken.«

Ich mache mich los. Wenn Donna Quinn etwas angetan hat, bringe ich sie um. Aber er hat recht. »Lass uns nach hinten gehen und in die Fenster schauen.«

Wir schleichen uns ums Haus und ducken uns hinter das Terrassengeländer neben eine Glasschiebetür. Im ersten Stock ragt ein kleiner Balkon hervor, dessen Türen weit offen stehen. Babygeschrei dringt heraus.

Ich schaue auf. Eine rothaarige Frau tritt mit Quinn auf dem Arm mit dem Rücken zu uns auf den Balkon hinaus und dicht ans Geländer. Instinktiv strecke ich meine Arme aus, um Quinn zur Not fangen zu können, sollte sie fallen.

Die Frau dreht sich um.

Es ist nicht Donna.

Sondern Tessa.

Mit roter Perücke.

Ben und ich hasten geduckt zurück nach vorne, doch natürlich ist die Tür verriegelt. Hektisch renne ich die Hausseite ab, um einen anderen Weg hinein zu finden. Ich entdecke ein Schiebefenster und ramme meinen Ellenbogen gegen die Scheibe, doch es knirscht nicht einmal. Schon ist Ben bei mir. Mit der bloßen Faust schlägt er wieder und wieder auf die Scheibe ein, bis die Scherben herabregnen. Er hievt mich durch das Fenster und zieht sich dann selbst hoch.

Wir befinden uns in einer Gästetoilette.

»Gehen wir«, forme ich lautlos mit den Lippen.

Ben nickt. Blut tropft von seiner Faust, als er die Tür öffnet und vor mir hinaustritt. Mit klopfendem Herzen folge ich ihm eine Treppe hinauf in den ersten Stock. Vor uns liegt ein Schlafzimmer.

Wir treten ein, und ich bleibe wir angewurzelt stehen. An der Wand neben der Balkontür sitzt Donna mit angezogenen Knien auf dem Boden. Tränen strömen ihr über das Gesicht. Erst jetzt sehe ich, dass ihre Hände mit Kabelbinder zusammengebunden sind und sich eine blutige Schramme über ihre Wange zieht. Eine rote Perücke liegt auf dem Boden, daneben eine offene Flasche Tabletten.

»Ich war's nicht«, flüstert Donna.

»Keine Bewegung«, erklingt es, und Ben und ich fahren herum. Hinter uns steht Tessa, das Haar zerzaust, Quinn fest – zu fest! – an sich gepresst. »Stellt euch mit dem Rücken an die Wand neben Donna«, befiehlt sie und schwingt so heftig herum, dass Quinns Köpfchen von ihrem Arm abprallt.

Ben und ich gehorchen und stellen uns an die Wand. Donna zittert heftig zu unseren Füßen und blickt voller Furcht und Reue zu uns auf.

»Was hast du mit Quinn vor?«, fragt Ben.

Tessa bewegt sich in Richtung Balkontür. Sie lächelt. »Ich rette sie. Ich werde der Polizei erzählen, dass Donna hinter Nicole her war, weil sie sie für Amandas Tod verantwortlich machte. Ich habe Donna hier vorgefunden, aber es war leider schon zu spät – Überdosis. Quinn war allein und schrie.« Tessas Miene ist gelassen, aber ihre Augen blicken wild. »Und dann kriegt Tante Tessa das Sorgerecht für Quinnielein.«

Auf dem Etikett der orangefarbenen Tablettenflasche am Boden erkenne ich Nicoles Namen. Ich stupse Ben leicht an und schaue betont zu den Tabletten. Ben versteht.

»Was für ein Medikament ist das?«, fragt er behutsam.

Tessa tritt gegen die Flasche, sodass ein paar Pillen herauskullern. »Du solltest es wissen, Ben. Schließlich hast du sie Nicole gebracht.«

Ben mustert die runden weißen Tabletten und zieht schließlich scharf die Luft ein. »Tja, nur ist das nicht das Xanax, das ich für sie abholen sollte. Das sieht nach Zolpidem aus. Ein Ambien-Generikum. Das hätte Nicole niemals nehmen dürfen.«

»Aber nachweislich hat sie dir geschrieben, und du hast ihr Ambien statt Xanax gebracht. Diese Generika sehen sich alle so ähnlich, obwohl einem Arzt dieser Fehler natürlich nicht unterlaufen darf. Es sei denn, er möchte, dass seine Schwester Wahnvorstellungen bekommt.«

»Oder Selbstmord begeht«, fügt Ben hinzu. In seiner Stimme klingt mühsam kontrollierter Zorn mit.

»Zu dumm, dass sie bereits eine Panikstörung hatte. Die Tabletten haben ihr bloß den Rest gegeben. Buchstäblich.« Achtlos wechselt sie den Arm, mit dem sie Quinn hält. Der

Kopf des Babys fällt zurück. Ich bohre mir die Nägel in den Handballen. Wenn ich ihr Quinn nur abnehmen könnte!

»Dann hast du mir die Nachricht von Nicoles Handy geschickt, richtig? In der sie mich angeblich bittet, ihre Tabletten abzuholen?« Bens Stimme klingt gequält. »Du hast das Medikament ausgetauscht.«

Als das Baby auf ihrem Arm rutscht, presst sie es sich mit einem Ruck an die Brust, und Quinn beginnt zu weinen. »Was hast du jemals für Nicole getan, hm? Nichts, Ben, gar nichts. Aber was denkst du wohl, was ich deiner Schwester bedeutet habe. Willst du raten?«

Er gibt keine Antwort. Ich betrachte die rote Perücke und erinnere mich an die Panik in Nicoles Augen, als sie den Bahnsteig nach einer möglichen Gefahr absuchte.

»Du hast dich wahlweise als Donna oder Melissa ausgegeben«, stelle ich ruhig fest, um sie nicht noch zusätzlich wütend zu machen.

»*Du* hast hier gar nichts zu sagen«, fährt Tessa mich an. »Du hattest überhaupt nichts mit Nicole zu tun. *Ich* hätte die Geschäftsführung übernehmen sollen, aber Nicole hat mir noch nicht einmal ein Abstimmungsrecht eingeräumt. *Ich* hätte zu Quinns Vormund ernannt werden müssen. Die Anteile an Breathe stünden wenn überhaupt *mir* zu.« Tessa kommt mit raschen Schritten näher. Quinn weint herzzerreißend, und es bricht mir das Herz. »Was ist das für eine Mutter, die ihr Kind in die Obhut einer x-beliebigen Fremden geben will?«

Eine, die niemandem mehr vertraute. Die süchtig nach Tabletten war, die sie depressiv und wahnhaft machten.

Mit zitternder Stimme frage ich: »Du hast Nicole suggeriert, dass Greg etwas mit Melissa hatte, nicht wahr?« Ich wage mich einen Schritt weiter. »Hast *du* mit ihm geschlafen?«

»Nicole hätte sich besser um ihren Mann kümmern sollen.« Wieder drückt sie das Kind zu fest an sich. »Ich habe nur ausgeholfen.«

Also hatten in Wirklichkeit Greg und Tessa eine Affäre. Hat auch er etwas mit ihrem Tod zu tun? Doch ehe ich nachfragen kann, stöhnt Donna und versucht, aufzustehen, aber Tessa tritt ihr die Beine weg. Ich unterdrückte einen Schrei und presse mich entsetzt an die Wand. Bens Hand berührt meine, und ich ergreife sie. Wenn ich doch nur an das Pfefferspray in meiner Tasche käme. Doch natürlich würde sie die Bewegung sehen.

»Wir wissen, dass du dich als Chicago T ausgegeben hast«, sage ich in der Hoffnung, sie vielleicht hinzuhalten, mehr zu erfahren – irgendwas.

Sie fährt zu mir herum. Ihre Augen funkeln hasserfüllt. »Ist es nicht immer der böse Ehemann? Greg war derjenige, der Zugang zu Nicoles Handy und Laptop hatte. Leider Gottes ist er tot.«

»Nein, ist er nicht«, sagt Ben.

Tessa fährt überrascht zurück.

»Er hat uns alles erzählt«, lüge ich. »Uns und der Polizei, versteht sich. Sie wird jeden Moment hier eintreffen.«

Quinn schreit unaufhörlich, und Tessa schüttelt sie. »Sei still, verdammt.«

»Es ist vorbei, Tessa. Du kannst dich nicht mehr verstecken.« Ben rückt fast unmerklich ein paar Zentimeter vor.

Tessa balanciert das Baby auf einem Arm und greift nach hinten, um eine kleine schwarz-silberne Pistole aus der Tasche zu ziehen.

Meine Sicht verschwimmt, als ich plötzlich vor meinem inneren Auge Ryan in einer Blutlache sehe. Nackte Angst lähmt mich. Ben neben mir erstarrt.

Tessa richtet die Pistole auf uns.

Ich glaube, in der Ferne Sirenen zu hören.

Verunsichert reißt Tessa die Pistole herum und trifft dabei Quinns Schläfe.

Adrenalin schießt so heftig durch meinen Körper, wie ich es noch nie erlebt habe. »Nein!«, brülle ich, stürze mich auf Tessa und entreiße ihr das Baby, als das ohrenbetäubende Krachen der Pistole die Luft zerreißt.

Donna kreischt, und Ben reißt Tessa zu Boden. Die Waffe landet neben ihr, doch ehe sie danach greifen kann, tritt Ben sie weg. Die Kugel hat Donna ins Bein getroffen, und dunkles Blut sickert in den weichen Flor des cremefarbenen Teppichs.

Der Boden will mir entgegenschlagen, doch ich bleibe tapfer aufrecht stehen; ich habe Quinn auf dem Arm. »Ich hab dich, mein Schatz. Du bist in Sicherheit.« Schützend schlinge ich die Arme um sie und spüre ihr Gesichtchen an meinem sich überschlagenden Herzen.

Ben hält Tessa am Boden, als auch schon schwere Schritte die Treppe hinaufpoltern. Einen Moment später stürzen Polizisten, angeführt von Detective Martinez, herein.

»Alle hinlegen, sofort!«, brüllt Martinez.

Ich lasse mich mit der schreienden Quinn auf den Boden

herab. Ben tut es mir nach, doch als Tessa sich aufzurappeln versucht, rammt Martinez ihr ein Knie in den Rücken. »Keine Bewegung«, befiehlt sie. Sie winkt einem Polizisten an der Tür, der sofort herankommt und Tessa die Hände hinter dem Rücken fesselt.

»Tessa hat Donna angeschossen«, sagt Ben. »Sie braucht dringend einen Krankenwagen. Donna ist unschuldig.«

»Okay.« Martinez spricht in das Funkgerät an ihrer Schulter, woraufhin weitere Leute hinaufstürmen und sich um Donna kümmern.

Martinez blickt von Ben zu mir. Sie kommt auf mich zu und hilft mir, Quinn auf den Arm zu nehmen und aufzustehen. Einen Moment lang ruht ihre Hand auf meinem Arm.

»Es ist vorbei, Morgan, wir wissen Bescheid. Es tut mir leid.«

Ich will etwas sagen, bekomme aber kein Wort heraus. Also senke ich meinen Blick auf Quinn in meinen Armen und wiege sie leicht.

»Greg hat Tessa verraten, um für sich einen Deal herauszuschlagen«, sagt Martinez. »Er hat gestanden, mit Tessa eine Affäre gehabt und gemeinsam mit ihr geplant zu haben, Nicole auszubooten und Breathe zu übernehmen.«

Ich kann es nicht fassen. Quinns Vater und Nicoles beste Freundin haben sich gemeinsam verschworen, um eine Frau zu vernichten, die sie beide zu lieben vorgaben? Das Entsetzen verursacht mir Übelkeit, und Nicole tut mir so unendlich leid. Sie hatte von Anfang an recht gehabt. Sie konnte niemandem trauen.

312

Tessas Gesicht ist hochrot vor Zorn, als ein Officer sie abführt.

Meine Arme fühlen sich plötzlich bleischwer an, doch immerhin lässt Quinns Weinen nach. Ich zittere am ganzen Körper, aber ich weiß nicht, ob vor Erschöpfung oder weil mir mit einem Mal eiskalt ist.

Als wir alle das Haus verlassen, bleibt Ben am Schlüssel-kasten stehen. »Meine Schlüssel hängen nicht mehr hier; ich hatte Nicole welche gegeben. Wahrscheinlich hat Tessa sie sich genommen, um die Puppe in die Wiege zu legen.«

»Und irgendwie muss sie auch in meine Wohnung ge-kommen sein«, sage ich mit klappernden Zähnen.

Martinez wendet sich um. »Wir glauben, dass sie das Schloss an der Feuertreppe geknackt hat. Ihr Wohnhaus ist alles andere als gut gesichert.«

Draußen wird Donna auf eine Trage gehoben und zum Krankenwagen gebracht. Ben zieht mich an seine Seite, und ich lehne mich mit Quinn auf dem Arm dankbar an ihn.

Tessa wird zu einem Streifenwagen gebracht, als die Am-bulanz davonbraust und ein weiterer Krankenwagen vor-fährt. Wir steigen ein und setzen uns nebeneinander auf die Trage, während die Sanitäter mir Quinn abnehmen und rasch untersuchen, doch sie ist zwar verängstigt, aber un-verletzt. »Hier haben Sie sie wieder«, sagt der Sanitäter und reicht sie mir, während ein anderer Bens Hand desinfiziert und verbindet. Martinez geht vor mir in die Hocke.

»Hat Greg Ihnen gesagt, ob Tessa auf dem Bahnsteig war, als Nicole starb?«, frage ich. Ich will die Wahrheit wissen.

»Ich konnte ihn nicht mehr danach fragen. Er hat mir

gestanden, dass er sich mit Tessa zusammengetan hatte, wusste aber nicht, wie weit sie zu gehen bereit war. Ehe ich weitere Fragen stellen konnte, starb er an akutem Lungenversagen.«

Tränen rinnen mir über die Wangen. Was für eine unsinnige Verschwendung von Leben. Ben schlingt wortlos die Arme um mich. Das Wichtigste ist, dass Quinn in Sicherheit ist.

Martinez betrachtet mich ruhig. »Sie haben sich widerrechtlich in eine laufende Ermittlung eingemischt. Sich selbst in Gefahr gebracht.«

Erneut steigen Zorn und Abneigung in mir auf. »Ich …«

»Aber Sie haben Quinn, Ben und sich selbst gerettet. Was Sie getan haben, war nicht klug, aber mutig.« Ein kleines Lächeln erscheint auf ihren Lippen. »Eines Tages werden Sie eine hervorragende Mutter abgeben.«

Ein Kloß bildet sich in meiner Kehle, und ich nickte. »Ja. Eines Tages wird es so sein.«

36. KAPITEL

NICOLE

Nicole zog Quinn einen frischen Body an und wickelte sie in die weiche, gelbe Decke, die ihre Mutter ihr genäht hatte, als sie selbst noch ein Baby gewesen war. Nachdem ihre Eltern gestorben waren, hatte Nicole eine Weile mit dieser Decke geschlafen. Nun wollte sie ihrer kleinen Tochter etwas mitgeben, das ihre Großmutter mit eigenen Händen gefertigt hatte. Quinns Füße schauten unten hervor, und sie zog ihr winzige weiße Socken über, während sie die Tränen niederkämpfen musste.

Abschiednehmen war nie einfach.

Morgan würde wissen, dass man keine Decke in eine Babywiege legte. Sie würde ihr Baby niemals so gefährden, wie Nicole Amanda gefährdet hatte. Donna hatte die Klimaanlage immer stark aufgedreht, weil sie gelesen hatte, dass Babys kühl schlafen sollten, aber an jenem Tag war es in Amandas Kinderzimmer wirklich kalt gewesen.

Daher hatte Nicole die friedlich schlafende Amanda zugedeckt, aber darauf geachtet, dass die Decke nicht in die Nähe von Mund und Nase geriet. Sie war ins Wohnzimmer gegangen, um sich ein wenig hinzulegen, und eingeschlafen.

Als sie erwacht war und zu Amanda zurückkehrte, war das Köpfchen zugedeckt. Hastig hatte sie die Decke weggerissen und das Kind hochgenommen, um zu überprüfen, ob alles in Ordnung war. Doch das war es nicht. Nichts war mehr in Ordnung. Denn Amanda war tot. Und sie war schuld daran.

Ehe sie den Notarzt rief und Donna kam, hatte Nicole die weiße Decke in eine Schublade gestopft und ergeben dem Schicksal entgegengesehen, das sie verdient hatte. Doch im Autopsiebericht hatte »Plötzlicher Kindstod« gestanden. Kein Verdacht auf eine andere Ursache.

Nicole hatte keiner Menschenseele von der Decke erzählt. Aber sie hatte den Verdacht, dass Donna es wusste. Eine Mutter brauchte keinen konkreten Beweis; sie spürte es instinktiv.

Diese Last hatte Nicole beinahe zwanzig Jahre die Luft abgeschnürt. Sie würde niemals sicher wissen, ob Amanda tatsächlich der plötzliche Kindstod ereilt hatte oder sie unter der Decke erstickt war.

Nicole schloss die Augen und sah das violette Licht ihres Stirnchakras, und zum ersten Mal ließ sie das Unbekannte zu.

Doch die Angst um Quinn, die Sorge um ihre Sicherheit, würde ihr immer zusetzen, so vorsichtig Nicole mit ihrer Tochter auch umgehen mochte.

Sie steckte Milchpulver und Flaschen in die Designerwickeltasche und hängte sie sich über die Schulter. Dann entriegelte sie die Tür und stellte die Alarmanlage ab. Ob sie eingeschaltet war oder nicht, zählte nicht mehr.

Um Viertel nach fünf kam sie an der Haltestelle Grand/ State an. Nun, da es wirklich geschah, begann ihr Herz zu rasen. Quinn lag geborgen an ihrer Brust. »Du bist das Beste, was mir je passiert ist«, flüsterte sie.

Sie wühlte in ihrer Tasche nach ihrem Handy und entdeckte den kleinen Block mit Post-its.

Morgan würde die Zettel an der Wand ihrer Vorratskammer nie zu sehen bekommen und ahnte somit nichts von der lauernden Gefahr. Falls Donna wirklich auf Rache aus war, musste Nicole sie warnen. Es war fast zwanzig nach fünf. Sie hatte nicht mehr viel Zeit und keine Ahnung, wie sie in der Kürze alles erklären sollte, daher entschied sie sich für ein einziges Wort. Und so schrieb Nicole zum ersten Mal seit zwanzig Jahren den Namen Amanda aus.

Sie kaufte ihre Fahrkarte und blieb oben an der Rolltreppe hinunter zum Bahnsteig stehen. Der Fahrstuhl war ausgefallen, und ihre Sicht verschwamm, als sie erneut die furchtbare Angst packte, Quinn fallen zu lassen oder mit ihr zu stürzen, ehe sie sie Morgan übergeben konnte.

Quinn begann zu schniefen. Eine andere Furcht stieg in Nicole auf. *Bitte nicht weinen, bitte, bitte nicht. Bitte zieh keine Aufmerksamkeit auf uns, Schätzchen.*

Eine Frau neigte sich ihr zu. »Oh, was für ein niedliches Baby! Und das flaumige Haar! Wie alt ist es denn?«

»Sieben Wochen.«

»Ach, einfach entzückend. Genießen Sie die Zeit. Sie geht so schnell vorbei.« Und schon war die Frau die Treppe hinunter verschwunden.

Nicole holte tief Luft und ließ sich hinabtragen. Ihr Blick

schoss hierhin und dorthin, bis Morgan endlich an ihr vorbeiging. Nicole biss sich so fest auf die Lippe, dass sie Blut schmeckte. Morgans dunkles Haar hing wie ein glatter Vorhang auf ihren Rücken herab, und ihr weißes Kleid mit der Lochspitze war schlicht, aber hübsch. Sie hielt den Kopf gesenkt und blieb etwas abseits der Menschenmenge stehen. Jeden Moment musste sie aufblicken und Nicole sehen.

Nicole würde ihr Quinn übergeben, und ihr Baby wäre in Sicherheit.

Morgan würde haben, was sie sich so sehr gewünscht hatte.

Und Nicole ebenfalls.

Sie musste nur noch ein paar Schritte tun.

Eine kleine Gestalt spähte um eine Säule herum. Sie trug schwarze Yogapants und einen schwarzen Sweater, dessen Kapuze tief in ihr Gesicht gezogen war. War es Donna? War sie ihr gefolgt?

O Gott. Sie musste handeln, bevor es zu spät war!

Es war Zeit.

»Ich weiß, was du willst. Lass nicht zu, dass man ihr etwas antut. Lieb du sie an meiner Stelle.«

Sie schob Morgan Quinn entgegen, und Morgan hielt sie instinktiv fest. Augenblicklich wich Nicole etwas zurück, um nicht in Versuchung zu kommen, ihre Tochter wieder an sich zu nehmen.

Plötzlich glaubte sie, den Geruch von Sandelholz wahrzunehmen. Sie blickte wieder zu der Säule.

Die Gestalt im Kapuzenpulli hob den Kopf.

Nicole schnappte nach Luft. Das war doch nicht möglich. Hatte sie sich wirklich die ganze Zeit über geirrt?

Der Zug fuhr ein.

Nicole war, als würde sich die Zeit verlangsamen. Sie beobachtete, wie Morgan ihr Baby schützend an ihre Brust drückte. Sie würde für sie sorgen und sie lieben, dessen war sie sich sicher.

Bevor sie auf die Gleise aufschlug, hatte sie nur noch einen Gedanken.

Gute Nacht, Mond. Gute Nacht, mein Kind.

37. KAPITEL

MORGAN

SIEBEN MONATE SPÄTER

»Ben, könntest du mir die gepunktete Strumpfhose aus dem Trockner holen?« Ich stehe im Kinderzimmer und wechsele Quinns Windel auf dem hübschen weißen Wickeltisch, den Ben und ich gekauft haben, nachdem ich bei ihm eingezogen bin. Ich klebe die Windel zu, küsse Quinn auf die Stirn und muss lächeln, als sie mir ein sabberndes Grinsen schenkt. Die unteren beiden Schneidezähnchen sind durchgebrochen.

Ihr Zimmer ist sonnengelb gestrichen. An der Wand neben dem Babybettchen prangen violette Blumen, und die bauschigen Vorhänge vor dem Fenster sind mit kleinen Monden verziert. Über dem Bücherregal hängt ein gerahmtes Foto von Ben und Nicole zu Halloween – der große Bruder, der sich um seine kleine Schwester kümmert. Nun kümmert er sich um seine Nichte, und ich helfe ihm dabei.

Da Greg tot ist, konnten Ben und ich gemeinsam eine nichtelterliche Vormundschaft für Quinn beantragen; wir willigten ein, uns dieselbe Wohnstätte zu teilen, um dem Kind ein möglichst stabiles Zuhause zu bieten. Wenn wir keinen groben Unfug veranstalten, bekommen wir in vier

Monaten das volle Sorgerecht und dürfen sie offiziell adoptieren. Quinns leiblicher Vater hat sie nie gewollt, aber durch seine Aussage gegen Tessa hat er uns die Möglichkeit gegeben, ihr unsere Liebe zu schenken.

Über ihn ist in den vergangenen Monaten noch mehr ans Licht gekommen. Bei der Offenlegung seiner finanziellen Angelegenheiten zeigte sich, dass Greg ein Klient von Ryan gewesen war. Wie so viele andere Menschen hatte er durch meinen Ehemann alles verloren und steckte in finanziellen Schwierigkeiten. Daher konnte Tessa ihn vermutlich leicht für ihren Plan gewinnen, sich Nicoles – oder besser Quinns – Anteile an Breathe anzueignen. Nicole hatte nichts von Gregs Misere gewusst. Tessa schon.

Die arme Melissa war nichts anderes als ein Bauernopfer gewesen. Sie hatte erst wenige Monate für Greg gearbeitet, als Tessa erkannte, welchen Nutzen sich aus der Tatsache ziehen ließ, dass sie rote Haare hatte. Melissa war jung und naiv und wollte vor allem ihren Chef beeindrucken, und so ließ sie sich an jenem Tag, an dem Tessa später in Gregs Haus das Feuer legen würde, willig einspannen, auf Quinn aufzupassen, weswegen ich sie auf dem Beifahrersitz sehen konnte. Körperlich hat sie sich von den Verletzungen erholt, doch ich weiß aus Erfahrung, wie lange es dauert, solch ein traumatisches Erlebnis zu verarbeiten.

Tessa hat offenbar gehofft, durch das Feuer so viele Zeugen wie möglich zu beseitigen. Ich kann noch immer kaum fassen, wie weit sie und Greg aus Habgier zu gehen bereit waren.

Donna hat ihre Rolle in der Geschichte inzwischen bitter

bereut. Es ist, als habe das schreckliche Erlebnis ihr die Augen geöffnet. Sie scheint langsam anzuerkennen, dass die Diagnose vom plötzlichen Kindstod richtig war und Nicole keine Schuld daran trug. Wir haben noch regelmäßig Kontakt zu ihr. Sie hat einen Narren an Quinn gefressen, und ihr Gesicht leuchtet auf, wann immer die Kleine lacht.

Martinez hat mich in einer offiziellen Stellungnahme von jeglichem Verdacht, an Nicoles Tod beteiligt gewesen zu sein, freigesprochen; mein Ekzem ist so gut wie abgeheilt. Und ich bin zur Fallstudie geworden: An der juristischen Fakultät der Universität von Chicago wird an meinem Beispiel gezeigt, wie eine unbeteiligte Person zu Unrecht eines Kapitalverbrechens beschuldigt werden kann. Im Kielwasser haben sich Blogs und Podcasts des Themas angenommen – wie schnell sich das Blatt in den sozialen Medien doch wenden kann.

Nachdem meine Unschuld bewiesen war, rief meine Mutter mich aus Miami an. Wir haben inzwischen ein paarmal miteinander gesprochen. Ich bin noch nicht ganz bereit, ihr zu vergeben, dass sie mir damals eine Mittäterschaft unterstellt hat, aber Familie bleibt Familie, und es wird Zeit, die Vergangenheit hinter sich zu lassen.

»Ben! Die Leggings, bitte.« Unwillkürlich verdrehe ich die Augen. Bestimmt konzentriert er sich gerade wieder auf irgendeinen wissenschaftlichen Test, wie meistens, wenn er nicht gleich antwortet. Also schnappe ich mir die graue Strumpfhose und das Tüllkleidchen, in dem Quinn so niedlich aussieht. Ich nehme sie hoch und wiege sie glücklich in meinem Arm. Noch immer kann ich kaum glauben, dass ich ein Kind habe, dass ich eine Mutter bin und dass meine Liebe zu ihr mein Recht und mein Privileg ist.

Lass nicht zu, dass man ihr etwas antut. Lieb du sie an meiner Stelle, Morgan.

Als ich mit ihr hinuntergehe, steht zu meiner Überraschung Martinez bei Ben. Im ersten Impuls möchte ich mit Quinn wieder nach oben verschwinden, aber sie lächelt mir entgegen und sieht dabei tatsächlich sogar freundlich aus.

»Was ist los? Ist Tessa doch auf freien Fuß gesetzt worden?« Automatisch drücke ich Quinn fester an mich. Ich kann mir zwar nicht vorstellen, dass es möglich ist, aber ich traue dem System, das angeblich Unschuldige schützen soll, noch immer nicht richtig.

Tessa wurde des Mordes an Greg, der Brandstiftung und des versuchten Mordes an Donna, Ben und mir sowie der Freiheitsberaubung angeklagt. Mit Nicoles seelischem Verfall und ihrem Tod will sie nichts zu tun haben. Sie sitzt in Untersuchungshaft, und es ist anzunehmen, dass die noch andauernden Ermittlungen weitere Anklagepunkte hervorbringen werden.

»Der Termin für das Verfahren ist für Juni angesetzt worden. Ich dachte, dass Sie es als Erste erfahren sollten.«

Ich stoße erleichtert den Atem aus. Bens Gesicht rötet sich, und er ballt die Fäuste. »Tessa hat meine Schwester umgebracht. Dafür sollte sie ›lebenslänglich‹ bekommen.«

Martinez zieht sich den Pferdeschwanz fester. »Das ist der andere Grund, warum ich hier bin. Können wir uns einen Moment setzen?«

Wir gehen ins Wohnzimmer, und ich setze Quinn in das

Activity-Center mit den Safari-Figuren, das sie so liebt. Sofort hüpft sie begeistert auf und ab. Ich setze mich auf die Couch, und Ben gesellt sich zu mir und nimmt meine Hand.

Martinez ergreift das Wort. »Der Gerichtsmediziner hat Nicoles Fall endgültig als Selbstmord deklariert. Auf keinem der Überwachungsvideos des Bahnsteigs ist etwas zu sehen, was auf Tessas Anwesenheit hindeutet.« Einen Moment lang schaut sie Ben nur stumm an. »Wir müssen davon ausgehen, dass sie sich selbst das Leben genommen hat. Tut mir leid.«

Ich habe mir das Video selbst zahllose Male angesehen und in den Schatten und Schemen Tessa auszumachen versucht, aber alles, was ich sicher erkennen kann, ist die Furcht in Nicoles Augen, als sie mir und Quinn einen letzten Blick zuwirft. Dann ist sie verschwunden.

Sanft berühre ich Bens Arm. »Es tut mir so leid.«

Ich weiß, wie es sich anfühlt, wenn ein Mensch, den man liebt, Selbstmord begeht. Nicoles Tod war nicht seine Schuld, Ryans Tod nicht meine. Das weiß ich jetzt. Ich hatte damals niemanden, der an meiner Seite stand und mir durch die Angst und die Trauer half. Doch Ben hat mich. Und ich werde ihn nicht im Stich lassen.

Martinez schlägt die Beine über. »Dass Greg und Tessa Nicoles Zusammenbruch verursacht haben, steht außer Frage, und dafür wird sie zur Rechenschaft gezogen werden. Die Staatsanwaltschaft hat noch eine Anklage wegen fahrlässigen Totschlags eingereicht, wie sich bei dem Prozess zeigen wird, aber ich wollte es Ihnen bereits im Vorfeld sagen.« Sie hustet verlegen und streicht sich die unvermeidliche schwarze Anzughose glatt.

»Möchten Sie ein Glas Wasser?«, frage ich und muss beinahe lachen. Hätte man mir vor zwei Jahren gesagt, dass ich Martinez bei mir zu Hause ein Getränk anbiete, hätte ich ihn wahrscheinlich für verrückt erklärt.

»Nein, danke. Ich will Sie nicht lange aufhalten.« Ihre Finger tasten nach dem Kragen der weißen Bluse. »Wie Sie schon wissen, war der GPS-Tracker, den wir unter Nicoles Auto gefunden haben, dasselbe Modell wie der an Ihrem Auto. Wir haben inzwischen auch Tessas Laptop gefunden, den sie in einem Lager von Breathe versteckt hatte. Dort fanden wir auch die Vorlage für den Brief, den wir in Nicoles Nachttischschublade entdeckt haben. Donna war jedenfalls nicht dafür verantwortlich; sie hatte mit den Drohbriefen tatsächlich vor Jahren aufgehört. Auf der Laptop-Festplatte waren auch verschiedene Guerilla-Mail-Adressen zu finden, sowie der Chat auf *Maybe Mommy* zwischen Nicole und Ihnen und Tessa als ›Chicago T‹. Eine Goldgrube an Beweisen, wenn man so will.« Sie lächelt traurig.

Ich schaudere bei dem Gedanken, wie schlimm die ganze Geschichte wirklich hätte ausgehen können.

Quinn blickt in den kleinen Spiegel, der vor ihr baumelt, und gibt fröhliche Laute von sich. Ben und ich sehen einander, und es bedarf keiner Worte: Wir wissen um unser Glück.

Quinn streckt mir die Ärmchen entgegen, damit ich sie hochhebe. Ich drehe sie so auf dem Arm, dass sie Martinez zugewandt ist. Die Polizistin lächelt wieder. »Sie ist wirklich niedlich.«

»Sie sieht genauso aus wie meine Schwester«, sagt Ben. »Nicole war ein guter Mensch.«

»Ein guter Mensch, der der falschen Person vertraut hat«, schließt Martinez. »Das kann jedem passieren.« Der Blick, mit dem sie mich bedenkt, ist beinahe sanft.

Schließlich verabschiedet Martinez sich. Ben und ich bringen sie zur Tür und sehen ihr nach, als sie davonfährt. Es ist ungewöhnlich warm für März, die Sonne scheint, und das Laub der Ulme wirft ein Muster aus Licht und Schatten auf den Rasen.

Ben nimmt meine Hand. »Bist du glücklich?«

Eine Welle der Zuneigung, Wärme und Dankbarkeit für diesen Mann überkommt mich. »Ja, ich bin glücklich«, sage ich. »Aber meinst du, du könntest ab und zu die Klobrille wieder herunterklappen?«

Er lacht, und Quinn tut es ihm nach. Ich bin so froh, die beiden zu haben, so froh, am Leben zu sein. Und ich bin froh, endlich die Wahrheit zu kennen. Ich gebe mir keine Schuld mehr an Ryans Unmoral, an seiner Gier und seinen Lügen. Ich habe erkannt, dass gute Menschen das Böse nicht immer erkennen, weil sie es nicht verstehen.

Ich habe meine Arbeit als Sozialarbeiterin aufgegeben – aber nicht, weil sie mir nicht gefällt. Ich habe ein Fernstudium für Beratungspsychologie angefangen; auf diese Art kann ich meinen Master machen und möglichst viel Zeit mit Quinn verbringen.

Ben arbeitet nach wie vor im Mount Zion in der seit Kurzem unbenannten *Nicole Markham Notfallambulanz* und ist mit dem Geld aus Nicoles Erbe nun in der Lage, die Probleme des Krankenhauses für Bedürftige anzugehen. Die Gewinnspanne sollte es Ben dieses Jahr endlich erlauben, drei weitere Notfallärzte und zwei Aufnahmeschwestern einstellen und einen neuen Bereich für eine schnelle Erstuntersuchung einrichten zu können, um Wartezeiten zu reduzieren und mehr Patienten zu versorgen.

Der Aktienkurs von Breathe ist eingebrochen, aber inzwischen wurde Vorstandsmitglied Lucinda Nestles zur neuen Geschäftsführerin ernannt. Sie hat inzwischen zugegeben, dass sie durch Tessa von Nicoles Nervenzusammenbruch wusste, und macht sich Vorwürfe, weil ihr Brief, in dem sie Nicoles Rücktritt verlangte, ihre Störung noch verstärkt haben könnte. Letztlich war auch sie nur eine Marionette in Tessas abgefeimtem Spiel. Jedenfalls konnte sie neue Investoren gewinnen, sodass sich Breathe, wenn auch gemächlich, erholen wird. Ben und ich verwalten Quinns Anteile gemeinsam. Obwohl keiner von uns ein Finanzexperte ist, versuchen wir uns möglichst viel Wissen anzueignen, denn so leicht werden wir Börsenmaklern wohl nicht mehr vertrauen.

Quinn zappelt auf meinem Arm, und ich weiß, dass sie ihre Füßchen auf dem Boden spüren will. Sie hat angefangen, sich an allem Möglichen hochzuziehen, um zu stehen, und es wird wohl nicht mehr lange dauern, bis sie zu laufen beginnt. Wir steigen die Treppe ins feuchte Gras hinab und halten unsere willensstarke, unabhängige Tochter an den Händchen aufrecht. Ich wende mich Ben zu. Er legt mir die Hand an die Wange, und wir küssen uns.

Quinn entzieht mir ihre Hand, und Ben und ich wenden unsere Aufmerksamkeit wieder unserer Tochter zu. Sie versucht nach etwas vor ihr zu greifen.

Es ist ein Schmetterling, der ein violettes Muster auf den Flügeln trägt. Er flattert so dicht an Quinns Wange vorbei, dass er sie vielleicht sogar berührt hat.

Dann schwingt er sich in die Luft, erhebt sich über unsere Köpfe und fliegt davon.

DANKSAGUNG

Es hat über sechs Jahre gedauert, *Nur ein Schritt* zu schreiben, zu redigieren und zu veröffentlichen, und ohne das Team, das mir zur Seite stand, wäre es nicht möglich gewesen. Ich bitte also um Nachsicht, weil ich vielen Leuten danken möchte und hier nun die Chance dazu habe. Falls ich jemanden vergessen habe, tut es mir leid. Ich mache es im nächsten Buch wieder gut, versprochen.

Meine energische, unermüdliche Superagentin Jenny Bent schnappte sich dieses Buch vom Stapel unverlangt eingesandter Manuskripte und erkannte, was ich daraus machen wollte. Einen Entwurf nach dem anderen half sie mir, aus einer Idee meinen Debütthriller zu entwickeln, und dank ihr wurde mein größter Traum wahr: Jenny verkaufte das Manuskript an Nita Pronovost von Simon & Schuster Canada, deren brillantes Lektorat es in einen Roman verwandelte, von dessen Potenzial ich nicht einmal geahnt hatte. Nita und die Lektorin Sarah St. Pierre führten mich behutsam Wort für Wort durch die Geschichte und arbeiteten Stimme und Story auf eine Art und Weise heraus, die ich nie für möglich gehalten hätte. Ich bin zutiefst dankbar, dass ich mit ihnen arbeiten durfte. Am liebsten wäre mir, wenn sie mir auf Schritt und Tritt folgten, um jeden Satz von mir zu redigieren, denn was sie aus Wörtern machen, ist reine Magie.

Simon & Schuster Canada haben ihren Sitz in meiner Heimatstadt Toronto, und ihre Büros wurden mein zweites Wohnzimmer. Das gesamte Lektorat, die Marketing-, PR- und Verkaufsabteilung arbeiten hart und hingebungsvoll, und ich stehe besonders in der Schuld von Verlagsleiter und Herausgeber Kevin Hanson, seiner und Nitas Assistentin Sophia Muthuraj, Vizepräsidentin der Abteilung Marketing und PR Felicia Quon, Pressesprecherin Jillian Levick, Vertriebspartnerin Alexandra Boelsterli, stellvertretender PR-Leiterin Rita Silva, Verkaufsleiterin Shara Alexa, Lektoratsassistentin Siobhan Doody, Marketingmanagerin Jessica Scott, Redakteurin Erica Ferguson und Verkaufsleiter Mike Turnbull, die alle miteinander dafür sorgen, dass so viele Menschen wie möglich von meinem Buch erfahren, und mich ganz nebenbei permanent zum Lachen zu bringen.

Ein riesiges Dankeschön an Sarah Hornsley von The Bent Agency, die ebenfalls viel zu dem Buch beigetragen und es in England der wunderbaren und ausgesprochen hilfreichen Lektorin von Headline ans Herz gelegt hat. Ich fühle mich geehrt, von Headline betreut zu werden, die so viele meiner Vorbilder herausgegeben haben. Als ich das Cover für *Nur ein Schritt* sah, fiel mir die Kinnlade herab, weil mir etwas derart Spektakuläres niemals in den Sinn gekommen wäre. Auch ein riesiges Dankeschön an die Umschlaggestalterin Caroline Young. Und dann natürlich Dank an die Assistentin Faith Stoddard, meine geniale englische Redakteurin mit den Adleraugen, Penelope Price, Jo Liddiard vom Marketing, Rosie Margesson aus der PR, Frances Doyle vom

Verkauf und Rebecca Bader, der Verkaufsleiterin. Und an Rhea Kurien, mit der ich leider nur sehr kurz zusammenarbeiten durfte, aber es war großartig.

Allen bei The Bent Agency, die von der Bearbeitung bis hin zum Verkauf der Auslandsrechte mit mir zusammenarbeiteten, schulde ich ewigen Dank: den PraktikantInnen, besonders dem Autor Kevin van Whye und den Agentinnen Molly Ker Hawn, Amelia Hodgson, Victoria Cappello und Claire Draper. Dank auch an Sam Brody und Eliza Kirby, die sich für mich so ins Zeug gelegt haben.

Dank auch allen Verlagen, die *Nur ein Schritt* in die unterschiedlichsten Sprachen übersetzen lassen und das Buch LeserInnen auf der ganzen Welt zugänglich machen.

Für meine Geschichte brauchte ich das Fachwissen sehr vieler Menschen, und ich möchte den folgenden Leuten für ihre Zeit und ihre Großzügigkeit danken: Strafverteidiger Donald J. Ramsell, Anwältin und Privatermittlerin Tracy M. Rizzo, Detective Constable Minh Tran, den Psychotherapeuten Mitch Smolkin, Dr. S. Bazios und Dr. Elana Lavine und dem Circuit Court of Cook County Guardianship Assistance Desk for Minors. Für eventuelle Fehler zeichne ich allein verantwortlich.

Dank auch an Lauren Erickson, herausragende Massagetherapeutin, die mich auf den Namen Morgan gebracht hat und immer all die Verspannungen löst, die ich beim Schreiben bekomme.

Und allen Frauen, die mir so offen von ihren Erfahrungen mit Wochenbettdepressionen, Ängsten aller Art und psychischen Störungen erzählt haben – danke!

Darüber hinaus verfüge ich über die besten und ehrlichsten Beta-Leser, die man sich nur denken kann. Wertvolles Feedback vom ersten bis zum letzten Entwurf stammte unter anderem von Lisa Brisebois, Jackie Bouchard, Francine LaSala und Meredith Schorr, die mindestens hundert Versionen gelesen haben müssen, sowie Eileen Goudge und Lydia Laceby, meine beste Autorenfreundin in Toronto, deren Talent mich immer wieder umhaut.

Francine, Meredith und Eileen sind außerdem Mitglieder meiner heiß geliebten Schreibgruppe, den Beach Babes, zu denen auch Jen Tucker, Julie Valerie und Josie Brown gehören. Einmal im Jahr treffen wir uns für eine Woche in Santa Cruz, und ich liebe ihr Talent und ihren schrägen Humor. Sie sind für mich wie eine Familie, und ihre Freundschaft stärkt mich ungeheuer.

Dank an alle Freunde, die mich über viele Jahre hinweg ermutigt und unterstützt haben: Miko, Michael, Nicole, James, Jenny Z, Catherine, Lesley, Helen, Val, Karen, Christine, Caroline, Jessica, Beth, Maggie, Cheryl, Erin, Lise, Leslie, Laura C, Siobhan, Kailey, Patty, Simone, Jenny R, Kathy, Matt, Jen S, Deb, Lisa G, Melanie, Sylwia, Jon und Amanda.

Als Leserin bin ich unersättlich, und dass ich über die Jahre hinweg beharrlich an meinem Buch gearbeitet habe, ist unter anderem den vielen AutorInnen zu verdanken, deren Worte mich inspiriert und unterstützt haben. Würde ich alle nennen wollen, würde dieses Buch aus allen Nähten platzen, doch besonders danken möchte ich trotzdem Jennifer Weiner, Caroline Kepnes, Brenda Janowitz, Lori Nelson Spielman, Lisa Steinke, Liz Fenton, Kristin Harmel, Roselle Lim, Rachael Romero, Maggie Morris, Janis Thomas, Jean Pendziwol, Meredith Jaegar, Mark Leslie Lefebvre, Whitney Rakich, Jill Hannah Anderson, Wendy Janes, Amy Heydenrych, Marissa Stapley, Hannah Mary McKinnon, Karma Brown, Jennifer Hillier, Laura Russell-Evans, Anita Kushwaha, Amy Stuart, Rebecca Eckler, Mary Kubica, Roz Nay, Robyn Harding, Catherine McKenzie, Gilly Macmillan, Kimberly Belle, Samantha Downing, Daniela Petrova, Christina McDonald, Emily Carpenter, Andi Bartz, Kaira Rouda, Heather Gudenkauf, Laura Sims, Paula Treick DeBoard, Kate Moretti, Sonja Yoerg, Natalie Jenner, Halley Sutton, Jen Griswell, Jess Skoog, Julie Lawson Timmer und Danielle Younge-Ullman.

Bedanken möchte ich mich auch bei den Bloggern, Bookstagrammern und Lesern, die sich ihren AutorInnen so leidenschaftlich widmen und mich immer wieder in ihren Buchempfehlungen nennen: Elizabeth Gunderson, Melissa Amster von Chick Lit Central, Marlene Roberts Engel, Suzanne Fine, Kaley Stewart von Books Etc., Dany Drexler, Andrea Peskind Katz von Great Thoughts, Great Readers, Athena Kaye, Jamie Rosenblit von Beauty and the Book,

Kristy Barrett und Tonni Callan von A Novel Bee, Kate Rock von Kate Rock Lit Chick, Sonica Soares von The Reading Beauty, Tamara Welch von Traveling with T, Judith D. Collins, Books and Chinooks, Nic Farrell von Flirty Dirty Books, Shell von The Big Fat Bookworm, LindyLou Mac Blogs, Suzanne Leopold von Suzy Approved Book Reviews, Cindy Roesel und all die anderen, die dafür sorgen, dass unsere Bücher an die Leserschaft gelangen.

Und danke auch an die Buchhändler und BibliothekarInnen, die *Nur ein Schritt* in ihr Programm aufnehmen, es empfehlen und mir dabei helfen, die Bücher zu finden, die ich lesen will und muss. Sie sind die wahren Helden im Hintergrund.

Ewig dankbar bin ich außerdem meinem Lehrer der achten Klasse, Malcolm Crawford, weil er einem verunsicherten Mädchen zum Abschluss einen Preis verliehen und ihm gesagt hat, dass es Talent besitzt.

Meine Familie glaubt unerschütterlich an mich: Jonah, Perlita, Hannah, Mikey, Eileen und Ron, Lindsay, Scott, Felix, Bassie, Todd, Lori, Brynna und Owen. Ich liebe Euch alle sehr. Was bin ich doch für ein Glückspilz!

Ich widme dieses Buch meinen Eltern Michael und Celia, weil ich mit Büchern aufgewachsen bin. Ich las beim Essen und beim Spazierengehen und rannte oft gegen eine Laterne, weil meine Nase in einem Buch steckte. In den

Geschichten fand ich mich wieder. Meine Eltern hinderten mich nie daran, das zu lesen, was ich wollte (sofern sie davon wussten), und erzogen mich dazu, meinen Träumen nachzugehen und sie niemals aufzugeben. Ich hoffe sehr, dass mir das bei meinen Kindern auch gelingt.

Ohne die Liebe, die Unterstützung und den Zuspruch meines Mannes und meiner Kinder könnte ich nicht schreiben. Sie geben mir den nötigen Raum, inspirieren mich, und erfüllen mein Dasein mit Liebe und Lachen. Brent, Spencer und Chloe, Ihr verfolgt furchtlos Eure Träume und Leidenschaften, und ich bin unheimlich stolz auf Euch. Ihr seid meine Sonne, meine Sterne.

Und an alle, die mein Buch lesen wollten: Ich lebe meinen Traum nur durch Euch, und ich danke Euch von ganzem Herzen.